Thommie Bayer
Vier Arten, die Liebe zu vergesse

PIPER

Zu diesem Buch

Nicht wenige Trauergäste haben nach ihrem Gesang Tränen in den Augen. Und noch an Emmis Grab beschließen die vier alten Schulfreunde, sich wieder zu treffen, auf ein Wochenende in Venedig. Beinah zwei Jahrzehnte trennen sie, und so begegnen die vier einander als Fremde, Michael, Bernd, Wagner und Thomas. Doch in der weltläufigen Atmosphäre des venezianischen Palazzo, in den Michael sie zu ihrer großen Überraschung eingeladen hat, legen rasch alle ihre Masken ab. Dahinter kommen misslungene Lebensentwürfe, Erfolge und Enttäuschungen hervor. Vor allem aber die große, unbeantwortete Frage nach der Liebe – und warum sie alle so kläglich an ihr gescheitert sind, jeder von ihnen auf seine Weise. Allen voran Michael, dem das Leben nach Emmis Beerdigung vielleicht noch eine letzte Chance zur Wiedergutmachung gibt.

Thommie Bayer, 1953 geboren, gehört zu den arriviertesten Autoren der deutschen Literatur und hat sich mit seinen zahlreichen Romanen und Erzählungen eine große Leserschaft erschrieben. Neben anderen erschienen von ihm die Romane »Das Glück meiner Mutter«, »Das innere Ausland« und der für den Deutschen Buchpreis nominierte Roman »Eine kurze Geschichte vom Glück«. Zuletzt feierte er mit dem SPIEGEL-Bestseller »Sieben Tage Sommer« und seinem Roman »Einer fehlt« Erfolge. Thommie Bayer lebt mit seiner Frau in Staufen bei Freiburg.

Thommie Bayer

Vier Arten, die Liebe zu vergessen

Roman

PIPER

Mehr über unsere Autorinnen, Autoren und Bücher:
www.piper.de

Von Thommie Bayer liegen im Piper Verlag vor:
Eine Überdosis Liebe · Spatz in der Hand · Der Himmel fängt über dem Boden an · Einsam, zweisam, dreisam · Der langsame Tanz · Das Aquarium · Die gefährliche Frau · Singvogel · Eine kurze Geschichte vom Glück · Die frohe Botschaft abgestaubt · Aprilwetter · Fallers große Liebe · Heimweh nach dem Ort, an dem ich bin · Vier Arten, die Liebe zu vergessen · Die kurzen und die langen Jahre · Weißer Zug nach Süden · Seltene Affären · Das innere Ausland · Das Glück meiner Mutter · Sieben Tage Sommer · Einer fehlt

MIX
Papier | Fördert gute Waldnutzung
FSC® C083411

PRODUZIERT MIT VERANTWORTUNG

Ungekürzte Taschenbuchausgabe
ISBN 978-3-492-30253-1
1. Auflage November 2013
7. Auflage September 2025

Für direkten Kontakt und Fragen zum Produkt wenden Sie sich an: *info@piper.de*
Umschlaggestaltung: Kornelia Rumberg, www.rumbergdesign.de
Umschlagmotiv: Arcangel
Karte S. 284/285: Cartomedia, Karlsruhe
Satz: Satz für Satz, Wangen im Allgäu
Gesetzt aus der Bembo
Druck und Bindung: CPI books GmbH, Leck
Printed in the EU

Für Jone

If I knew where the good songs come from,
I'd go there more often.

Leonard Cohen

Die kleine Maschine flog durch ein Gewitter, wurde hin und her geschlagen von Böen, sackte in Luftlöcher und schien nur mit Mühe voranzukommen durch das immer wieder von Blitzen erleuchtete Dunkelgrau. Michael war froh, nichts weiter im Magen zu haben als einen Espresso und ein Stückchen Pansecco, das würde im Ernstfall (noch zwei Luftlöcher mehr) in den Pappbecher passen, den man im Gepäcknetz am Sitz vor ihm beim Putzen übersehen hatte.

Der Platz neben ihm war leer, und die Stewardess saß zum Landeanflug angeschnallt hinten, also konnte niemand Michaels weißes Gesicht und seine um die Sitzlehnen gekrampften Hände sehen. Nicht, dass ihm das besonders peinlich gewesen wäre, aber den besorgten Blick einer Stewardess wollte er jetzt nicht auf sich ziehen. Auch wenn die Uniformen nicht mehr so flott und streng und dunkelblau wie in den Siebzigerjahren waren und die Frisuren nicht mehr im damaligen Einheitslook nach hinten gebunden und von Spangen oder Knoten gezähmt, der Anblick einer Stewardess beschwor ihm noch immer zuverlässig den Anblick seiner Mutter herauf. Und dieser Anblick tat noch immer weh.

Nicht mehr wie damals natürlich, nicht mehr wie ein

Medizinball, sondern eher wie eine hart geworfene Murmel auf dem Solarplexus, aber dennoch, es blieb ein Reflex, den er in sechsunddreißig Jahren nicht losgeworden war: Er sah das im Haar festgesteckte blaue Käppi, die grauen Augen und roch den Vanilleduft seiner Mutter, als sie sich über ihn beugte, mit der Hand über seine fiebrige Stirn strich und sagte: »Papa passt auf dich auf, ich bin übermorgen wieder da. Werd schnell gesund, mein kleiner Schwan.« Und dann hupte unten auf der Straße der Wagen, der sie abholte und zum Flughafen brachte, wo sie den Jumbojet mit der Flugnummer 540 bestieg, der acht Stunden später in Nairobi zwischenlanden und kurz nach dem Start wieder auf den Boden aufschlagen und explodieren würde.

Die Böen ließen nach, je tiefer die Maschine sank. Als die Landebahn in Sicht kam, ging alles wieder glatt, der Spuk war vorbei, vom Aufsetzen der Räder fast nichts zu spüren, und mit dem Langsamerwerden des Flugzeugs änderten die Regenschlieren am Fenster ihren Lauf von fast waagerecht zu schließlich senkrecht. Nur Michaels Fingerknöchel waren immer noch weiß wie das Innere von Radieschen.

Den Blick der Stewardess mied er, als er an ihr vorbeikam, er sagte Arrivederci zum hellgrünen Teppichboden und tat so, als müsse er seine Hose nach unten zupfen. Auf dem Weg zum Mietwagenschalter kam ihm zu Bewusstsein, dass er ja aus Süden angeflogen war und jetzt wieder nach Süden fahren musste – er würde dasselbe Gewitter noch mal abkriegen. Diesmal von oben. Mit festem Boden unter sich. Aber wohl erst in einer halben Stunde oder später – hier am Flughafen Franz-Josef-Strauß regnete es nur noch Bindfäden. Das Dunkelgrau wartete weiter südlich auf ihn.

Als der Kunde vor ihm die Autoschlüssel an sich nahm,

sah Michael sich in der Halle um, ob er vielleicht einen seiner Freunde von damals entdecken würde. Wenn sie nicht mehr in München oder in der Nähe lebten, konnten sie auch geflogen sein und müssten, wenn sie pünktlich zur Beerdigung kommen wollten, jetzt oder in den nächsten Minuten zu einem der Mietwagenstände oder den Taxis eilen. Es war kurz vor zehn. Die Feier sollte um elf anfangen. Höchste Zeit.

~

Als er endlich die Autobahn nach Salzburg erreicht hatte, war es schon nach halb elf. Von Thomas, Bernd oder Wagner hatte er nichts gesehen, das wäre wohl auch zu viel Zufall gewesen. Er näherte sich dem Dunkelgrau, aber als die Tropfen auf seiner Windschutzscheibe zahlreicher wurden, war er längst wieder von der Autobahn abgebogen und fuhr auf ein Wäldchen zu, und erst als er dieses erreicht hatte, ging es richtig los.

Ob seine Fingerknöchel schon wieder weiß waren, interessierte Michael jetzt nicht, er hatte beide Hände am Steuer und konzentrierte sich auf das bisschen, was er sah. Der Wagen, hässlich, aber handlich, wühlte sich durch den Regen, die überforderten Scheibenwischer schlugen hektisch hin und her, ohne Chance, den stetigen, schlierigen Strom für länger als den Bruchteil eines Augenblicks von der Frontscheibe zu werfen. Ihr schnelles, dumpfes Klopfen zerrte an Michaels Nerven, es klang, als prügle sich der Wagen durch einen wütenden Mob. Das Gesicht nah an der Scheibe, um den Straßenverlauf zu erraten, ging Michael vom Gas, sobald er eine Wegeinfahrt entdeckt hatte, in der er den Volvo endlich zum Stehen bringen konnte.

Er war noch nicht ganz eingebogen, da brüllte ein Motor hinter ihm auf, ein schwarzer Geländewagen schoss rauschend vorbei, und eine Wasserwand wurde gegen die Fahrerseite des Volvos geschleudert.

Arschloch, dachte Michael, fahr heim nach Neanderthal. Oder an den nächsten Baum. Meinetwegen auch an den übernächsten.

~

THOMAS sah fast nichts, aber was sollte es da auch groß zu sehen geben. Senkrechtes Wasser und eine waagerechte Straße? Arschloch, dachte auch er, als der silberne Volvo vor ihm auftauchte und immer *noch* langsamer wurde, was Thomas zu einem bei diesem Wetter riskanten Schlenker nötigte. Zum Glück steckte der Cayenne das weg, ohne auszubrechen und in den Wald zu krachen.

~

BERND wurde durchgeschüttelt. Dieser Weg war nichts für einen Mercedes und erst recht nicht bei diesem Wetter. »In fünfhundert Metern rechts abbiegen«, sagte die irgendwie toupiert klingende Stimme seines Navis, und er antwortete ihr wie immer höflich: »Mach ich, Gundi. Danke.« Dass er seine Navi-Stimme Gundi nannte, wusste niemand, er sprach nur mit ihr, wenn er allein unterwegs war.

Diesmal hatte sie seine Höflichkeit strapaziert, hatte ihn auf diesen schmalen Waldweg gelotst, wo er befürchtete, in irgendeiner Kiesgrube zu landen, deshalb fuhr er langsamer, als es der dichte Regen ohnehin schon erzwang, um einen eventuellen Abbruch der Straße rechtzeitig zu erkennen.

»Rechts abbiegen«, sagte Gundi jetzt wieder, und daran erkannte Bernd, dass er sich kurz vor der Abzweigung befinden musste. Dieser Regen war eine Sintflut. Man sah höchstens vier, fünf Meter weit und nur schemenhaft. Den Scheibenwischern gelang es kaum, die Wassermassen wegzustemmen.

Bernd wurde noch langsamer, denn jetzt stand da ein silberner Wagen quer auf dem Weg und blockierte ihn. Er hupte zweimal kurz und hoffte, der Wagen stünde nicht ohne Fahrer da, sonst könnte er hier schwarz werden oder umdrehen und Gundi irgendwo, zurück in der Zivilisation, wieder neu rechnen lassen.

~

MICHAEL erschrak. Arschloch von hinten, Arschloch von rechts, und das alles unter Wasser, dachte er und startete den Motor, um den Förster oder was das war, von weiterem Gehupe und Geblinke abzuhalten. Er bog in die Straße ein – inzwischen lag die Sicht wieder bei etwa sechs Metern –, als er gerade auf dreißig Stundenkilometer beschleunigt hatte, fegte der Förster schon zischend an ihm vorbei und verschwand in der großen, wild gewordenen Waschanlage vor ihm.

Nicht die Laune verderben lassen, nahm er sich vor, obwohl es da eigentlich nichts mehr zu verderben gab. Dieses Wetter war, in der Luft wie am Boden, eine Zumutung, das Auto war ihm fremd, und er fuhr zur Beerdigung seiner alten, verehrten Lehrerin. Trotzdem sang er laut und noch erstaunlich intonationsfest: *We all live in a yellow submarine, yellow submarine, yellow submarine.*

Der Regen ließ nach, das Gefuchtel des Scheibenwischers verlangsamte sich automatisch, und die Stimme des Navis unterbrach seinen Gesang: »Dem Straßenverlauf folgen.« Er beschleunigte und fühlte sich entkommen, nach wenigen hundert Metern fielen die letzten Tropfen und öffnete sich der Blick in eine weite, sattgrüne Hügellandschaft mit Zwiebeltürmen, Schafherden, einer Hochspannungsleitung, die sich von Mast zu Mast schwang und hier und da von einer Gruppe pausierender Vögel besetzt war.

Als ihn ein Taxi überholte, spürte Michael, dass er sich bei der Unterwasserfahrt verkrampft hatte, und massierte sich mit der rechten Hand notdürftig den Nacken, drehte den Kopf hin und her, legte ihn schief, überdehnte den Hals nach vorne und hinten, bis der Atlas knirschte, und schuf sich so ein wenig Erleichterung. Noch acht Komma vier Kilometer bis zum Ziel zeigte der Bildschirm des Navis.

~

WAGNER gab den Versuch auf, seinen Artikel zu Ende zu lesen. Der Taxifahrer war Gott sei Dank schweigsam. Nicht einmal der Starkregen vorhin hatte ihn aus seiner stoischen Geradeausorientierung gebracht, er war nur vom Gas gegangen, hatte eine Art sarkastisches Grunzen verlauten lassen, vielleicht war es auch ein Lachen gewesen, ein halbwegs missbilligendes Geräusch jedenfalls – dann hatte er sein Taxi in die Nässe gebohrt und sich nicht weiter über diesen widrigen Umstand geäußert.

Wagner saß hinten, die Süddeutsche Zeitung jetzt auf den Knien, und hörte ein Lied in seinem Kopf: *I'd like to be under the sea, in an octopus's garden in the shade.* Er war dem Fahrer dankbar, dass er ihn nicht mit Gerede behelligt hatte, und deshalb entschlossen, ein lobendes Trinkgeld auf den Fahrpreis draufzulegen. Die Tauchfahrt hatte zum Glück nicht lange gedauert, vielleicht zehn Minuten, höchstens zwölf, Wagner konnte instabile Zustände nicht leiden. Schon als Kind hatte man ihn weder auf eine

Achterbahn noch auf ein Riesenrad oder auch nur Skier locken können – eine Rolltreppe oder ein Aufzug waren das Äußerste an Bodenturbulenz, das er ertrug. Ihm wurde nicht übel, sein Magen war robust, das Problem musste irgendwo in seinem Gehirn liegen: Es war Angst, was ihn erstarren, erbleichen und nach der nächstbesten Ablenkung suchen ließ, wenn der Seismograf in seinem Innern ausschlug.

~

MICHAEL musste auf den Grasstreifen neben der schmalen Straße ausweichen, als ihm kurz vor dem Friedhof das Taxi wieder entgegenkam. Auch der Taxifahrer lenkte seinen Wagen vorsichtig mit höchstens fünf Stundenkilometern halb über die Wiese, sodass sie, jeder mit erhobener Hand den anderen grüßend, ohne Kratzer aneinander vorbeikamen.

Der Parkplatz war voll, aber kein Mensch mehr zu sehen. Also kam er zu spät. Michael sah auf seine Uhr: Viertel nach elf. Ohne den Regen hätte er es vielleicht noch pünktlich geschafft, jetzt musste er sich möglichst unauffällig hineinschleichen und hoffen, dass er die Trauerfeier nicht allzu sehr störte.

Die Zentralverriegelung quietschte und klackte, als er den Knopf auf dem Schlüssel drückte. Er schob seinen Krawattenknoten zurecht und kontrollierte dessen Sitz im Außenspiegel. Dann nahm er eine Zigarette aus der Packung, die er schon beim Aussteigen in der Hand gehalten hatte, und zündete sie mit einem Streichholz an. Er benutzte nie ein Feuerzeug, jedenfalls nicht, solange Streichhölzer in Reichweite waren, er mochte den Geschmack des Schwefels beim ersten Zug, obwohl er wusste, dass das Rauchen so noch schädlicher war.

Er ging die hundert Meter bis zur Kapelle langsam, um die Strecke mit der Zigarettenlänge in Übereinstimmung zu bringen, trat vor der Tür die Kippe aus, bückte sich danach, hob sie auf und warf sie in einen Papierkorb. Bevor er den scheußlichen geschmiedeten Türgriff in die Hand nahm, um die noch scheußlichere geschnitzte Tür möglichst leise aufzuziehen, dachte er noch, Emmi, ich bin da.

Drinnen sprach ein Pfarrer. Michael sah Wagner, Bernd und Thomas in der zweiten Reihe. Nichts schien sie miteinander zu verbinden, ihrem Aussehen nach konnte man sie für Fremde halten, die nur zufällig nebeneinandersaßen. Wagner wirkte ungepflegt mit langen Haaren und gammeliger Kleidung, Bernd sah drahtig und übertrainiert aus, Thomas war korpulent geworden und trug eine Art aggressiver Zufriedenheit zur Schau.

Sie hatten einen Platz für ihn frei gehalten. In der voll besetzten ersten Reihe kannte er niemanden außer Angela, der Tochter der Verstorbenen, und weiter hinten sah er noch zwei Klassenkameraden, an deren Namen er sich nicht mehr erinnerte, und einen sehr krummen alten Mann, in dem er den Internatsleiter von damals zu erkennen glaubte.

Thomas winkte ihm mit solch überdeutlicher Unauffälligkeit zu, dass sich alle Blicke sofort auf Michael richteten und er, so schnell er konnte, zum freien Stuhl ging und sich setzte.

»Auch schon da«, flüsterte Thomas und lenkte damit auch noch den Unmut des Pfarrers auf sie.

»Halt die Klappe«, sagte Michael sehr leise und nickte dem Pfarrer zu, um sich zu entschuldigen und zu signalisieren, dass er seine Ansprache fortsetzen solle.

Die handelte vom Frieden in der Welt, den jeder Einzelne schaffen könne, indem er achtsam auf seinen Nächsten blicke und sich dessen Sorgen und Nöte vergegenwärtige. Dann haben also die Nachbarn von Hitler versagt, dachte Michael und gab sich Mühe, seinen Gesichtsausdruck nicht die Geringschätzung spiegeln zu lassen, die er für solch gratisgütiges Gerede empfand. Er warf einen vorsichtigen Blick auf die anderen und sah, dass Bernd aufmerksam in seinen Schoß starrte, als befürchte er, dort eine Erektion zu entdecken, und Thomas ausdruckslos das (natürlich ebenfalls scheußliche) Buntglasfenster an der Kapellenwand fixierte, nur Wagner hatte den Kopf in den Händen, die Ellbogen auf den Knien und beugte sich interessiert und offenbar einverstanden mit den Textbausteinen des Redners nach vorn.

Bernd sah her und nickte. Michael nickte zurück und gab sich den weiteren Worten des Pfarrers hin. Wenigstens kam er jetzt auf Emmi Buchleitner, die Verstorbene, erzählte von ihrer Kindheit als adoptiertes Flüchtlingskind auf einem Bauernhof, ihrem zähen Willen, etwas aus ihrem Leben zu machen, ihrem segensreichen Wirken als Lehrerin am hiesigen Internat, den Fächern Englisch, Französisch und Musik, die sie erfüllt habe mit ihrer Leidenschaft und Güte – das stimmte immerhin: Sie war eine mitreißende Lehrerin gewesen, und nicht nur Michael, Thomas, Bernd und Wagner hatten sie geliebt.

Jetzt ging es noch um ihre Zeit als Chorleiterin hier in der Stadt, ihr ehrenamtliches Engagement und die Freundschaften, die sie bis zuletzt gepflegt habe und die ihr Halt und Stütze in manch schwerer Stunde gewesen seien – es driftete wieder ab ins Beliebige, und endlich kam auch Gott ins Spiel, der sie nun im Alter von sechsundsiebzig Jahren zu sich gerufen habe und sich ihrer annehme, wie er sich aller annehme, die ihr Leben in seine Hände legten etc.

Mit Gott hatte sie zu unserer Zeit nichts am Hut, dachte Michael, der war ihr herzlich egal. An der Musik lag ihr mehr. Und an uns. Ihren Nachtigallen. Von denen sie zum letzten Mal vor zwanzig Jahren besucht worden war, nach einem Klassentreffen, an dem Emmi wegen eines gebrochenen Oberschenkels nicht hatte teilnehmen können.

Der Pfarrer schlug sein Buch zu, und in den letzten Reihen entstand Bewegung. Michael hatte sich noch nicht ganz umgedreht, da sang schon ein Chor – ziemlich gut – das *Ave-Maria* von Bach-Gounod. Er sah nicht zu Thomas, Bernd und Wagner hin. Falls sie ungerührt von der Musik blieben, wollte er das nicht wissen.

~

Am Grab, nachdem der Pfarrer ein Gebet gesprochen hatte, zog Angela die kleine Schaufel aus dem Erdhügel, in dem sie steckte, warf damit ein wenig Erde auf den Sarg und reichte die Schaufel an Michael weiter, obwohl sie damit den Chor und einige andere Leute überging, die näher am Grab standen und eher an der Reihe gewesen wären. In Angelas Augen stand etwas wie Trotz und auch etwas wie Zuneigung, es war, als wollte sie sagen, euch hat sie mehr geliebt, ihr seid als Nächste dran. Michael nahm die Schaufel aus ihrer Hand, warf Erde ins Grab und gab an Thomas weiter. Der gab an Wagner weiter und dieser an Bernd. Erst dann kam der Rest der Trauergemeinde an die Reihe. Es war ein seltsamer Augenblick: Sie gehörten auf einmal wieder zusammen.

Ohne sich verständigt zu haben, blieben sie stehen, als die anderen Trauergäste sich nach den Beileidsbekundungen auf den Weg zum Ausgang machten. Es war Bernd, der leise sagte: »The parting glass, oder?«

Die anderen nickten nur, und Thomas gab wie früher den Ton vor. Er summte ein A, ein Fis und ein D und zählte ein. Es klang nicht so wie damals, aber doch erstaunlich sicher, so sicher, dass Emmi es zu schätzen gewusst hätte, als sie sangen: *Oh, all the money ever I had, I spent it in good company, and all the harm that ever I've done, alas, it was to none but me …*

Michael spürte eine Gänsehaut und musste sich beherrschen, um die aufsteigenden Tränen zu unterdrücken und seiner Stimme kein Schwanken zu erlauben. Sie sangen alle drei Strophen, die Augen stur aufs Grab gerichtet, und Michael fühlte sich zum ersten Mal an diesem Tag Emmi wirklich nahe. Es tat ihm leid, dass sie nicht mehr leben durfte, es tat ihm leid, dass er nie mehr hier gewesen war, es tat ihm leid, dass ihre Nachtigallen seit vielen Jahren nichts mehr miteinander zu tun hatten, dass sie sang- und klanglos weiterlebten, als wären sie nicht durch etwas verbunden gewesen, das sie Emmi verdankten und ihr zu Ehren hätten festhalten müssen. Das Lied klang mit jedem Vers besser.

Nach dem letzten Ton blieben sie einen Moment stehen, und sie waren nicht mehr vier Fremde wie noch wenige Minuten zuvor, sondern eine Einheit wie damals, und erst als sie spürten, dass langsam wieder ein Blatt Papier zwischen sie passen würde, wandten sie sich zum Gehen.

Da stand die gesamte Trauergemeinde. Alle waren noch einmal zurückgekommen. Leise, so leise, dass das Quartett sie nicht hatte hören können, trotz des Kieses auf den Wegen. Niemand klatschte, aber mancher hatte Tränen in den Augen, einige schluchzten oder schnäuzten sich, andere hatten diese leeren Mienen aufgesetzt, die ihr Innerstes vor den Blicken der Umstehenden verbergen sollten. Angela, mit nassen Augen, aber breitem Lächeln, kam her und küsste sie alle vier auf die Wangen. Es war ein so erhebender wie peinlicher Moment. Als

Angela Michael küsste, hörte er sie flüstern: »Das wird sie euch nicht vergessen.«

Dann hakte sie sich bei ihm unter und sagte: »Wir gehen zum Haus.«

~

Auf dem Weg nach draußen fanden sich, ohne dass jemand bewusst den Schritt beschleunigt oder verlangsamt hätte, nach wenigen Metern die Trauergäste zu Grüppchen zusammen, und als Angela sich um den Schulleiter und seine ähnlich gebrechliche Haushälterin kümmerte und zurückblieb, waren die vier Nachtigallen wieder unter sich. Michael bot seine Zigarettenschachtel an, aber nur Bernd griff zu und ließ sich Feuer geben. Wagner sagte, er habe damit aufgehört, und Thomas schniefte verächtlich und antwortete auf Michaels fragenden Blick: »Das ist unter meiner Würde.«

Auf dem Parkplatz wurde auch klar, was er damit gemeint hatte, denn er holte sich eine Zigarre aus dem Handschuhfach seines Wagens und zündete sie mit entsprechendem Zeremoniell an: Spitzen abschneiden, Mundstück nass lecken, paffen und mit geschlossenen Augen den ersten Zug nehmen, dann genießerisch zustimmend nicken und die Zigarre mustern, als habe er ein besonders wohlschmeckendes Exemplar erwischt.

Jetzt zeigte sich auch, dass Michael der Anfänger gewesen war, der Thomas und Bernd im Regen behindert hatte. Michael wusste, was sie dachten, als er die Tür des Volvos öffnete, um die Zigarettenschachtel auf den Beifahrersitz zu werfen. Er lächelte.

»Wir hätten Kolonne fahren können«, sagte er.

»Dann wären wir jetzt noch nicht da«, sagte Thomas.

»Ich bin doch da.«

»Rechthaber.«

Sie standen eine Weile schweigend, sahen den anderen Trauergästen beim Einsteigen und Wegfahren zu und spürten dem Verebben ihres Zusammengehörigkeitsgefühls nach. Wagner, der nichts in den Händen hatte, um seine Verlegenheit zu überspielen, verwickelte die Amsel in der Akazie über ihnen in ein Zwiegespräch. Er pfiff ihre Melodie nach und spornte sie dadurch zu immer gewagteren Kadenzen an, es klang artistisch und gut gelaunt, wie die beiden sich immer größeren Herausforderungen stellten und schließlich in Respekt voreinander verstummten.

Bernd, Michael und Thomas klatschten, als der kleine Sängerwettstreit beendet war und sich die Amsel mit Schwung in die Luft erhoben und nach irgendwohin schwirrend verabschiedet hatte.

»Du kannst es noch«, sagte Bernd.

Wagners Talent als Vogelstimmenimitator hatte ihnen den Namen gegeben und eine ihrer beliebtesten Nummern hervorgebracht. Damals waren bei einem Auftritt im Freien drei der Mikrofone ausgefallen, und Wagner überbrückte spontan die peinliche Pause mit seiner Nachtigallenimitation, die er bis dahin allenfalls in Sommernächten vor den Fenstern der Mädchenschlafräume zum Besten gegeben hatte. Thomas, der an dem kleinen Mischpult herumfummelte, dessen Funktionen er nicht so richtig kannte, probierte Bassdrumgeräusche aus, und als die hörbar waren, sang Michael eine Kontrabasslinie, bis auch sein Mikro wieder im Spiel war, Bernd zischte den Rest eines Schlagzeugs dazu, bis der fliegende Soundcheck fertig war und Thomas den Song einzählte, den sie eigentlich hatten singen wollen: *Yes it is* von den Beatles. Damals bestand die Hälfte ihres Repertoires aus Beatles- und Beach-Boys-Stücken und der Rest aus Schlagern der

Dreißiger- und Fünfzigerjahre, ein paar Folksongs und zwei Broadway-Nummern.

Wagner musterte die Autos der anderen, den nicht mehr ganz neuen Mercedes-Kombi von Bernd, den Porsche Cayenne von Thomas und den schafsgesichtigen Volvo, den Michael gemietet hatte, bevor er fragte: »Kann ich bei dir mitfahren?«

»Klar«, sagte Michael. Er wusste, was Wagner dachte: Mercedes und Porsche waren Symbole von Wohlstand und Gediegenheit, die er für sich ablehnte, der Volvo war es aus unerklärlichen Gründen nicht. Schwedische und französische Autos wurden von den richtigen Leuten gefahren, Porsche, Mercedes und BMW von den falschen.

~

Als die drei Wagen vom Parkplatz des Friedhofs fuhren und eine Kolonne bildeten, hatte sich das Gefühl zusammenzugehören wieder verflüchtigt. Jetzt waren nur noch vier Männer Mitte vierzig in derselben Richtung unterwegs, die jeder für sich das Altwerden von sich wiesen: der eine, indem er, um seine Stirnglatze zu kompensieren, das ergrauende Haar bis auf den Hemdkragen wachsen ließ, der andere, indem er sich beim Squash quälte, um das Äußere eines asketischen Topmanagers mit ultrakurzen Haaren und elastischem Gang zu kultivieren, der Dritte, indem er sich so gehen ließ wie eh und je, ohne wahrhaben zu wollen, dass Faulheit, gutes Essen und viel Alkohol ihre Spuren hinterließen, und der Vierte mit einer Art gepflegter Neutralität, die ihn fast unsichtbar machte.

Zu dieser Neutralität passte auch der Volvo, den Michael steuerte. Natürlich hatte er ihn nicht ausgesucht, er war ihm einfach zugeteilt worden, und ihm war egal, was, er fuhr vom Münchner Flughafen hierher und wieder zurück. Nicht egal aber war ihm der Anzug, den er trug: Er kleidete sich zurückhaltend, aber gut, was ihm gelegentlich interessierte Blicke nicht mehr ganz junger Frauen einbrachte, die er allerdings nicht als Lob oder gar Avancen verbuchte, sondern als schlichten Existenzbeweis.

~

WAGNER hatte sich immerhin rasiert. Mehr Aufwand schien ihm nicht angebracht. Zu seinen langen Haaren passten das angejahrte und nicht sehr saubere dunkelbraune Cordjackett, die verblichenen schwarzen Jeans, die Turnschuhe und das blau-weiß karierte Hemd, das er ohne Krawatte trug. Er hätte das Gefühl gehabt, seine eigene Persönlichkeit, die er immer noch mit Hingabe studierte, erklärte und wichtig nahm, zu verbiegen, wenn er Emmi zuliebe im Anzug gekommen wäre. Im eigenen Kleiderschrank hätte er keinen gefunden, sein Geiz, den er für ökologisches Bewusstsein hielt, hätte ihm verboten, einen zu kaufen, und in seinem Bekanntenkreis hätte er keinen zum Ausleihen aufgetrieben, weil man dort ebenfalls keine Anzüge trug. Anzüge waren so etwas wie Mercedesse: Ausdruck falschen Bewusstseins.

~

BERND hatte sich einen Anzug gekauft. Seit Jahren war dies die erste Beerdigung, an der er teilnahm, und sein Gefühl für das, was Emmi erfreuen würde, ließ keine andere Möglichkeit zu. Er hatte im Schrank einen blauen und einen grauen für seltene berufliche Anlässe, ein schwarzer hatte ihm noch gefehlt. Die knapp dreihundert

Euro, die er im Outletcenter dafür hatte hinlegen müssen, reuten ihn zwar ein bisschen, aber es musste eben sein.

~

THOMAS hatte nur in die Kammer gehen müssen, die ihm als Kleiderschrank diente, sich einen der drei schwarzen Anzüge von der Stange nehmen, ein dunkelgraues Trussardi-Hemd, eine rohseidene Krawatte in Schwarz-Grau- und Sandtönen von Missoni dazu, und fertig. Alles, was hier lag und hing, war sichtbar teuer und für alle Eventualitäten vom offiziellen Empfang bis zur lässigen Gartenparty sortiert. Sich anpassen und trotzdem auffallen war Thomas' Überschrift für seinen Kleidungsstil – ebenso wie Wagner betrachtete er alles, was er an und um sich hatte, als Zeichen.

~

MICHAEL kannte die Strecke zu Emmis Haus und fuhr jetzt nicht mehr wie ein alter Mann. Aber er hatte das Gefühl, am falschen Ort zu sein. Er hätte nicht herkommen sollen. Oder vielleicht ein andermal, nicht heute, nicht zur Beerdigung.

Weder auf dem Weg zwischen Kapelle und Grab noch auf dem Parkplatz hatte einer der vier gefragt, was die anderen machten, wie es ihnen ging, wie und wo sie lebten, ob sie noch die Berufe ausübten, von denen sie zwanzig Jahre zuvor beim Klassentreffen erzählt hatten, ob sie noch mit ihren damaligen Frauen und Familien zusammen waren – keiner hatte sich eine solche Zutraulichkeit erlaubt, denn es war klar, dass sie weit voneinander entfernt in verschiedenen Welten lebten und die Gefahr bestand, dass sie einander nichts oder nur Unfreundliches zu sagen hätten, wenn einer seine Vorsicht aufgäbe und sich zu nah heranwagte.

Eine Art Zwischenschritt machte nun Wagner, als Michael den Wagen in der Nähe des Rathauses abstellte, weil in dem engen Sträßchen vor Emmis Haus kein Parkplatz mehr zu finden war. Er fragte: »Hast du sie mal gesehen in der letzten Zeit?«

»Emmi? Nein, seit damals, als wir sie im Krankenhaus besucht haben, nicht mehr. Ich hab ein schlechtes Gewissen deshalb. Ich hab einfach nicht mehr an sie gedacht, und jetzt ist sie tot.«

»Ich hab ihr mal geschrieben«, sagte Wagner, »ist aber auch schon neun Jahre her.«

Dass er sie nur um ihre Unterschrift für eine Petition an den Bundestag gebeten hatte, in der es um die Teilnahme am Afghanistankrieg gegangen war, verschwieg er.

»Jetzt ist es jedenfalls zu spät«, sagte Michael und schloss den Wagen ab. Es war heiß, aber bewölkt – sie zogen beide ihre Jacketts aus, als sie den kurzen Fußweg zum Haus antraten.

~

Angela hatte im Garten ein Büfett angerichtet. Die Trauergäste saßen auf Bierbänken und beschäftigten sich mit den vor ihnen stehenden Tellern, Kaffeetassen, Weißwein- und Wassergläsern. Die Gespräche klangen gedämpft und tastend, weil der Garten nicht groß genug war, um jedem der Grüppchen, die sich auf dem Weg vom Grab gefunden hatten, einen eigenen Platz zu bieten – jetzt saß man wieder Fremden gegenüber, die man nicht kannte und nichts zu fragen wagte.

Bernd und Thomas standen schon vorn in der Schlange

am Buffet, als Michael und Wagner eintrafen und sich an deren Ende stellten.

»Ihr habt schön gesungen«, sagte eine Frau, die vor ihnen in der Reihe wartete, »das war echt ergreifend.«

»Vor allem war's ein Wagnis«, sagte Michael, »das hätte auch schiefgehen können.«

»Ist es nicht«, sagte die Frau. »Kennt ihr mich eigentlich noch?«

»Ehrlich gesagt, nein«, antwortete Wagner, »sei nicht böse. Ich jedenfalls nicht«, und er sah Michael fragend an, in der Hoffnung, der rette womöglich die peinliche Situation.

»Siggi«, sagte sie lächelnd. »Sigrid Möhlin, damals Gerstner.«

»Au, du hast dich verändert. Entschuldige«, sagte Michael. »Hallo, Siggi.«

»Klar hab ich das. Ihr auch. Ich hätte euch auch nicht erkannt, wenn ihr nicht gesungen hättet.«

Jetzt kam das Gespräch auf, das sie bislang vermieden hatten. Siggi erzählte von ihrem Beruf als Sportlehrerin in Passau, ihren gelegentlichen Besuchen bei Emmi, die ihr sehr geholfen, der sie viel zu verdanken und mit der sie bis vor Kurzem noch hin und wieder telefoniert habe. Aber nicht mehr im Krankenhaus, alles sei so schnell gegangen und Emmi auf einmal tot gewesen.

Weil Siggi danach fragte, erfuhr Michael, dass Wagner noch immer in Erlangen lebte, nicht mehr beim Sozialamt, sondern inzwischen beim Wohnungsamt arbeitete, dass sein Sohn gerade mitten im Abitur steckte und seine Frau Corinna leider nicht kommen konnte, weil sie auf einer Tagung in Island war, aber alle herzlich grüßen lasse und später mal alleine Emmis Grab besuchen wolle.

Die beiden redeten weiter, aber Michael hörte nicht mehr zu, weil sich Corinnas Bild vor die Unterhaltung schob. Sie war so etwas wie ihr Groupie gewesen und, immer wenn sie konnte, zu den Auftritten mitgekommen, hatte Plakate verschickt, bei den Proben zugehört – sie war niemandem lästig gefallen, weil alle vier ein bisschen verliebt in sie und vertraut mit ihr gewesen waren.

Zu Emmi hatte sie eine vorsichtige, vielleicht auch von Eifersucht eingetrübte Distanz gehalten, aber die beiden Frauen waren arbeitsteilig in einer Art stillschweigender Übereinkunft dafür zuständig gewesen, die Nachtigallen zusammenzuhalten, indem sie deren Rivalität untereinander so abfederten, dass das Ensemble nicht auseinanderflog. Von Emmi und Corinna fühlte sich jeder der vier geachtet und gemocht, vielleicht sogar geliebt, zumindest so gewürdigt, wie es die anderen Bandmitglieder nicht immer zustande brachten.

Später, als der Kontakt zu Emmi lockerer wurde, weil sie alle zum Studium nach München gezogen waren, übernahm Corinna das Management, und sie versuchte auch, die Rolle als Seele des Quartetts, als dessen Muse auszufüllen, aber Emmis Schatten war zu groß – Corinna konnte nicht darunter hervortreten –, bis das Ganze schließlich allen um die Ohren flog, weil die Musik nicht mehr das Wichtigste in ihrem Leben war.

Corinna hatte sich nie mit einem der vier eingelassen, es aber immer vermocht, jedem das Gefühl zu geben, er sei der von ihr Begehrte, nur könne man nicht miteinander ins Bett fallen, weil sonst die Band in Gefahr geriete. Irgendwann hatte Michael geglaubt, sie inszeniere sich als ein Versprechen, das sie nicht halten wollte. Umso erstaunter war er gewesen, als er später von der Hochzeit mit Wagner erfahren hatte.

Am Buffet stand Angelas Tochter, eine junge Frau mit ebenso flachsblondem Haar und aufrechter Haltung wie ihre Mutter und Großmutter. Sie reichte den Gästen Besteck, Servietten und Getränke. Siggi griff so ungeschickt nach ihrem Besteck, dass es ihr gleich wieder aus der Hand fiel, Michael hob es auf, Angelas Tochter reichte ihr ein neues, und Michael sah Siggis gerötete Wangen und erkannte, dass sie von der Tochter betört und deshalb unsicher und verwirrt war. Hier konnte der Ursprung ihrer Dankbarkeit liegen. Emmi hatte ihr vielleicht geholfen, zu akzeptieren, dass sie sich in Frauen verliebte. Michael empfand Stolz auf Emmi in diesem Moment. Wer weiß, wie viele dankbare Menschen jetzt hier waren, denen Emmi in einem wichtigen Augenblick ihres Lebens den richtigen Rat gegeben hatte.

Michael warf einen zweiten Blick auf die Tochter und sah, was Siggi so berührt haben mochte: Die Frau hatte diesen Perlmuttschimmer der Jugend an sich, der bald vergehen würde, aber jetzt noch alles an ihr weich und selbstlos erscheinen ließ. Sie wirkte wie jemand, der noch nicht allzu viele Entscheidungen gefällt und Menschen verletzt haben konnte.

Er nahm sich Kartoffeln, Bohnen, Salat und etwas von der Sauce (den Braten ließ er liegen) und sah sich um nach den anderen, aber sie saßen verstreut, und der Platz war zu knapp – neben Thomas und Bernd war nichts mehr frei, also musste er, da Wagner sich noch immer angeregt mit Siggi unterhielt, sein Glas Wasser auf der Fensterbank abstellen und im Stehen essen.

~

Über Emmi sprach nach einer Stunde niemand mehr. Wie jede Trauergesellschaft hatte auch diese nach dem bedrückenden Teil der Veranstaltung zu einer nervösen Hochstimmung gefunden, in der Anekdoten, Witze und Lebensgeschichten erzählt wurden, und die Nachtigallen waren nach einigen Rochaden schließlich doch am selben Tisch gelandet, wo sich Bernd inzwischen angeregt mit der Tochter unterhielt, was Angela, die ebenfalls mit am Tisch saß, missfiel, denn die beiden flirteten miteinander. Bernd flirtete immer. Ein weibliches Wesen ohne Bart oder Missbildungen war ihm von jeher als Beute erschienen, die er mit aller ihm zu Gebote stehenden Nonchalance umschlich. Angela versuchte immer wieder vergeblich, ihn und auch ihre Tochter an sein Alter zu erinnern, indem sie ihn auf Ereignisse von früher ansprach, aber es nutzte nichts – die Tochter zappelte schon in Bernds Fängen, der sich für ihr Medizinstudium, ihren Musikgeschmack, ihre Urlaubsreisen und Karrierepläne interessierte, als gäbe es nichts Wichtigeres für ihn als die Lebensumstände und Weltsicht dieser jungen Frau.

Thomas leerte sich den Wein in etwa derselben Menge in den Mund, wie ihm der Schweiß aus den Poren trat. Es war gespenstisch anzusehen. Michael hatte ihn vor einigen Minuten am Buffet beobachtet, wie er sich gleich zwei Gläser einschenkte, eines leerte, wieder auffüllte und dann beide mit sich zum Tisch nahm. Auch dort hielt ihr Inhalt nicht lang vor.

Inzwischen redete er auf ihren alten Mathematiklehrer ein, der sich von Thomas' Erwähnung seiner Arbeit als Immobilienmakler hatte beeindrucken lassen. Der Lehrer wollte ins Altersheim ziehen und sein Haus verkaufen, und Thomas erging sich in Spekulationen über den Preis und die Möglichkeiten, »die Braut vorher aufzuhübschen«, wie er es nannte.

Wagner hatte in Siggi eine Wesensverwandte gefunden – ihre gemeinsame Begeisterung für Gärten lieferte ihnen Gesprächsstoff, der sie alles andere ignorieren ließ. Bis auf den Flirt zwischen der Tochter und Bernd, den

Siggi mit ähnlich verdunkelten Blicken wie Angela unauffällig, aber nicht für Michael, verfolgte.

Jetzt sitzen wir schon mal zusammen und reden doch nicht miteinander, dachte Michael, aber es war ihm recht. Sympathie empfand er nicht mehr für die ehemaligen Gefährten, wie er eigentlich schon seit Jahren für die wenigsten Menschen noch Sympathie empfand.

Dennoch, dieses eine Lied an Emmis Grab erinnerte ihn an das, was sie verbunden hatte – es war eine verschenkte Gelegenheit. Sie hätten jetzt für einen Moment, einen Nachmittag lang, an diesen glücklichen Punkt ihres Lebens anknüpfen, sich ihrer Freundschaft erinnern und Emmis Rolle bei deren Entstehen würdigen können. Stattdessen spulte jeder sein Programm ab und versuchte so wenig wie möglich anwesend zu sein.

Dabei wurden sie von den anderen Gästen als etwas Besonderes angesehen. Immer wieder bemerkte Michael Blicke, die auf ihnen ruhten, seit sie am selben Tisch saßen – sie waren wieder ein bisschen berühmt. Das Lied hatte etwas angerührt in den Gästen, den Abschied zu einem wirklichen Abschied gemacht, die Trauer für einen kurzen Moment aufscheinen lassen, die man sonst von sich weggehalten oder abgestreift hätte, weil das Leben weiterging und die Toten, sosehr man sie auch verehrt haben mochte, nicht mehr zählten.

»Meine Mutter hat euch so vergöttert, dass ich manchmal richtig eifersüchtig war«, sagte Angela jetzt zu ihm. Vielleicht wollte sie sich vom Anblick ihrer strahlenden Tochter mit diesem knochigen älteren Mann ablenken. Die beiden hatten jetzt einen gurrenden, halblauten Ton in den Stimmen und waren wie in einer eigenen Umlaufbahn von ihrer Umgebung abgekoppelt. Daran, dass sie miteinander im Bett landen würden, war wohl nichts mehr zu ändern. Da störte weder der Abdruck eines Eherings an Bernds Finger noch die Tatsache, dass Sarah, die Tochter, einen Freund hatte, der für sie kochte, ihre Arbeiten schrieb und in Regensburg auf sie wartete.

Michael, der mittlerweile entschlossen war, bald aufzubrechen, kam nicht mehr zu einer Antwort, denn jetzt fuhr ein Wagen vor, ein weißer Audi mit Münchner Nummer, und aus diesem stieg Erin.

Schwarzes Kostüm, schwarzes Haar, die blasse Haut der Iren, eine Frau Ende dreißig mit der Haltung einer Aristokratin – aller Augen wandten sich ihr zu, als sie aus dem Wagen gestiegen war und zum Gartentor hereinkam. Angela und Michael standen auf und gingen ihr entgegen, die anderen sahen sich den Auftritt nur an.

»Erin, dass du gekommen bist«, sagte Angela, und die beiden Frauen umarmten einander.

»I'm so sorry«, sagte Erin, »das Flugzeug war ausgefallen und erst nach einer Stunde ein anderes da.«

Sie löste sich von Angela und sah Michael an. »Hi, Michael«, sagte sie. Sie sprach seinen Namen englisch aus.

»Hi, Erin«, sagte er und küsste sie auf beide Wangen. »Das ist schön, dich zu sehen.«

»Auch mit einem traurigen Grund«, sagte sie und lächelte zuerst ihn an, dann in die Runde der Gäste, die sich jetzt wieder pro forma miteinander unterhielten, um nicht unhöflich zu wirken. Einige nickten ihr zu, manche lächelten. Michael, der sonst fast immer wusste, was die Menschen dachten, war sich diesmal nicht sicher, ob ihnen klar war, wen sie da vor sich hatten, ob sie begriffen, dass Erin ein Star war, oder ob sie nur von der Ausstrahlung und Selbstsicherheit dieser schönen Frau beeindruckt waren.

Sie war sogar ein Weltstar. Allerdings in anderen Weltgegenden. Jemand, der mit dem Autoradio hinreichend versorgt war und dessen musikalischer Horizont sich von

Phil Collins bis Tina Turner erstreckte, würde nichts mit ihrem Namen anzufangen wissen.

Wagner und Thomas kannten sie. Sie sahen gebannt und ein bisschen verdutzt zu ihnen her – Wagner rückte sogar zur Seite, in der Hoffnung, Michael möge sich mit seiner illustren Begleitung wieder zu ihnen setzen.

Aber sie wollte zu Emmis Grab. Michael bot an, ihr den Weg zu zeigen. Sie stiegen in den Audi, der ohnehin so mitten auf der Straße nicht stehen bleiben konnte, und fuhren zum Friedhof. Aus dem Augenwinkel sah er noch, wie Wagner und Thomas die Köpfe zusammensteckten und Bernd sich ihnen zuwandte und seine bis eben noch angehimmelte Sarah links liegen ließ.

~

Das Grab war bedeckt mit einem Berg von Blumen und Kränzen. Sie gingen schweigend darauf zu, wie sie auch schweigend hierhergefahren waren, und Michael sagte wenige Meter davor: »Ich lass dich alleine, ja?«

Erin hob ihren Arm, ohne Michael anzusehen, und berührte ihn an der Schulter. Er ging zum Parkplatz zurück, um dort auf sie zu warten.

Aber er war noch nicht wieder ganz an der Kapelle vorbei, als er sie singen hörte. Dasselbe Lied. *The parting glass*. Er blieb stehen.

Noch aus dieser Entfernung, vielleicht dreißig oder vierzig Meter, klang ihre Stimme so verletzlich wie strahlend, und die verspielten irischen Schlenker ließen das Lied natürlich und kunstvoll zugleich wirken wie den Gesang eines sehr besonderen Vogels.

Michael ging leise den Weg wieder zurück, vorsichtig auf dem Grasrand balancierend, um sich nicht durch das Knirschen seiner Schritte zu verraten. Er näherte sich

Erin bis auf etwa fünfzehn Meter – weiter wollte er nicht, um ihr Alleinsein mit Emmi nicht zu stören. Sie stand da, eine schwarze Silhouette, die Hände vor dem Schoß ineinandergelegt, den Kopf gesenkt, und sang die letzten Zeilen: *But since it falls unto my lot that I should rise and you should not; I gently rise and softly call, goodnight and joy be with you all.*

Er wäre gern noch geblieben, aber er wandte sich ab und ging zurück, wie er gekommen war, um nicht als Lauscher entdeckt zu werden. Schon wieder spürte er Tränen in den Augen, aber diesmal weinte er nicht um Emmi Buchleitner – es war Erins Stimme, das Lied, die Geste des Respekts und der Liebe, die hier einem Menschen nachgerufen wurde. Und es war die Stille auf dem menschenleeren Friedhof in der schwülen Nachmittagshitze. Und vielleicht auch die Tatsache, dass er so unverhofft mit Erin zusammengetroffen war.

»Hey«, rief sie hinter ihm, und jetzt hörte er auch ihre Schritte. Er blieb stehen und drehte sich um. Immerhin war er schon fast wieder bei der Kapelle angelangt, sie musste nichts von seinem Anschleichen mitbekommen haben.

»Das war ein Lieblingslied von ihr«, sagte Erin, »sie hat es mir beigebracht, obwohl ich Irin bin und es eigentlich kennen musste.«

»Wir haben das auch gesungen«, sagte Michael, »meine Freunde und ich. Vorhin bei der Beerdigung.«

»Das gleiche Lied?«

»Ja. Vierstimmig. A cappella. Sie hat es auch uns beigebracht. Sie hat uns genauso zu Musikern gemacht wie dich ein paar Jahre später. Nur dass wir keine geblieben sind.«

»Du hättest mit mir zusammen singen können«, sagte sie.

»Da hätte ich geheult. Das hätte nicht gut geklungen.«

»Ach komm«, sagte sie und sah ihn zweifelnd an. Aber weil sie in seinem Gesicht keine Ironie fand, gab sie ihm einen kleinen Boxhieb an die Schulter. »Rubbish.«

~

Emmi hatte ihn damals angerufen, ob er mit ihr eine Sängerin anhören wolle, die in München im MUH auftreten sollte. Es werde ihm gefallen, sagte sie, und ihr wäre lieb, sie würden einander kennenlernen. Die Sängerin sei eine Schülerin, die jetzt bald nach Irland zurückkehren werde, und wenn er sie gehört habe, wisse er, warum ihr das so wichtig sei.

Er war damals fast fertig mit dem Studium, die Examensarbeit in Anglistik hatte er schon abgeliefert, für Romanistik musste er noch arbeiten. Die Nachtigallen hatten sich aufgelöst, nachdem Wagner ihnen immer öfter mit der Frage »Wo stehen wir eigentlich?« auf die Nerven gegangen war. Anfangs gab es noch ironische Antworten wie: »Schwabing, Giselastraße«, aber irgendwann waren sie diese immer penetranter werdenden Forderungen, man dürfe kein bourgoises l'art pour l'art machen, sondern müsse politisch relevant und parteilich sein, so leid geworden, dass Wagner damit nur noch Müdigkeit und Ärger auslöste. Er war dem Verband Sozialistischer Kulturschaffender beigetreten und akzeptierte nur noch Eisler, Weill, Theodorakis und Jara als Komponisten und Tucholsky, Brecht, Mehring und Neruda als Texter. Schließlich hatte sein ständiges Nörgeln und Dozieren nur eine einzige Wirkung: Sie schmissen in einem sehr kurzen und sehr lauten Streit alles hin und verloren einander zügig aus den Augen.

Erst nach dem Ende des Quartetts wurde klar, dass es

schon vorher nicht mehr existiert hatte – der Körper des Ganzen war nur noch von seinen Kleidern zusammengehalten worden, die Nachtigallen hatten sich von einem Tag auf den anderen in Luft aufgelöst. Ohne Reminiszenzen, ohne Nachwehen, ohne den Versuch, sie zu reanimieren.

Das Musikalische Unterholz, wie der volle Name des Folkclubs lautete, lag in der Hackenstraße. Es war ein Mittwoch und nicht sehr viel los, auf dem Programmzettel standen für diesen Tag lauter Namen, die Michael nichts sagten: Peter Finger, Holger Paetz, Erin Conally und John Vaughan.

Die Szene, in der er sich bewegt hatte, bot wenig Überschneidungen mit der Folkszene und den Liedermachern – das, was die Nachtigallen gesungen hatten, war reine Unterhaltung gewesen, Comedian Harmonists, alte Popsongs und Schlager, eben alles, was a cappella gut klang – ihre Auftritte waren kurz und vergnüglich, davor und danach spielten Bands zum Tanzen. Mit dem antiglamourösen Anspruch der Folkies hatte das wenig gemein. Anfangs, als sie noch eine Schülerband waren, gab es auch getragene Melodien und ernste Teile in ihrem Programm – irische Volkslieder, die Emmi so sehr liebte, Schubertlieder, Bach –, sie sangen bei Hochzeiten oder Weihnachtsfeiern ebenso wie auf Schulfesten, in Kneipen oder auf Empfängen, aber später, als sie eine Studentenband geworden waren, hatte ihr Programm sich verändert. Es war zum Amüsement auf Partys, Uniböllen und Stadtfesten gedacht. Berührungspunkte gab es eigentlich nur mit den Kabarettisten und den damals so genannten Blödelbarden wie Ulrich Roski oder Fredl Fesl.

Als Emmi und ihr Schützling sich an den von Michael frei gehaltenen Tisch setzten, spielte gerade John Vaughan, ein blonder Amerikaner, der sich aufs Witzeerzählen verstand und die vielleicht dreißig Gäste nach und nach für sich gewonnen hatte. Emmi versuchte, sich ihre Aufregung nicht anmerken zu lassen, und Michael verstand auch gleich, weshalb. Erin, der Schützling, war weiß im Gesicht, atmete flach und sah mit fast irrem Blick um sich – sie war kurz vor dem Kollaps vor lauter Lampenfieber.

Michael kannte das Gefühl, er wusste, dass einem in diesem Zustand nur noch Flucht einleuchtete. Er ging zur Theke und holte zwei Whisky und einen Weißwein. Den Weißwein gab er Emmi, die ihn lächelnd nahm, und einen Whisky schob er Erin hin, die ihn zuerst verständnislos anstarrte, dann aber ergriff und einen Schluck probierte.

»Cheers«, sagte Michael. »Vergiss die Leute. Sing nur für Emmi und mich.«

Sie sah ihn zweifelnd an, fast blöde, als habe sie ihn nicht verstanden, dabei wusste er, dass sie Deutsch konnte, denn sie hatten einander begrüßt und einige Worte flüsternd gewechselt.

»Es geht«, sagte er und hob sein Glas erneut. »Es geht immer.«

Er hatte recht. Endlich war sie dran und ging zur Bühne – es war eher ein Torkeln als ein Gehen –, und sie verwandelte sich in dem Augenblick, als sie das Mikrofon zu sich heruntergezogen, die Stimmung der Gitarre überprüft und zur Begrüßung die Worte gehaucht hatte: »Stagefright is my second name. The first one is Erin.« Sie fing an zu singen, und ihr bis eben noch flackernder Blick war auf einmal ruhig. Die Gäste wurden es ebenfalls – das Klappern und Plappern und Klirren verebbte, und alle lauschten dem schon damals sehr abgestandenen Folksong *The last thing on my mind*, als wäre er eine Offenbarung.

Sie spielte gut Gitarre, sang sicher und mit der für die Folkmusik typischen Bescheidenheit, schien in sich gekehrt und war doch gleichzeitig so expressiv und einnehmend, dass sie mit den ersten Zeilen schon die Zuhörer fing und vor dem zweiten Refrain nur ein schüchternes Kopfnicken und Lächeln brauchte, um fast alle, die da saßen, zum Chor zu machen, der kräftig und mit Hingabe sang: *Are you going away with no word of farewell, will there be not a trace left behind – I could have loved you better, didn't mean to be unkind – you know that was the last thing on my mind.*

Emmi strahlte. Michael wusste, was sie vorhatte. Sie wollte ihn und Erin irgendwie zusammenbringen, ob als Liebespaar oder als Künstlerduo – sie hoffte, ihn bei der Musik zu halten durch diese Talentinfusion, sie hatte den Glauben an ihn nicht aufgegeben.

Nach einer halben Stunde ging Erin von der Bühne. Sie hatte drei Zugaben geben müssen und glitt auf einer Woge aus Sympathie und Begeisterung zu ihrem Tisch zurück, wo sie den Rest des Whiskys wie Limonade kippte und für den Rest des Abends nicht mehr ansprechbar war. Zwar unterhielt man sich noch eine Weile, zuerst im Lokal, dann draußen auf dem Weg zu Emmis Opel Kadett, aber Erin war über den Wolken, sie flog weit über Emmi und Michael, deren Lob zwar ihre Sphäre erreichte, aber Erin nahm es nur noch auf, wie ein Alkoholiker im Vollrausch noch schmeckt, was er einfach weitertrinkt, obwohl es sein Wohlgefühl nicht mehr steigert – sie sammelte Michaels und Emmis Komplimente ein wie Krümel, etwas, das man eben auch noch mitnimmt. Das Wichtige war von diesen fremden Leuten gekommen, was Emmi und Michael dazutun konnten, war nicht mehr von Bedeutung.

Emmi schien ein wenig verletzt deswegen, aber Michael wusste, was Erin empfand, und nahm es ihr nicht übel. Das unterscheidet Künstler von anderen Menschen: Ihre Nahrung, das Lob und Interesse, ist eine harte Droge – es gibt keine ungefährliche Dosis. Und so nah sie den fremden Menschen im Publikum gekommen war, so fern war sie jetzt ihnen beiden.

Emmi sah ein bisschen traurig aus, als Michael sich verabschiedete, aber ihr Plan war zumindest teilweise aufgegangen. Zwar hatte sich Erin nicht geradewegs in Michael verliebt, sie bemerkte ihn kaum noch, aber er war elektrisiert und aufgewühlt von ihrem Talent. Er war hingerissen.

~

»Was bist du dann jetzt, wenn du kein Musiker mehr bist?«, fragte sie ihn beim Einsteigen, und er antwortete, während er sich den Sicherheitsgurt über die Brust zog und festmachte: »Geschäftsmann.«

»Und was für ein Geschäft ist das?«

»Ich handle mit Antiquitäten.«

»Komisch«, sagte sie und startete den Wagen.

»Was ist komisch?«

»I would have bet, du bist ein Künstler.«

»Wieso das denn?«

»Deine Art. A certain kind of awareness, a certain kind of loneliness, ein Geschäftsmann hätte ich nie geraten.«

»Glaubst du, ich habe eine besondere Antenne oder so was?«

»Genau so. Das glaub ich.«

»Dann hast du das vielleicht selber.«

»Right. Deshalb denk ich ja, du musst ein Künstler sein. Ich bin das ja auch.«

Sie hatte keine Probleme mit dem Fahren, das Lenkrad

auf der linken Seite schien ihr kein Kopfzerbrechen zu machen. Auch der Rechtsverkehr nicht. Soviel er wusste, lebte sie in Irland und London, dort fuhr man links, aber vielleicht hatte sie auch noch ein Versteck auf dem Festland, in Frankreich oder Spanien, oder sie war so oft in den USA, wo sie ihre letzten drei Alben aufgenommen hatte, dass ihr das Fahren auf der richtigen Seite keine Schwierigkeiten mehr machte.

Sie hatte recht. Er war ein Künstler. Aber das wusste niemand, und ausgerechnet sie war die Letzte, die es erfahren durfte.

~

Sie kurvte souverän auf den Marktplatz, hielt an, aber parkte nicht ein.

»Sagst du Angela von mir goodbye?«

»Kommst du nicht mehr mit?«

»Nein. Das Flugzeug geht um halb fünf. Ich muss morgen in London sein. Geht nicht anders.«

»Schade«, sagte Michael und öffnete die Tür.

»Take care, Geschäftsmann«, sagte sie lächelnd. Michael beugte sich noch einmal herunter, um in den Wagen zu sehen: »Willst du wirklich das nächste Album mit Rick Rubin machen?«

Sie lachte. »Hey, du kennst dich aus. Soll ich nicht?«

»Lass dich wenigstens nicht zu so einem puristischen Gitarre-und-Stimme-Minimalismus überreden. Deine Musiker sind sensationell, die beiden Geigerinnen, der Bandoneonspieler, die ganze Band ist großartig, und du bist großartig mit ihnen zusammen.«

Sie schwieg. Und sie schaute nachdenklich auf das Armaturenbrett. Dann wandte sie sich ihm zu und sagte: »Du sprichst genau aus meinem Kopf. Ich treffe morgen

Rick in London und will ihm sagen, dass er mich nur mit Band im Studio haben kann.«

»Gut.«

»War schön, dich zu sehen«, sagte sie und startete den Wagen. Michael schloss die Tür, und sie fuhr los. Nach einigen Metern sah er, dass sie den Arm aus dem Fenster streckte und winkte. Er winkte zurück.

~

Bernd war verschwunden, die Tochter ebenfalls, und ihre Abwesenheit veränderte das Klima unter den Gästen, obwohl inzwischen auch die meisten älteren Herrschaften gegangen waren und sich nur noch ein starkes Dutzend Leute im Garten aufhielt. Auch Angela war nirgendwo zu sehen. Vielleicht suchte sie die Winkel im Haus nach ihrer sündigenden Tochter ab.

»Wo hast du Fairy O gelassen?«, fragte Wagner, der noch am selben Platz mit Siggi und Thomas saß. Der starrte inzwischen stumpfen Blicks auf die Platte des Biertisches vor sich. Er hatte ein paar Gläserinhalte zu viel in seinem Gesicht verschwinden lassen und brütete seine chemisch induzierte Einsamkeit aus.

Fairy O war der Künstlername, den sich Erin zu Beginn ihrer Karriere gegeben hatte. Als hätte sie geahnt, dass ihr dieser Kunstgriff einmal einen Rest Privatleben sichern würde – für eine Erin Conally interessierte sich niemand, wenn die ein Hotelzimmer buchte oder Haus bezog, für Fairy O würden sich Reporter und Paparazzi in einigen Teilen der Welt aufs Motorrad schwingen.

»Sie ist schon wieder nach München zum Flughafen zurück. Ich soll euch grüßen.«

»Schade.«

»Glanz in der Hütte«, lallte Thomas.

»Woher kennst du die?«, fragte Siggi.

»Von Emmi. Sie war auch eine Schülerin von ihr. Nach unserer Zeit.«

»Wagner sagt, sie ist ein Star.«

»Ist sie. In Irland und Amerika wird sie vergöttert. Und so wie's aussieht, auch in Südeuropa und Lateinamerika. Wenn du bei Youtube ihre Konzertfilmchen anschaust, dann sind die von überall auf der Welt, und das Publikum ist immer riesig.«

»Auch bloß eine Fotze«, murmelte Thomas in sich hinein.

Michael, Wagner und Siggi wechselten Blicke, wollten sich stillschweigend verabreden, das eben überhört zu haben, aber Thomas war noch nicht fertig: »Eine große Großfotze. Mit großem Publikum. Groß, groß.«

»Den Rülpser solltest du schnell wieder einatmen«, sagte Wagner, und Thomas glotzte ihn an, unsicher, ob hier eine harsche oder unterwürfige Reaktion angebracht sei. Während er noch überlegte, stand Siggi auf, klopfte auf den Tisch und sagte: »Das brauch ich nicht. Ciao.«

Michael stand ebenfalls auf und ging ein paar Schritte mit ihr. »Er weiß nicht, was er redet«, sagte er, »früher war er nicht so ein Arsch.«

»In vino veritas«, sagte Siggi, »ob er's weiß oder nicht, so denkt der. Pfui Deibel. Und ich hab dem die Hand gegeben. Die muss ich mir sofort waschen.«

»Tut mir leid«, sagte Michael. Etwas anderes fiel ihm nicht ein.

»Da kannst du doch nichts dafür.«

Währenddessen fing Thomas an zu lärmen. Er müsse sich von Wagner nicht vorschreiben lassen, was er zu sagen habe und was nicht, man lebe ja schließlich in einer Demokratie und habe Meinungsfreiheit, und wo überhaupt der Wein hin sei, es staube in seinem Glas, er habe

Durst, und was das denn hier eigentlich für ein Sauladen sei, in dem man einen Gast verdursten lasse und so weiter.

Wagner warf Michael einen verzweifelten Blick zu, und der kam schnell wieder an den Tisch.

»Als Erstes brauch ich mal deinen Autoschlüssel«, sagte er zu Thomas, der ihn verdutzt ansah und eine Weile brauchte, um diesen überraschenden Text zu verarbeiten.

»Hast du ein Hotel gebucht?«, fragte Michael weiter, aber Thomas glotzte nur. Bis er sich doch so weit sortiert hatte, dass er auf die Frage antworten konnte: »Was denn für ein Hotel?«

»So eins mit Betten. Man kann dort schlafen. Solche Häuser heißen Hotel.«

»Verarschst du mich? Ich weiß, was ein Hotel ist.«

»Gut. Da musst du nämlich jetzt dringend hin und schlafen.«

»Ich muss aber nicht schlafen, ich muss was trinken«, sabberte Thomas mit einem Unterton kindlicher Entrüstung, der ihn fast schon wieder sympathisch erscheinen ließ.

»Dich muss man ganz dringend entsorgen. Das hier ist eine Trauerfeier, und du benimmst dich daneben.«

»Gibt's in dem Hotel was zu trinken?«

»Ganz sicher. Komm jetzt, gehen wir. Ich bring dich hin.«

Inzwischen wurden sie von allen angestarrt. Siggi war verschwunden und Angela noch immer nicht zu sehen. Einige Gäste lachten verlegen, andere hatten interessiert-neugierige Gesichter aufgesetzt und hofften auf noch ein bisschen mehr peinliche Unterhaltung.

Wagner und Michael hakten sich rechts und links bei Thomas unter und zogen ihn von der Bierbank hoch. Sie packten ihn in Michaels Mietwagen und brachten ihn zum Hotel Lindner, das sie noch von früher kannten. Damals waren dort die betuchteren Eltern beim Besuch von Schulfesten oder Sportveranstaltungen abgestiegen.

Thomas hatte seine Eruption wohl hinter sich, jetzt kam die Melancholie, und er stierte vor sich hin, während Wagner und Michael mit dem skeptischen Herrn an der Rezeption verhandelten, der sich jedoch nach einem Blick auf Thomas' teure Kleidung überzeugen ließ, dass dieser Gast am nächsten Morgen wieder lammfromm sein würde, und den Schlüssel zu einem Zimmer im Erdgeschoss herausrückte.

Thomas ließ sich sogar den Autoschlüssel abschwatzen, den Michael an der Rezeption hinterlegte, wo er dem Portier einschärfte, ihn nicht vor morgen früh herauszurücken. Dieser Herr dürfe auf keinen Fall fahren, bevor er nicht seinen Rausch ausgeschlafen habe.

»Das bedarf keiner näheren Erläuterung«, sagte der Portier, und Michael musste lächeln ob dieser gewählten und in ihrem altmodischen Tonfall irgendwie tröstlichen Aussage.

»Danke«, sagte Michael und gab dem Herrn zehn Euro Trinkgeld. »Ich verlasse mich auf Ihre Autorität.«

»Seien Sie deren gewiss«, sagte der Portier, jetzt ebenfalls lächelnd, vielleicht weil es selten vorkam, dass ein Gast seinen Sound zu schätzen wusste und nicht irritiert oder gar verärgert darauf reagierte.

~

»Der hat sich gradaus volllaufen lassen«, sagte Wagner, »als hätt er's eilig gehabt damit. Ich hab nach dem vierten Glas aufgehört mitzuzählen.«

»Macht er das schon lange?«

»Keine Ahnung. Ich hab ihn heut das erste Mal seit

mindestens zehn Jahren wiedergesehen. Dass er nicht mehr bei der Bank ist, sondern jetzt Häuser vertickt, hab ich auch nur mit halbem Ohr mitgekriegt, als er das dem Dröscher lang und breit aufs Brot geschmiert hat.«

Sie parkten wieder am Marktplatz und gingen zu Fuß zu Emmis Haus, das jetzt Angelas Haus war, zurück.

»Was machst du eigentlich?«

»Antiquitäten.«

»Du machst Antiquitäten? Das klingt mir aber nicht nach dir. Zu schlawinerhaft. Du bist doch der bravste Mensch aller Zeiten.«

»Nein, ich mache sie natürlich nicht, ich handle mit ihnen. Genau genommen entdecke ich sie nur für einen Händler und vermittle dem die Verkäufer. Also auch so was Ähnliches wie Makeln.«

»Und wo? Bist du noch in Berlin?«

»Nein, schon lang nicht mehr. Ich lebe seit neun Jahren in Venedig.«

»Venedig? Oh je!«

»Oh je? Was soll das denn heißen?«

»Das ist doch nur noch ein einziges Disneyland.«

»Wann warst du denn zum letzten Mal dort?«

»Vor neunzehn Jahren. Auf unserer Hochzeitsreise.«

»Und woher weißt du dann, wie es jetzt ist?«

»Ich lese Zeitung.«

»Selber gucken macht schlau. Komm mich besuchen. Ihr könntet alle kommen. Platz gibt es da genug. Wenn du die anderen einsammelst, seid ihr meine Gäste. Dann holen wir das hier Versäumte nach und reden mal wieder miteinander.«

»Hast du die Adressen von Bernd und Thomas?«

»Nein. Angela hat sie. Sonst wären wir ja nicht hier.«

»Gib mir auf jeden Fall mal deine.«

Wagner fummelte ein Oktavheftchen aus der Brusttasche seines Jacketts und schrieb seine Adresse auf. Dann riss er den Zettel ab und reichte ihn Michael. Der stand auf und gab ihm eine Karte.

Das verlorene Häufchen, das bis jetzt durchgehalten hatte, machte den Eindruck, als wolle es sich von Michaels Abgang inspirieren lassen und ebenfalls aufbrechen, aber eine resolut wirkende Frau schenkte allen noch Weißwein in die Gläser und unterdrückte damit den Impuls. Noch immer keine Spur von Angela. Und auch keine von Bernd.

»Ich hau jetzt ab«, sagte Michael.

»Ich warte noch, bis Angela wieder auftaucht«, sagte Wagner und sah sich unschlüssig um, ob da noch irgendwer als Gesprächspartner infrage kam.

»Grüß sie von mir. Ich muss los, sonst krieg ich mein Flugzeug nicht mehr und kann mir die Nacht in München um die Ohren hauen. Das verlockt mich nicht.«

»Klar«, sagte Wagner, »mach's gut. Ich melde mich.«

~

Schon beim Einsteigen in den Wagen nahm sich Michael diese spontane Einladung übel. Er brauchte keinen Besuch. Schon gar nicht diese drei Herren, die einander so offenkundig nichts mehr zu sagen hatten und womöglich bei der ersten Gelegenheit Streit bekämen. Was hatte er mit denen zu schaffen? Sie waren ihm so fremd, wie ihm nahezu jeder Mensch inzwischen fremd war. Mit Ausnahme vielleicht von Erin. Und Serafina, seiner Nachbarin. Und Ian, seinem Geschäftspartner. Und Emmi vielleicht, aber die war tot, und er hatte sich seit vielen Jahren nicht mehr bei ihr gemeldet.

Und ein paar Kilometer weiter nahm er sich auch seinen Mangel an Manieren übel. Einfach so abzuhauen war nicht in Ordnung. Er fuhr rechts ran und rief Angelas Handynummer an. Ihre Stimme klang aufgeregt.

»Angela? Michael hier. Ich wollte mich verabschieden, aber ich hab dich nicht mehr gefunden.«

»Ja, ich bin in der Tierklinik.«

»Was ist los?«

»Sarah hat eine verletzte Katze gefunden. Bernd hat uns hierhergefahren. Jetzt gerade kümmert sich der Tierarzt um das arme Vieh. Ich nehm mir gleich ein Taxi und fahr zurück zum Haus. Sind noch Gäste da?«

»Ja. Ein paar.«

»Drück der Katze die Daumen, ja? Sie sieht schlimm aus.«

»Mach ich.«

»War schön, dass ihr gekommen seid.«

~

BERND ließ es sich nicht anmerken, aber er kam kaum über die Enttäuschung hinweg. Sarah hatte ihn geküsst mit koketter Wildheit, die er ihr zwar nicht ganz abnahm, aber genoss, ihre Hand hatte schon fast an der richtigen Stelle gelegen, als sie tief genug im Wald gewesen waren – es ging eigentlich nur noch darum, den richtigen Platz zu finden, da sah sie dieses arme Tier, das immer ein paar Meter auf drei Beinen vorwärtskam und dann wieder erschöpft liegen blieb. Die Katze blutete an der Flanke, ein Hinterbein war lahm, das andere hatte eine schlimme Wunde. Jemand hatte auf sie geschossen, sie war in eine Falle geraten oder von einem anderen, größeren Tier so zugerichtet worden.

Als Sarah sie anfassen wollte, fauchte die Katze und robbte ein Stückchen weiter. Es war ein herzzerreißender Anblick. Und alle Erotik, das Vogelzwitschern, der

Duft des Waldes, der von Sarahs Haar, der samtige Ton ihrer Stimme, das fiebrige Tasten ihrer Hände an seinem Körper – alles hatte sich verflüchtigt und war dem Elend dieser Kreatur gewichen.

Sarah bat ihn, das Auto zu holen, und er rannte, solange sie ihn sehen konnte, dann ging er mit immer noch eiligen Schritten zum Haus, bat Angela um eine Decke und erklärte ihr, worum es ging, woraufhin sie das Messer, mit dem sie gerade Apfelkuchen geschnitten hatte, zur Seite legte und mit ihm in den Mercedes stieg.

Es war ein grauenhaftes Geräusch, die Katze schrie und fauchte, während Sarah sie beherzt hochnahm und auf die Decke auf dem Rücksitz legte. Sarah setzte sich nach hinten, Angela zu Bernd nach vorne und wies ihm den Weg zur Tierklinik in der Nachbarstadt.

Jetzt wurde die Katze operiert, und Sarah stand mit ihm vor dem Eingang der Klinik, hielt seine Hand, und sie sahen gemeinsam dem Taxi hinterher, das Angela zurück zu den Trauergästen brachte.

»Hast du ein Hotel?«, sagte sie. »Bleibst du hier?«

»Ich nehme mir nachher ein Zimmer«, sagte er.

Er hoffte, ihre Frage sei so zu verstehen, dass sie ihn in der Nacht besuchen würde. Falls die Katze starb.

»Danke, dass du so hilfst«, sagte Sarah und drückte seine Hand.

»Ist doch klar«, sagte er.

~

WAGNER war froh, endlich wieder ein bekanntes Gesicht zu sehen, als Angela aus dem Taxi stieg. Siggi hatte sich längst auf den Weg gemacht, die beiden anderen Klassenkameraden ebenfalls, die vier kurzhaarigen Frauen mittleren Alters, die jetzt noch da waren, ignorierten ihn, und er kam sich deplatziert vor, ein bisschen lächerlich, so als müsse man ihn für die Klette halten, die nicht begreift, wann Schluss ist.

Er wusste schon, dass Schluss war, die Feier war vorbei, aber er wollte nicht nach Hause, nicht zurück zu Corinnas zorniger Rechthaberei und Adrians verächtlicher Selbstsicherheit, die zwar gespielt war, aber dennoch ihr Ziel nicht verfehlte, ihn, seinen Vater, dumm aussehen zu lassen. Die beiden, Mutter und Sohn, waren übereingekommen, ihn bei jeder sich bietenden Gelegenheit als Trottel hinzustellen, mal humor- und scheinbar liebevoll, mal mit aller verletzenden Herablassung, die ihnen zu Gebote stand.

Corinna war nicht in Island. Wagner hatte gelogen. Er musste ihre Abwesenheit ja irgendwie begründen. Dass sie einfach keine Lust gehabt hatte, »die alte Krähe« zu Grabe zu tragen und »ihrer eingebildeten Tochter« Beileid zu heucheln, behielt er lieber für sich.

»Hast du Bernd irgendwo gesehen?«, fragte er Angela, obwohl er eigentlich nicht auf die offensichtliche Liebelei anspielen wollte – er hatte mitbekommen, dass sie davon nicht begeistert war.

»Der ist mit Sarah in der Tierklinik. Die haben eine verletzte Katze hingebracht und warten jetzt auf den Ausgang der Operation.«

»Ich helf dir«, sagte er, als Angela begann, das Geschirr abzutragen, und mit einem Stapel voller Teller auf dem Weg zur Küche kam ihm die rettende Idee: Er musste doch hierbleiben! Es ging ja gar nicht anders. Er musste sich doch um Thomas kümmern. Der war hilflos in seinem Vollrausch und brauchte einen Freund, wenn er daraus erwachte. Wagners Stimmung hob sich.

~

THOMAS hatte Durst. Er wusste nicht genau, wo er sich befand, aber er erkannte eine Minibar, wenn er eine sah. Er nahm das Zwergenfläschchen Whisky heraus und leerte es. Es brannte ein bisschen, aber nicht genug. Da gab es auch noch ein Bier, das leerte er ebenfalls, während er versuchte, den Albtraum abzuschütteln, von dem er schon nicht mehr wusste, was darin passiert war, nur noch, dass er grauenhafte Angst gehabt hatte.

Er schaltete den Fernseher ein und überlegte, ob er sich den Pornofilm geben sollte, aber zwanzig Euro oder was die dafür wollen würden, war einfach zu viel Geld für das bisschen geheuchelte Gereibe, Gelutsche, Gehampel und Gestöhn, dem man nur mit Selbstverachtung zuschauen konnte. Selbstverachtung war in seinem jetzigen Zustand eigentlich keine Gefahr mehr, die ihm drohte – das wäre erst morgen dran, aber die Talkshow, die er erwischt hatte, war schon viel zu bewegt, ihm wurde schlecht vom Hinsehen. Er schaltete aus. Und trank den letzten Schluck aus der Bierflasche. Und kippte wieder ins Bett. Egal. Alles egal. Sowieso.

~

MICHAEL hatte den Mietwagen abgegeben und sich beeilen müssen, war dann in der viel zu langsamen Security-Schlange fast verzweifelt, weil sein Flug immer wieder aufgerufen wurde, hatte aber trotzdem nicht versucht, sich vorzudrängeln, sondern das Gottesurteil einfach akzeptiert. Am Gate war er der Letzte, als er außer Atem angerannt kam. Später am Abend gab es keine Direktflüge mehr, und er wollte nicht umständlich über Amsterdam, Frankfurt oder Rom nach Hause trödeln. Der turbulente Landeanflug heute Morgen hatte ihm zwar das Fliegen fürs Erste wieder verleidet, aber der Fünf-

Uhr-Flug war gebucht, und er würde jetzt nicht dasselbe Geld noch mal für den Nachtzug hinlegen, sondern tapfer über die Alpengletscher brummen und das Gefühl haben, es könne auch schiefgehen.

Zwei Reihen vor ihm saß der Schauspieler Ulrich Tukur. Die Kabine war fast voll, aber Michael hatte den Sitz am Notausgang genommen, den die meisten Leute mieden, deshalb war auch diesmal der Platz neben ihm frei.

Unter sich sah er Dörfer, einen See, dann kamen bald die schrundigen, schneebedeckten Gipfel in Sicht, und er begann, sich auf den Anflug auf Marco Polo Airport zu freuen, den Blick von oben über das fischförmige Venedig in seiner glitzernden Lagune.

Leider war die Stadt unter einer Wolkendecke verborgen, als es so weit war, und er sah nur hier und da ein Gemüsefeld und einen Teil von Tronchetto, der künstlichen Versorgungsinsel, als das Flugzeug tief genug war. Bei der Landung klatschte jemand zaghaft Beifall, hörte aber gleich wieder auf damit, als klar wurde, dass er allein bleiben würde – zu dieser Tageszeit saßen nur noch wenige Touristen im Flugzeug, die meisten Reisenden waren wohl Stadtbewohner, die nach Hause kamen, so wie er und Herr Tukur.

~

Der wartete auch zusammen mit den anderen auf den Bus nach Piazzale Roma. Als echter Venezianer (und beflissener Gast) nahm man nur im Notfall die schnellere und teurere Alilaguna-Linie oder gar ein Taxiboot. Echte Venezianer haben es nicht eilig, denn das kann man nicht in dieser Stadt. Hier hat man Zeit für seine Erledigungen und Wege, weil man sie braucht. Die Boote sind langsam, die meisten Wege geht man ohnehin zu Fuß – vergleichsweise schnell sind hier nur Polizei, Krankentransport und Feuerwehr. Und gelegentlich Filmstars, reiche Leute oder Wichtigtuer mit weißer Kapitänsmütze und goldenen Knöpfen am Blazer.

An der Endhaltestelle Piazzale Roma verteilten sich die Fahrgäste auf die verschiedenen Bootslinien. Michael hätte auch zu Fuß gehen können, aber er nahm die 6 bis San Basilio, weil er das vertraute Schaukeln und Knurren des Bootes als Willkommensgruß empfand, und ging von dort die paar hundert Meter zur Fondamenta Briati und seinem Haus.

Die Bezeichnung Haus war nicht korrekt – es war ein Palast, zwar schmucklos bis auf fünf Figuren, die Dach und Giebel krönten, einen kopflosen Römer und einen geflügelten Löwen im Garten, die Fassade war heruntergekommen und changierte farblich zwischen Grün, Gelb, Schlamm und Sand, aber die Lage an der Kreuzung zweier Kanäle und mit einigem Abstand zu den Nachbarn bot ihm weite Ausblicke in fast jede Richtung. Er hatte ihn vor neun Jahren einem klammen Rockbassisten abgekauft mit sämtlichen Möbeln, Vorhängen und Teppichen und, außer den Bildern, nichts an der Einrichtung geändert. Die allesamt entweder streng oder abwesend dreinschauenden Ahnenporträts der ursprünglichen Besitzer, einer venezianischen Kaufmannsfamilie, hatte er abgenommen und sich stattdessen von einem Studenten an der Accademia delle Arte große, stille Pastellflächen im Stil von Rothko malen lassen, die jetzt, zusammen mit einigen lebensgroßen Holzplastiken von Balkenhol, einen freundlichen, aber bestimmten Akzent gegen die Mosaikböden und das Renaissancedekor an Wänden und Decken setzten.

Michael hatte schon auf dem Weg vom Gate zum Bus dieses innere Aufatmen gespürt – der Meergeruch mit einer Prise Diesel gemischt, die italienischen Stimmen, das Stakkato der Frauen mit ihren Absätzen auf dem Boden und ihren Anweisungen in die Handys –, all das hatte, wie so oft schon, eine große Erleichterung bei ihm ausgelöst. Es war nicht direkt ein Heimatgefühl, er wusste ja, dass er nicht wirklich hierhergehörte, es war aber dennoch das Gefühl, am richtigen Ort zu sein.

Sich in Deutschland wie ein Fremder zu fühlen kam ihm vor wie ein Manko, etwas Falsches, hier war es das nicht, hier war es das Richtige, ein komfortabler und stilvoller Zustand.

~

Im Haus empfing ihn Minus, die Katze seiner Nachbarin Serafina. Minus hieß eigentlich Minou, und Serafina hieß eigentlich Séraphine, denn sie stammte aus der Bretagne, aber sie wollte ihren Namen partout italienisch ausgesprochen hören, und sie musste die Katze vor ihrem Mann verleugnen, einem Manager von Elf Aquitaine, der nur an den Wochenenden kam. Immer dann war Minou Michaels Katze und hieß Minus. Sonntagnachts zog sie um ins Nachbarhaus und hieß wieder Minou.

Michael und Minus pflegten ein sehr entspanntes Verhältnis – man ließ einander in Ruhe und erging sich nicht in unangebrachter Zärtlichkeit, das Höchste an Liebesbekundung war, dass Minus sich gern in seiner Nähe aufhielt und Michael gern mit ihr redete und hin und wieder seine Nase an ihre stupste, wenn sie, zur Begrüßung oder zum Abschied, extra zu diesem Zweck auf die Barockkommode im Flur sprang.

In der Küche lag eine Packung Linguine auf der Theke, eine Schüssel mit schon gewaschenem Salat stand daneben, und ein Kügelchen in Silberfolie lag auf dem von

Besteck und Serviette umrahmten Teller, daneben ein Zettel, der von seinem Trüffelhobel beschwert wurde:

Ciao caro, der Trüffel ist frisch, lass ihn nicht verkommen. Minou ist schlechter Laune, vielleicht hilft Thunfisch dagegen. S.

Der Zettel war auf Deutsch. Serafina beherrschte außer ihrer Muttersprache noch Englisch, Deutsch und Italienisch, sie hatte jahrelang als Lobbyistin in Brüssel gearbeitet, jetzt übersetzte sie nur noch.

Neben Minus' Schälchen mit Trockenfutter und Wasser stand eine kleine Dose Thunfisch, noch ungeöffnet, Serafina war so rücksichtsvoll gewesen, ihm den Geruch nicht einfach zuzumuten, sondern ihm die Entscheidung zu überlassen, ob und wann er das servieren wollte. Sie wusste, dass er Fleisch und Fisch weder gerne ansah noch roch. Aber sie wusste auch, dass er Minus diese Leckerei nicht vorenthalten würde.

Der Trüffel in seiner Folie sah aus wie ein Turnpiece aus längst vergangener Zeit. Michael musste lächeln bei dieser Assoziation.

Eigentlich hatte er Hunger, aber er setzte noch kein Wasser für die Pasta auf, sondern bewirtete nur Minus mit dem Thunfisch auf einem Extratellerchen, dann ging er nach oben in sein Musikzimmer, schaltete Computer und Keyboard ein, legte seine Zigaretten und Streichhölzer neben das Mousepad, startete die Musiksoftware und suchte nach einem Sound, der dem einer Spieluhr nahekommen würde.

Auf dem Vaporetto waren ihm eine Zeile Text und ein Stück Melodie zugeweht, die wollte er nicht vergessen. Poetische und melodische Einfälle sind flüchtig. Man muss sie festhalten, solange sie einen noch umkreisen, sonst sind sie für immer verloren. Er hatte das Stückchen Text auf dem Handy notiert und übertrug es jetzt auf ein leeres DIN-A4-Blatt: *As stone to sand and sand to dust all things will change, cause change they must …*

Mehr hatte er noch nicht, aber es fühlte sich an wie der Kern zu einem Song, vor allem weil ihm gleich eine Melodie dazu eingefallen war und eine Struktur mit wenigen Paukenschlägen und schreitendem Charakter.

Minus war hinter ihm hergekommen und sprang auf das kleinere der beiden Sofas. Das tat sie oft, wenn er sich hier oben aufhielt – sie mochte es, wenn er an Musik arbeitete.

Nach einer Stunde hatte er die Melodie von Vers und Refrain so weit entworfen, dass er getrost Pause machen konnte, er würde das Gefühl dafür nicht mehr verlieren. Ein rudimentäres Arrangement und eine Bridge konnte er später noch austüfteln. Es war ihm sogar lieber, wenn einige Zeit verging zwischen erster Idee und eventuellen Raffinessen – wenn der Song ein paar Tage in seinem Kopf hin und her schwingen konnte, würde er sich entwickeln. Früher hatte er wie im Fieber so lange gearbeitet, bis eine vorführbare Version fertig war, mittlerweile ließ er sich Zeit zwischen den Schritten. Das kam der Qualität der Songs zugute.

»Vieni«, sagte er zu Minus, »mangiamo.«

Die Katze lief ihm voraus nach unten in die Küche, bevor er den Computer heruntergefahren und die Anlage ausgeschaltet hatte.

~

Minus schlief auf der Fensterbank, als Michael sich den Trüffel über die fertigen Linguine hobelte und die erste Gabel nahm. Das Lied klang in seinem Kopf, er hörte es mit Erins Stimme, so wie jedes, das er in all den Jahren geschrieben hatte.

Er lächelte beim Gedanken an die Begegnung mit ihr. Sie hatte den flüchtigen Bekannten in ihm gesehen, den Besucher eines Auftritts in München vor vielen Jahren, und keine Ahnung davon gehabt, dass er der Komponist war, der seit langer Zeit diese Songs für sie schrieb, sein Pseudonym niemals gelüftet und sich niemals zu einem Treffen mit ihr bereitgefunden hatte.

~

Damals in München war Michael schon auf dem Heimweg, gleich nachdem er sich von Erin und Emmi verabschiedet hatte, ein Lied eingefallen, das er zu Hause auf der Gitarre so lange spielte und vor sich hinsang, bis es stand. Noch in derselben Nacht waren die drei Strophen fertig, die es brauchte, und am nächsten Tag hatte er alles auf Notenpapier festgehalten.

In den nächsten Wochen ging das so weiter. Er schrieb einen Song nach dem anderen, alle in Englisch, notierte sie auf Papier mit einfacher Gitarren- oder Klavierbegleitung und legte sie auf einen Stapel, den er eines Tages Erin vorlegen wollte. Er komponierte wie im Rausch, magerte ab, rauchte Kette und trank abends nach getaner Arbeit zu viel, damit er überhaupt einschlafen konnte. Die Melodien liefen so lange rund in seinem Kopf, bis der Alkohol endlich wirkte.

Er ließ den Rest seines Studiums sausen, vergaß die Prüfung, lebte auf einem anderen Planeten, las englische Bücher, hörte traditionelle keltische Musik, so viel er auftreiben konnte, und war zum Songschreiber geworden. In seinem Kopf erklang ausschließlich Erins Stimme, wenn er schrieb, nur für sie waren diese Lieder gedacht.

Er wusste damals nicht, dass er verliebt war, hielt dieses schöpferische Fieber für eine künstlerische Erweckung, ein überraschendes Durchbrechen von Talent, das er nicht bei sich vermutet hatte – das war es auch, aber der Grund war Erin. Die Frau. Nicht nur ihre Stimme und ihre Bühnenpräsenz, ihre offensichtliche Eignung zum Star, es lag auch an ihrem Wesen und Aussehen, seine Träume rankten sich nicht nur um eine künstlerische Symbiose, die Vorstellung, irgendwann in einem Saal seine eigenen Songs aus ihrem Mund zu hören, mit ihr zusammen, oder besser: durch sie hindurch ein Publikum zu faszinieren, vielleicht irgendwann das Radio anzuschalten und ihr und sich zu lauschen – er träumte auch von ihrer Stimme, die nur für sein Ohr bestimmte Sätze flüsterte, von ihrem Körper, der sich schlafend an seinen schmiegen oder im Mondlicht ekstatisch auf ihm tanzen würde. Aber diese Bilder ließ er tief unten, irgendwo im Keller seines Traumgebäudes vor sich hin rascheln – im Erdgeschoss und in der Beletage ging es nur um die Kunst.

Dabei war sein Vorhaben hochromantisch. Er wollte Emmi um Erins Adresse bitten, mit all den Songs in der Tasche zu ihr fahren, und sie würde ihm dann um den Hals fallen, sobald sie deren Qualität erkannte.

Nachdem er einunddreißig Lieder geschrieben und zwanzig davon weggeworfen hatte, war der Plan unterdessen ein anderer geworden: Er konnte ihr doch die Songs über einen Musikverlag anbieten, nur ihr, und wenn sie einen nähme und vielleicht aufnehmen durfte und wenn dieser Song dann auch noch erfolgreich wäre, dann wollte sich Michael ihr als dessen Komponist offenbaren. Dann würde sie ihm, dem sie ihren Erfolg verdankte, erst recht um den Hals fallen.

Dass ihm ein so heimlichtuerischer Plan ganz vernünftig erschien, war kein Wunder. Seit er wusste, dass er die Gedanken anderer Leute lesen konnte, war ihm Heimlichtuerei zur zweiten Natur geworden. Halbwegs offen und ehrlich war er zuletzt mit Emmi und seinen Freunden Thomas, Bernd und Wagner umgegangen.

~

Es war nicht so, dass er den Wortlaut fremder Gedanken in seinem Inneren gehört oder gar auf imaginärer Fläche geschrieben gesehen hätte, es war eher eine Art Einfühlung: Er wusste, was die Leute wollten.

Angefangen hatte das bei seiner Stiefmutter. Als er sie das erste Mal sah, traf es ihn wie ein Schlag: Sie würde nie mit ihm auskommen, sie glaubte, dass er *sie* niemals gern haben konnte, und wünschte sich, ihn loszuwerden, ohne seinen Vater gegen sich aufzubringen. Michael fürchtete sich zu dieser Zeit vor dem Ende der Ferien, weil er glaubte, alle müssten ihn hassen – er hatte einen gemeinschaftlich begangenen Streich gestanden und galt seither als Petze –, deshalb bot er noch am selben Tag an, ins Internat zu gehen, und die Erleichterung im Gesicht dieser Frau war so deutlich zu sehen gewesen, dass sogar sein Vater die Stirn gerunzelt und ein Mann-zu-Mann-Gespräch anzuzetteln versucht hatte.

Dieses Gespräch verlief halbherzig, denn Michael, der das schlechte Gewissen und die Verliebtheit seines Vaters erkannte, sagte nur, was nötig war, um die Sache zu beschleunigen. Sein Vater, ebenfalls froh, ihn los zu sein, fühlte sich überfordert mit Beruf und Erziehung und hatte sich der Illusion hingegeben, die neue Frau und sein Sohn würden ein Herz und eine Seele werden. So war es aber nicht gekommen, und er, ein Mann der Lösungen, nicht des Wälzens von Problemen, stimmte zu und war seinem Sohn insgeheim dankbar für die rettende Idee.

Und Michael trainierte seine neu erkannte Fähigkeit. Er tat, was andere sich von ihm erhofften, und ließ bleiben, was sie von ihm befürchteten. Er blamierte die anderen nicht, wenn er sah, dass sie feige, kleinlich oder egoistisch dachten, er zog nur seine Schlüsse und handelte danach. Natürlich setzte er dieses Talent für sich selbst ein, er sorgte dafür, dass man ihn mochte, er verfolgte seine eigenen Ziele, suchte den eigenen Vorteil, aber aus Versehen und wie nebenbei wurde er dadurch auch zu einem Menschen, in dessen Nähe sich andere geschont und verstanden fühlten.

~

Er war vierzehn, als er ins Internat kam, und noch klein und kindlich – die Pubertät hatte noch keine Verheerungen in seinem Gemüt angerichtet. Es war seine eigene Entscheidung gewesen, und doch fühlte er sich todunglücklich unter diesen vielen fremden Kindern und Lehrern, blieb stumm, schaute verwirrt auf die neue Umgebung und hatte Heimweh, aber keine Heimat mehr. Mit dieser Frau im Haus und einem Vater, der ihn mir nichts, dir nichts gegen sie eingetauscht hatte, war seinem früheren Zuhause alles an Vertrautheit abhandengekommen, wonach er sich hätte sehnen können. Er gehörte nirgendwo mehr hin und versteckte sich in jedem freien Augenblick auf dem Klo oder unter seiner Bettdecke.

Ein Schüler, der ebenfalls neu war und Geburtstag hatte, bekam beim Mittagessen ein Paket überreicht. Darin war Schokolade, die er sofort auf dem ganzen Tisch verteilte – in Sekunden war sie in den Taschen der Umsitzenden verschwunden –, dann kam noch ein Buch über Navajo Sandpainting zum Vorschein, das er achtlos beiseitelegte, und ein Matchbox-Sattelschlepper, den er einen Moment lang ansah, und dann bat er direkt darum, aufs Klo zu dürfen. Er nahm den Sattelschlepper mit.

Michael wusste, dass der Junge das Geschenk wegwerfen wollte, obwohl es ihm gefiel – er hatte sich früher vielleicht nach genau diesem Laster gesehnt, aber jetzt war es nur noch Hohn, Abscheu oder Scham, was er bei dem Anblick empfand. Man versuchte sich freizukaufen von der Schuld, ihn nicht bei sich haben zu wollen.

Michael bat ebenfalls darum, aufs Klo zu dürfen, und suchte nach dem Jungen. Der stand bei der hintersten Mülltonne, deren Deckel er geöffnet hatte, um den Sattelschlepper mit Wucht hineinzudonnern. Als Michael dort ankam, sah der Junge ihn erstaunt an, sagte aber nichts, sah nur zu, wie Michael den Deckel wieder aufklappte, halb in der riesigen Tonne verschwand und das Ding herausangelte.

»Ich heb ihn für dich auf«, sagte Michael. »Ich klau ihn nicht. Er gehört dir. Du kriegst ihn, wenn du ihn nicht mehr wegschmeißen willst.«

Der Junge sah ihn nur an.

Michael putzte das Spielzeugauto an seinem Hosenbein ab, es hatte ein bisschen Marmelade abbekommen. Der Junge sah stumm zu, dann griff er mit einer schnellen Bewegung nach dem Auto und versuchte es Michaels Hand zu entreißen, aber Michael hielt fest, denn er wusste, der Junge wollte es nur wieder in den Müll werfen.

Bei diesem Gezerre wurden sie von Emmi Buchleitner gesehen, die an diesem Tag die Mittagsaufsicht hatte und sich fragte, wo die beiden so lange blieben. Sie war mit ein paar Schritten bei ihnen und fragte: »Was ist hier los?«

»Das ist mein Auto«, sagte der Junge.

»Aber du willst es nicht«, sagte Michael.

Das klang für Frau Buchleitner nicht wie ein respektables Argument. Sie befahl Michael, das Auto loszulassen, aber er hielt fest und sagte: »Nein«, worauf sie ihm eine Ohrfeige gab, die sie sofort bereute. Mein Gott, dachte sie, was ist denn mit mir los? Ich kann doch den Jungen nicht einfach so schlagen? Sie war entsetzt über sich selbst und wusste nicht, was tun.

Michael ließ das Auto los (der andere Junge konnte es jetzt nicht in den Müll werfen) und sagte zu Emmi Buchleitner: »Das macht nichts. Nicht schlimm.«

Nun war sie völlig verwirrt. War das Hohn? Arroganz? Sie schimpfte mit beiden und scheuchte sie in den Saal zurück, wo der Junge den Laster neben das Tischbein auf den Boden stellte und bis zum Ende des Essens ignorierte.

Am Abend kam er zu Michael ins Zimmer und gab ihm den Sattelschlepper. »Ist ja wirklich schade drum«, sagte er, »aber ich will den nicht.«

Der Junge war Thomas. Von da an waren sie Freunde.

Und Emmi, die nicht einschlafen konnte vor lauter schlechtem Gewissen, kam irgendwann zu dem Schluss, dass dieser unauffällige und höfliche Michael sie nicht hatte verspotten, sondern wirklich entlasten wollen. An dem Jungen war etwas Besonderes. Sie würde ein Auge auf ihn haben.

~

Der kleine Sattelschlepper stand auf dem Fensterbrett in der Küche. Zusammen mit einer Mandoline, die Michael viel später von Emmi geschenkt bekommen hatte, waren diese beiden Erinnerungsstücke die einzigen aus seiner Kindheit. Kein Buch, kein Spielzeug, keine Schallplatte, nichts von damals hatte seine Umzüge und Neuanfänge überstanden, nur die Mandoline, auf der er immer noch gelegentlich klimperte, und der Sattelschlepper, der inzwischen abgestoßen und armselig aussah und dennoch eine Art miniaturisierter Monumentalität ausstrahlte – irgendetwas von der Größe, die er dem kindlichen Auge zumindest symbolisiert hatte, war noch da.

Michael ging nach draußen und in Richtung Campo Santa Margherita. Die Wolken hatten sich größtenteils verzogen, nur noch wenige einzelne waren zu sehen, indirekt beleuchtet vom Mond, der sich noch irgendwo hinter Castello und Lido verbarg.

Es war Viertel nach eins, die Stadt menschenleer, niemand torkelte mehr auf der Suche nach seinem Hotelbett durch die Gassen, nur noch die Straßenlaternen und vereinzelte Schaufenster waren erleuchtet, das letzte Boot nach Ferrovia hatte längst abgelegt und alle Kellner, Barkeeper und Köche auf den Heimweg Richtung Mestre befördert – nach zwölf Uhr war Venedig wie ausgestorben und gehörte Michael allein. Nur hier und da sah er ein noch helles Fenster, hinter dem eine Nachteule studieren, lesen oder E-Mails schreiben mochte. Er ging bis zum Campo San Barnaba und von dort über Zattere an der Stazione Marittima vorbei zurück nach Hause.

In den Beinen spürte Michael, dass er eigentlich todmüde war, es war ein langer Tag gewesen, aber in seinem Kopf schwangen die Bilder ineinander: der trunkene Thomas, der baggernde Bernd – für Wagner fiel ihm keine Alliteration ein, weltläufig war der nicht, wehmütig auch nicht, und auf warmherzig hätte sich Michael auch nicht direkt versteift –, für Erin allerdings war es ein Leichtes, er hatte Auswahl: die Elegante, die Ersehnte, die Erhabene.

~

Ihr nach mehr als zwanzig Jahren wiederzubegegnen, mit ihr im selben Auto zu fahren, ein paar Worte zu wechseln, sie zur Begrüßung und zum Abschied zu küssen –

das alles war so entspannt und selbstverständlich gewesen, als wäre sie wirklich nur eine alte flüchtige Bekannte und nicht die Frau, auf die er sein ganzes Leben ausgerichtet hatte, für die er arbeitete, die seine Phantasie ausfüllte, die in dieser Phantasie durch etliche Verwandlungen gegangen war – von der Geliebten, Erträumten zu Erobernden bis zur Seelenverwandten, in deren Innerem er sich auskannte (zumindest glaubte er das), mit der er litt wie ein durchgedrehter Fan, wenn irgendein Artikel im Rolling Stone oder Billboard oder auch in einem der angelsächsischen Yellow-Press-Blätter von Trennung, Entzug oder Tod eines Elternteils erzählte – dabei war er in gewisser Weise eins mit ihr, verbunden durch die Songs, die er für sie schrieb und die dann oft zu ihren Klassikern zählten, die sie auf jedem Konzert sang, die von anderen Sängern und Bands aufgenommen, von Fans am Lagerfeuer nachgespielt und in den Radiostationen so mancher Weltgegend regelmäßig aufgelegt wurden. Er war in einer symbiotischen Beziehung mit ihr verbunden, und sie wusste es nicht.

Und er war weder aufgeregt noch schüchtern oder gar durcheinander gewesen – ihr so überraschend so nah zu sein, hatte er hingenommen wie den Wortwechsel mit einem Busfahrer oder Postboten und sich gefühlt wie der, für den sie ihn hielt: ein alter Kumpel, ein flüchtiger Bekannter, jemand von früher.

Er hatte auch nicht eine Sekunde lang den Drang verspürt, sich ihr zu eröffnen, zu sagen, ich bin das, ich schreibe die Songs, ich bin derjenige, den du am Anfang deiner Karriere noch unbedingt kennenlernen wolltest, bis du irgendwann aufgabst zu suchen und schließlich glaubtest, es handle sich um einen, der sich nicht outen kann, der anonym bleiben muss, weil er einen Namen zu verlieren hat.

Dass es ein Mann sein musste, glaubte sie nicht nur wegen des Pseudonyms, das er gewählt hatte: Tyger Lax. Sie sagte in einem Interview mit dem New-Musical-Express, dieser Songwriter müsse sie lieben, sie spüre das in jeder Zeile, auch wenn er sie so gut verstehe, ihr Inneres so gut kenne, was eher für eine Frau spräche – dieser Mensch halte sie aber für besser, als sie sei, und das wiederum spräche für einen Mann. Sie spüre einfach, dass es ein Mann sei.

Der ominöse Songwriter war kein großes Thema in den Medien, nur ganz am Anfang, nach ihrem ersten britischen Erfolg *Blame it on the summer*, und dann noch einmal, zwei Jahre später, als der Song *The one I'm missing* in einem Film mit Gwyneth Paltrow verwendet und zum Welthit geworden war. Aber das Interesse erlosch so schnell, wie es aufgeflammt war. Jagger hatte recht gehabt mit der Aussage: It's the singer, not the song. Auf jeden Fall ist es nicht dessen Autor. Der gehört nicht ins Scheinwerferlicht.

Damals, als *Blame it on the summer* die ersten Wellen schlug, lebte Michael in Galway und hatte sich schon halb von dem Gedanken verabschiedet, eines Tages vor Erin hinzutreten und zu sagen, ich bin der, der die Songs schreibt. Er besuchte, wenn er konnte, Konzerte von ihr, fuhr dafür nach Dublin, Cork und Sligo – es waren inzwischen die größeren Säle in den Städten, keine Gefahr mehr, ihr zufällig an der Bar oder vor dem Klo über den Weg zu laufen, wie sie noch anfangs in den Pubs bestanden hatte. Auch den Vollbart nahm er ab, Michael war längst einer unter vielen geworden, dem niemand ansah, wo er herkam, womit er sein Geld verdiente oder was ihn hierherbrachte.

Er wusste allerdings längst, dass er sie liebte, aber er hatte sich an die Heimlichkeit gewöhnt und zu denken begonnen, dass eine Liebe, die nie geprüft wird, auch nie scheitern kann. Das war hochgestochen und überdreht, aber er war nicht der Erste, der die Wirklichkeit einem Ideal zu opfern bereit war und die eigene Zaghaftigkeit zu einer höheren Daseinsform stilisierte. Eigentlich benahm er sich wie ein Fan, der eine unerreichbare Figur anhimmelt und seinen Narzissmus damit gegen jede Enttäuschung immunisiert, aber die Schraube ging noch eine Drehung weiter: Erin war nicht wirklich unerreichbar. Nicht für ihn. Er konnte jederzeit mit der Heimlichtuerei aufhören und dem wirklichen Leben eine Chance geben. Dies nicht zu tun steigerte das Ganze noch. Hochgestochen und überdreht. Aber nach und nach das Normale. Jedenfalls für Michael.

Anfangs hatte er darauf gebrannt, sich ihr zu eröffnen, aber dann war immer ein neuer Grund aufgetaucht, es noch hinauszuschieben – einmal war sie liiert mit einem Filmschauspieler, ein andermal mit einem Rockstar, später zog sie nach Los Angeles und hing dort mit Leuten herum, die er nicht kennenlernen wollte. Der Zeitpunkt war nie der richtige, bis Michael irgendwann begriff, dass er es so und nur so haben wollte. Auf eine wirkliche Liebe zu spekulieren war dumm, dafür alles zu riskieren war dumm, das Scheitern war das Nächstliegende, und dann wäre womöglich die Verbindung zerstört, würde sie seine Songs nicht mehr singen wollen, würde er für sie keine mehr schreiben wollen – diese ganze Konstruktion war zwar verrückt, aber nur so verrückt konnte sie auch gelingen. Seine Beziehung zu Erin vertrug die Wirklichkeit nicht. Sie würde von Alltag, Prioritäten und Zufällen zerfressen werden. So, wie sie war, war sie perfekt und unzerstörbar. Und hochgestochen und überdreht.

~

In Serafinas Küche brannte Licht. Vermutlich hatte sie wieder einen ihrer nächtlichen Schokoladenfressanfälle, die sie anderntags bereuen und mit verlängerten Fitnessqualen büßen würde. Dann lief es wohl gerade wieder gut mit ihrem Mann. Diese Anfälle kamen zuverlässig nach dem Sex.

Minus streckte sich, als er die Tür hinter sich schloss, sie machte einen Buckel und legte sich dann wieder hin, den Kopf auf die Vorderpfoten und den Schwanz um die Hinterbeine gelegt. Sie würde später zu ihm ins Schlafzimmer kommen und sich dort auf dem Sessel einrichten. Das tat sie immer. Sie wartete auf ihn in der Halle und folgte ihm dann irgendwann, wohin er ging.

~

Meist wachte er morgens vom Tuckern der Müllboote auf, aber diesmal war es das Geräusch eines Balls, der immer wieder auf den Boden geschlagen wurde und dann, in längeren Intervallen, an die Wand. Die verstockte Aggressivität dieses Geräuschs hatte etwas zutiefst Einsames und Bedrückendes. Der Sohn aus erster Ehe von Serafinas Mann war nebenan zu Besuch und knallte seinen pubertären Frust in ständiger Wiederholung auf den Boden, auf den Boden, auf den Boden, an die Wand.

Hoffentlich raffte sich sein Vater bald auf, die hoffentlich versprochene Bootsfahrt anzugehen oder sonst irgendwas mit dem Jungen zu unternehmen – dieses Geräusch war enervierend, und Michael würde es nicht lange ertragen.

»Viens, Luc«, hörte er Serafinas rettende Stimme, »petit déjeuner.« Das Geknalle hörte auf.

~

Im Internat sind alle Kinder unglücklich. Zumindest eine Zeit lang, am Anfang. Und die Unglücklichsten erkennen einander und werden entweder schlimmste Feinde oder beste Freunde. Thomas und Michael hatten nicht lang gebraucht, um beste Freunde zu werden, und es bald auch geschafft, im selben Sechserzimmer zu schlafen.

Nicht viel länger hatte es gedauert, bis sie ihre schlimmsten Feinde ausgemacht hatten: Bernd und Wagner. Bernd war so etwas wie das Gegenteil von Thomas. Wenn der ein Päckchen bekam, schob er sofort den Inhalt über den Tisch, und jeder durfte sich nehmen, was ihm gefiel, er fasste die Geschenke von zu Hause nur an, um sie weiterzureichen. Bei Bernd dagegen ging sofort der Handel los – er machte aus jeder Sendung eine Versteigerung. Das eingenommene Geld hortete er für Kinobesuche oder den Kauf von Comics oder Eis.

Und Wagner boxte jeden Jungen, der es wagte, ihn bei seinem Vornamen, nämlich Detlef, anzusprechen, so schmerzhaft ins Kreuz, dass er sich diesen Spaß nicht ein zweites Mal erlauben würde. Die Mädchen kniff er so heftig in den Oberarm, dass sie tagelang blaue Flecken mit sich herumtrugen. Dass ihm das immer wieder Strafen einbrachte, störte ihn nicht weiter. Beim Spielen warf er die Bälle gezielt auf die Gesichter seiner Mitspieler und verbreitete mit seinem knurrigen und mürrischen Wesen schlechte Laune und gern auch Furcht, wo immer er auftauchte. In diesem Alter kann man Respekt nicht von Angst unterscheiden. Manche können das als Erwachsene noch nicht. Man muss nur die Texte von Rapmusik anhören, um das zu begreifen.

Michael und Thomas hatten schnell erkannt, dass diese beiden Jungs unterste Schublade waren, und irgendwann fiel es Bernd auf, dass, immer wenn er nach einer Tafel Schokolade aus einem von Thomas' Päckchen greifen wollte (um sie später zu verkaufen), Michael ihm mit einem schnellen Griff zuvorkam (um sie später zu verschenken – Hauptsache, der Krämer Bernd bekam sie nicht). Das führte irgendwann zur fälligen Rauferei, die Bernds Verbündeter Wagner natürlich für die beiden entschied und zu einer demütigenden und schmerzhaften Niederlage für Michael und Thomas machte.

So wichtig es ist, einen Freund zu haben, man braucht auch Feinde, um zu lernen, wer man selbst ist oder sein kann. Diese vier Jungs waren bald so aufeinander fixiert, dass kaum noch etwas sonst sie interessierte. Den Schulstoff und das Gruppenleben absolvierte man irgendwie, das wirklich Wichtige war, den beiden jeweils anderen möglichst zu schaden, sie genau zu beobachten, ihre Schwächen zu erkennen, um sie alsbald zu nutzen, kurz: Die vier waren auf eine den Lehrern und Erziehern höchst unangenehme Weise miteinander beschäftigt, und wann immer sich etwas als Funken interpretieren ließ, brannte die Luft.

Auf diese Weise vergaßen sie alle vier, wie unglücklich sie waren. Es gab Wichtigeres als das Abgeschoben- und Verlassensein, es war ein abwechslungsreicher und abenteuerlicher Lebensinhalt geworden, dem Feind zu geben, was er verdiente – ins Kissen weinte man lautlos, und die Albträume behielt man ohnehin für sich.

~

Nach dem Duschen und einem Blick auf Minus' Schälchen mit Wasser und Trockenfutter ging Michael nach nebenan zur Fondamenta Foscarini und klingelte bei Signora Brewer. Sie war siebzig, Italienerin und die Witwe eines Chicagoer Transportunternehmers, hatte sich vor zwei Wochen bei einem Sturz in der Wohnung das Bein angeschlagen, worauf ein beachtliches Hämatom, zuerst blau, mittlerweile schon gelb, ihr das Gehen so beschwerlich machte, dass er und Serafina ihr einstweilen alle zwei, drei Tage die Einkäufe abnahmen.

Es war ihm unangenehm, mit wie viel Lobpreisung und Dankbarkeit die Signora ihn jedes Mal deswegen überschüttete, und sie war ihm nicht so recht sympathisch, denn er verdächtigte sie, einen gewaltigen Dünkel mit sich herumzutragen, aber es musste eben sein.

Die blauhaarige, elegant gekleidete alte Dame war ihnen aufgefallen, als sie, am Brückengeländer Halt suchend, ihre Einkaufstasche auf Rädern die Treppe hochwuchten wollte und es einfach nicht schaffte. Sie halfen ihr, brachten sie, auf beiden Seiten eingehakt, zuerst über die Brücke und dann nach Hause, lobten ihre Tapferkeit, nachdem sie das (damals noch) blaue Bein besichtigt hatten, verboten ihr aber (Serafina machte resolut die Ansagen), noch mal aus dem Haus zu gehen, bevor alles geheilt wäre. Seither fragten sie jeden zweiten Tag telefonisch oder, wie Michael jetzt, an der Haustür, was sie brauchte, und brachten es ihr mit. Heute war er an der Reihe, das hatten sie vorgestern Abend besprochen.

Signora Brewer schrieb den Zettel an ihrem Küchentisch, respektierte Michaels vorgetäuschte Eile und insistierte nicht auf dem Kaffee, den sie ihm angeboten und den er abgelehnt hatte – knapp drei Minuten später war er wieder draußen und ging an der Carmini-Kirche vorbei zum Campo Santa Margherita, wo er sein Frühstück, Brioche und Cappuccino, in einer Bar im Stehen an der Theke nahm.

Von hier aus wäre es nicht weit zum Coop am Piazzale Roma, wo es die schönsten Salate in der Stadt gab (wenn man vom immer überlaufenen und einfach zu penetrant nach Fisch riechenden Rialto-Markt absah), aber er änderte seinen Plan und ging über den Campo San Barnaba zur Accademia, weil der Cappuccino dort verlässlich gut war und er dem eben getrunkenen mittelmäßigen noch etwas entgegensetzen wollte.

Eigentlich war es unklug, ausgerechnet an einem Samstag sowohl zur Accademia als auch zum Piazzale Roma zu gehen – die Tagestouristen trieben sich dort herum, und samstags waren es besonders viele. Der Billa-Supermarkt am Zattere wäre die erste Wahl, fast kein Besucher verirrte sich je dorthin, aber Michael hatte schon gestern Abend beim Anflug diese Salatauslage vor Augen gehabt, deshalb musste es eben der Coop sein. Und ein richtiger Cappuccino vorher.

Es war nicht so schlimm wie befürchtet. Bis zur Accademia finden nur noch wenige und überdies die sympathischeren Touristen. Die Busbesatzungen auf der Jagd nach Souvenirs aus Glas und einem Foto von sich auf dem Markusplatz oder der Rialtobrücke drehen meist schon kurz nach San Marco wieder um. Bis zur Accademia oder gar noch zum Guggenheim-Museum kommen nur noch die Kunstinteressierten mit ihren Rucksäcken und Wasserflaschen, deren Anblick nicht ganz so auf die Stimmung schlägt. Sie haben (zumindest manchmal) Augen im Kopf und wissen die architektonische und kunsthistorische Sensation zu würdigen, in der sie sich bewegen.

Leider konnte er in der versteckten Bar um die Ecke nicht an der Theke stehen, sondern musste sich nach draußen an eines der Tischchen setzen. Das widerstrebte ihm, es war nicht einheimisch. Allerdings hatte es den Vorteil, dass er rauchen durfte, und das glich den Mangel wieder aus.

Eine Zeit lang sah er den Leuten zu, die vorbeigingen und sich in Richtung Palazzo Cini, Guggenheim oder Santa Maria della Salute verloren. Es waren nicht viele.

Die Männer trugen ihre Hemden über den meist kurzen Hosen, das Sprachgemisch, das seine Ohren erreichte, war europäisch, asiatisch und amerikanisch – ein typischer Samstag im Sommer.

Um nicht in einen Pulk fotografierender oder mit flinken Afrikanern um gefälschte Taschen feilschender Touristen zu geraten, nahm Michael nicht den kürzesten Weg mit dem Traghetto, der Gondelfähre über den Kanal, sondern ein Boot der Linie 2, das nur manche Haltestellen anfuhr und ihn, so gemächlich das eben hier vor sich ging, zu seinem Ziel schaukelte.

~

Nach dem Einkauf, auf dem Boot der Linie 4, stand Michael im Mittelgang. Eigentlich war das keine Linie, die für Besucher interessant war, aber er hatte eine Gruppe junger Briten um sich, die vielleicht direkt nach Giudecca wollten und sich vorher nach der richtigen Linie erkundigt hatten. Der Kleidung nach konnten es Gäste für das neue Hilton Hotel sein, auch das Englisch, das er aufschnappte, schien ihm auf eine Herkunft aus besseren Kreisen hinzudeuten.

Sie fummelten fast alle an irgendeinem Gerät herum, iPods, iPads, iPhones und andere handliche Elektronik piepsten, klackten und klimperten links und rechts von ihm und mischten ihre Spielzeugsounds in das Klatschen der Wellen und Knurren des Schiffsmotors.

Er wollte sich mit den beiden vollen Coop-Tüten nicht in die Kabine hinunterdrängeln – für die paar Haltestellen lohnte sich das nicht –, deshalb hörte er unfreiwillig, aber doch interessiert der gedämpften Kakophonie aus den verschiedenen Ohrstöpseln zu. Rechts von ihm Gitarrenbrei, links ein Trancegewummer und direkt daneben irische Flöten und Geigen. Er lächelte. Es war kein Stück von ihm, auch kein anderes von Fairy O, es klang eher nach Altan oder Chieftains, aber es flog ihn gewissermaßen in Sekundenschnelle nach Nordwesten über die Alpen, Frankreich, den Ärmelkanal, England und brachte ihn nach Galway, wo er länger als ein Jahr gelebt hatte, immer in der Hoffnung, einen seiner eigenen Songs aus dem Munde eines Straßenmusikers, dem Fenster eines vorbeifahrenden Autos oder dem Radio irgendeines Pubs zu hören.

~

Das geschah selten, aber es geschah, und es waren Momente erhabenen und gleichzeitig verstohlenen Glücks, die er dann erlebte. Er kam sich vor wie ein Geheimagent, nach dem man suchte, über dessen Identität man Spekulationen anstellte und den niemand würde erkennen können, weil weder sein Gesicht noch sonst irgendetwas aktenkundig war, sodass er sich mit nichts, keiner Geste, keinem falschen Wort, verraten konnte.

Er hatte damals einen Job als Assistent an der Universität und Nachhilfelehrer in Deutsch. Die Tantiemen, von denen er später so luxuriös würde leben können, waren noch nicht bei ihm angekommen, bislang waren es Zahlen auf Listen von Radioeinsätzen und Plattenverkäufen, die ihm Ian, sein Musikverleger, einmal wöchentlich faxte.

~

Nach seinem Songwriting-Exzess war Michael nach Dublin gefahren, um einen Musikverlag zu finden, der seine Songs Erin anbieten würde. Diese Idee war natürlich naiv gewesen. Man zeigte ihm höflich, aber deutlich, mal mit irischem Gleichmut, mal mit britischem Hochmut den Vogel, wenn er sein Bündel Noten und angehefteter Textblätter auf den Tisch legte und seinen Plan erklärte, diese Lieder ausschließlich einer einzigen und obendrein noch völlig unbekannten Sängerin anzubieten.

Mach eine Band auf, schaff es in die Charts, und komm dann wieder, bekam er zur Antwort, oder auch: Für deine Hobbys sind wir nicht zuständig. Nicht einer dieser hippen jungen Männer warf einen Blick auf die Noten. Vermutlich konnte keiner sie lesen.

Nach vier erfolglosen Besuchen fiel Michael auf, dass keiner dieser Verlage etwas Gedrucktes herausbrachte, es waren Promotionfirmen, die sich mit dem Verlagsanteil an den Tantiemen entlohnen ließen.

Nach weiteren vier Versuchen, diesmal bei Verlagen, deren Namen er auf Liederbüchern und Notenheften gefunden hatte und die ihn ebenso spöttisch, ignorant und nur scheinbar höflich abwimmelten, war er so entmutigt, dass er sich schon den Packen Lieder in den nächsten Papierkorb werfen sah, aber er zwang sich nachzudenken. Er musste einen anderen Weg finden.

Dublin war damals noch ein düsterer Ort. Außer in Teilen der O'Connell Street und der Gegend um das Trinity College hatten die Häuser heruntergekommene oder schon verfallende Fassaden, die täglichen Nachrichten von Blutbädern aus dem Norden, der allgegenwärtige Alkoholismus und die wirtschaftliche Lage breiteten eine Art unsichtbaren Smog aus, der alles zu verdunkeln schien. Nur in der Capel Street, der Merrion Row und ihrer Fortsetzung der Baggot Street erklang Musik an jeder Ecke, aus den Türen drang Gerede, Gelächter und Gesang, mal natürlich auch Keifen und Gebrüll, aber hier war Leben. Und eine erstaunliche Koexistenz von Rock und Punk und Jazz und traditioneller Musik, die Michael nicht für möglich gehalten hatte.

Zu Hause in Deutschland war das alles getrennt. Ein Punk würde keinem Jazztrompeter zuhören, geschweige denn applaudieren, ein Bluesrocker käme nie auf den Gedanken, einen Folkclub zu betreten, und dort würde man drei Kreuze machen beim Anblick eines elektrisch verstärkten Instruments. Hier war das alles beweglich und floss ineinander. Hier waren Inspiration und eine allgegenwärtige Liebe zu Poesie und Musik, die in manchen Nächten das Schäbige und Marode dieser Stadt wenn nicht gerade aufhob, so doch veredelte. Hier mochten die Häuser verzweifelt oder gar verloren aussehen, die Musik war voller Wärme, Kraft und Euphorie. Und sie gehörte allen. Der Oma, dem Enkel, der Politesse und dem Busfahrer.

In der Baggot Street war Michael auf das Schild einer Anwaltskanzlei aufmerksam geworden. Drei Namen, Crawley, Simmons und Benson, und eine Harfe waren darauf eingraviert. Die Harfe hatte seinen Blick gefangen. Er klingelte und saß gleich darauf vor einem jungen Mann, der sich als Ian Benson vorstellte und Michaels Vorhaben zumindest ohne Grinsen oder Augenbrauengymnastik bis zum Ende anhörte.

Und dann sah er sich die Noten an.

Er pfiff leise die Melodie und klopfte mit dem Zeigefinger den Takt auf die Kante seines Schreibtischs. Dann legte er das Blatt auf den Stapel zurück und sah Michael an.

»Wieso glauben Sie, dass die Songs nicht an diese junge Frau verschwendet sind?«, fragte er in feinem, irisch gefärbtem Englisch ohne Herablassung und ohne die Arme vor der Brust zu verschränken. »Wer sagt Ihnen, dass die jemals eine Platte aufnehmen wird?«

»Wenn Sie sie hören könnten, würden Sie das nicht mehr fragen«, antwortete Michael.

»Und wo könnte ich sie hören?«

»Das weiß ich leider nicht. Ich habe nur ihre Adresse und will nicht, dass sie mich sieht.«

»Ist das eine Liebesgeschichte?«

»Vielleicht.«

Mit dieser kryptischen Antwort gab sich Benson erstaunlicherweise zufrieden. Er lehnte sich zurück und dachte nach.

»Und mein Honorar?«

»Ich zahle, was Sie fordern, wenn ich es mir leisten kann. Oder ich beteilige Sie an den Einnahmen.«

So viel Selbstsicherheit wirkte wohl entwaffnend. Ian Benson lachte, aber er lachte nicht abfällig oder gar sarkastisch, er lachte überrascht und schlug mit der flachen Hand auf den Tisch.

»Wenn Sie mir eine Telefonnummer geben, unter der ich Sie erreichen kann, dann melde ich mich, sobald ich die Dame gehört habe. Dann weiß ich auch, ob ich eine Rechnung stellen will oder die Beteiligung, okay?«

»Okay«, sagte Michael.

»Und jetzt gehen Sie zur Post, schicken diese Songs per Einschreiben an sich selbst, lassen den Umschlag zu Hause ungeöffnet und haben so Ihre Urheberschaft datiert und dokumentiert.«

»Wieso das denn?«

»Weil ich sonst behaupten könnte, ich hätte die Songs geschrieben. Wir könnten auch zu einem Notar gehen und dieses Dokument einschließlich meiner Kopien davon beglaubigen lassen, aber das kostet Geld. Sehr viel mehr als die Post.«

Noch in der Kanzlei packte Michael den Stapel in einen Umschlag, nachdem Benson sich Kopien gemacht hatte. Er adressierte und verschloss das Ganze, und Benson drückte ihm ein altmodisches Siegel aus rotem Lack (mit der Harfe als Emblem) auf die Grenze zwischen Klebefalz und Couvert.

»Das Notariat der Armen«, sagte Benson.

»Viel Glück«, sagte Michael.

»Das wünsche ich Ihnen auch.«

Er reiste noch ein paar Tage durchs Land, nach Kerry, Connemara, Donegal, und hörte so viel Musik wie möglich im Autoradio und live in den Pubs der Städte und Dörfer, durch die er kam. Er beherrschte sich und rief nicht an, aber er dachte jeden Tag an diesen jungen Herrn Benson, der Noten lesen konnte und mittlerweile vielleicht schon Kontakt mit Erin aufgenommen hatte.

Zurück fuhr er geradewegs zur Fähre nach Holyhead, ohne in Dublin haltzumachen. Die Verabredung war, Benson würde sich melden, wenn es etwas zu melden gab, und an diese Verabredung hielt sich Michael, obwohl es ihm schwerfiel.

Auf der Fahrt durch England, von Holyhead nach Dover, gab das Autoradio seines alten Peugeots keine irischen Melodien mehr her, und er ließ es nach etlichen erfolglosen Versuchen ausgeschaltet. Er wollte keinen Synthesizerpop hören, sich lieber an das keltische Gefiedel erinnern und die Inspiration behalten. Nach fünf Tagen war er zurück in München und kaufte sich von seinem so ziemlich letzten Geld einen Anrufbeantworter.

Und wartete.

~

Er stieg nicht in San Basilio aus, sondern fuhr zwei Haltestellen weiter bis Zattere. Die jungen Briten waren tatsächlich bei Molino Stucky an Land gegangen und hatten ihr rollendes Gepäck hinter sich her zum Hilton gezogen. Michael setzte sich für eine Weile an die Bar am Wasser, trank einen Espresso und sah abwechselnd den Schiffen auf dem Kanal und den Frauen am Ufer, die ihre Gesichter in die Sonne hielten, zu. Dann nahm er seine beiden Einkaufstüten und ging zu Signora Brewer.

Ein Brot, zweihundert Gramm Schinken, einen Liter Milch und das Time-Magazine überreichte er ihr an der Haustür, das Restgeld hinterher und gab sich wieder eilig, damit sie nicht auf die Idee käme, ihn hereinzubitten. Es funktionierte, und er ging die paar Meter zu seinem Haus mit schlechtem Gewissen. Warum hatte er ihr nicht zehn Minuten Smalltalk schenken können? Sie war offenkundig einsam, er hatte alle Zeit der Welt, wieso also nicht? Weil Einsamkeit kein Anrecht bildet, sagte er sich und schämte sich noch mehr für diese wohlfeile Schlagfertigkeit sich selbst gegenüber.

Aber er war kein Pfarrer oder Sozialarbeiter. Dass er ihre Einkäufe erledigte, mochte nett von ihm sein, aber es hieß nicht, dass er sich für ihr Leben interessierte. Sie konnte das glauben oder hoffen, aber das war ein Missverständnis. Er hatte keine Lust, sich vollplappern zu lassen. Wenn sie ihn wenigstens etwas fragen würde, aber das tun die Leute nicht. Die Einsamen schon gar nicht. Sie wollen reden, und es ist ihnen egal, ob derjenige, dessen Höflichkeit sie dafür ausnutzen, das, was sie ihm auf die Ohren packen, brauchen kann, wissen will, hören sollte. Niemand fragt. Alle reden. Michael hatte viel zu oft in seinem Leben als Ohr hergehalten, er wollte nicht mehr. Zumindest nicht jetzt und nicht bei Signora Brewer, mit der ihn nichts verband als schiere Höflichkeit und die zufällige Nachbarschaft.

Minus ließ sich nicht blicken, als er die nachtblaue Tür hinter sich schloss. Tagsüber machte man kein Aufhebens von kurzen Abwesenheiten. Michael ging in sein Büro und schaltete den Computer ein. Eine Mail von Ian: Wenn er noch Songs habe, dann solle er sie bald schicken. Das neue Album sei in Vorbereitung, Fairy O treffe sich schon mit Rick Rubin, um die Produktion zu besprechen. Sie habe vier Songs von Michael in der engsten Wahl, da sei noch Platz. Einer von Paul Brady, einer von Knopfler und zwei Traditionals seien dabei, weiter sei noch nichts beschlossen.

Ich kenne den Traditional, den sie noch aufnehmen wird, dachte Michael, *The parting glass*, und wenn es einen weiteren Song gibt, von dem sie weiß, dass Emmi ihn liebte, dann wird sie den auch aufs Album nehmen. Und wenn es *Molly Malone* wäre.

~

Nach seiner Rückkehr aus Irland und dem Kauf des Anrufbeantworters waren Michaels Ersparnisse aufgebraucht. Das Geld von seinem Vater wollte er eigentlich nicht mehr annehmen, aber einstweilen war er noch gezwungen, den Abbruch des Studiums zu verheimlichen, sonst säße er auf der Straße oder brauchte sofort einen Job.

Er hatte noch etwas über vierzig Mark, mit denen er die sechs Tage bis zum Monatsende auskommen musste. Problematisch, aber nicht unmöglich, fand er und begann, wieder in der Mensa zu essen. Das hatte er nicht mehr getan, seit er Erin gehört und in der Folge einen Song nach dem anderen komponiert hatte. Fast ein Vierteljahr war das inzwischen her.

Und knapp zwei Wochen war es her, dass er Emmi angerufen und sich von ihr Erins Adresse diktieren lassen hatte, dann war er zur Post gegangen, um all sein Geld abzuheben, hatte den Peugeot vollgetankt und war nach Dublin gefahren.

In der Mensa sprach ihn jemand von der Seite an: »Kann ich mit deinem Tablett Nachschlag holen, oder hast du für mich eine Marke übrig?« Es war Corinna. Sie hatte auf jemanden Bekanntes gewartet, um ein Essen zu schnorren.

»Du kriegst meins, ich will das Kotelett sowieso nicht«, sagte er.

»Und du?«

»Ich hol den Nachschlag. Und bis dahin leihst du mir ein bisschen Püree und Bohnen.«

»Super.« Sie küsste ihn spontan auf die Wange und hakte sich kumpelhaft bei ihm unter.

»Hast du noch diese tolle Espressomaschine?«, fragte sie, nachdem sie satt und zufrieden ihr Tablett von sich geschoben hatte.

»Die ist nicht toll, die ist ganz normal. Jedenfalls für Italiener«, sagte er.

Sie zog ein Päckchen Lavazza-Kaffee aus ihrer Tasche und legte es vor ihn hin wie einen Tribut, den sie ihm aus irgendeinem Grund schuldete.

»Hab ich geschenkt gekriegt. Und du bist der Einzige, der eine Maschine für so was hat.«

»Irgendwie passt das aber gut, oder?«

»Wenn du mir eine Tasse davon servierst, dann kriegst du den Rest.«

»Passt auch.«

Sie fuhren mit ihren Rädern die Leopoldstraße hoch und dann in die Hohenzollernstraße. Vor dem Haus, in dem er wohnte, kettete Michael die Räder aneinander, weil Corinna ihr Schloss nicht aufbekam. Dass sie nach dem erfolglosen Gefummel den Schlüssel nicht wütend wegwarf, lag nur daran, dass er am Bund mit allen anderen hing. Es dauerte einen Moment, bis sie den Zorn wieder geschluckt hatte und zu ihrer guten Laune zurückfand.

Oben in der Wohnung blinkte der Anrufbeantworter. Michael konnte ihn auf keinen Fall abhören, solange Corinna dabei war, und er konnte sie auch nicht einfach wieder wegschicken. Danach wäre ihm eigentlich gewesen, aber das kam nicht infrage. Er improvisierte: »Wenn du unten an der Ecke Milch holst, dann mach ich richtigen Cappuccino.«

Sie sah ihn erstaunt an. Fürs Delegieren war er bisher nicht berühmt gewesen. Es gibt Menschen, die immer andere schicken, und solche, die das nie tun. Michael gehörte zu den Letzteren. Aber sie dachte, vielleicht hat er kein Geld und will das nicht zugeben, also ging sie los, um Milch zu besorgen.

»Hi«, sagte Ian Bensons Stimme in diesem trockenen irischen Englisch, auf dessen Klang Michael so sehnlich gewartet hatte, »ich hab sie gehört, ich will die Beteiligung, und ich habe ein paar interessante Neuigkeiten für dich. Ruf an.«

Michael löschte den Anruf und schnitt mit der Schere aus der Küchenschublade die Vakuumverpackung des Kaffees auf. Die Maschine hatte er schon angeschaltet, damit sie aufheizen konnte.

Als er Corinnas Schritte auf der Treppe hörte, begriff Michael, dass sie hier war, weil sie mit ihm schlafen wollte, deshalb nahm er ihr die Milch ab, als sie vor ihm stand, und küsste sie auf den Mund. Sie erwiderte den Kuss, machte mit ihrer Erwiderung erst einen richtigen Kuss daraus – er hatte einfach nur ihre Lippen mit seinen berührt –, sie schickte ihre Zunge vor und legte beide Hände an seine Wangen. Den Kaffee vergaßen sie vorerst und schoben einander gegenseitig in sein Schlaf-, Studier-, Wohn- und inzwischen auch noch Musikzimmer, in dem neben und auf dem Schreibtisch eine Gitarre, Emmis Mandoline und ein kleines Casio-Keyboard lehnten und lagen.

»Davon hab ich so lang geträumt«, sagte er, als Corinna nackt vor ihm stand und er sich die Jeans mitsamt der Unterhose von den Hüften schob, und er fühlte sich wie ein Lügner, obwohl es die Wahrheit war. Er hatte sich die letzten Jahre über Vorstellungen von Corinnas nacktem Körper gemacht, hatte ihn sich so schön phantasiert, wie er nun tatsächlich vor ihm stand, hatte sich gewünscht, mit ihr an einem See zu liegen und von nichts als warmer Nachtluft bedeckt zu sein, Corinnas Duft einzuatmen, von dem er damals noch nicht wusste, dass es ein junger Duft war, denn er kannte nichts anderes, ihre Hände an sich zu spüren, ihre Haut und ihren Atem – all das hatte er sich wieder und wieder vorgestellt und gewünscht, aber nun, da es Wirklichkeit wurde, kam es zu spät, weil ein anderer Sehnsuchtskörper, Sehnsuchtsduft und Sehnsuchtsatem seine Tagträume erfüllte. Jetzt, in diesem Moment, da er endlich Corinna haben würde, begriff er, dass er sich nur noch nach Erin sehnte.

Das zeigte er nicht. Als inzwischen versierter Heimlichtuer ließ er sie nicht spüren, dass es zu spät war, und als inzwischen versierter Liebhaber verwöhnte er sie und sich und gab ihr das Gefühl, etwas versäumt zu haben. In sein eigenes Vergnügen mischte sich auch ein kleiner, unwürdiger Triumph, und er genoss aus ihm selbst nicht geheurer Distanz, wie sie sich wand und immer wilder wurde, wie sie keuchte, sinnlose Worte ausstieß und schließlich sogar schrie, bis er selber so weit war und sich alle Gedanken verflüchtigten.

Später dachte er, sie sei eingeschlafen – sein Oberarm, auf dem ihr Kopf lag, tat weh, aber er rührte sich nicht –, da sagte sie: »Wagner und ich haben geheiratet.«

»Wann?«

»Vor vier Wochen.«

»Und du betrügst ihn schon?«

Sie schwieg.

»Was macht er denn jetzt?«

»Was schon«, sagte sie, und es klang ein bisschen mürrisch, »studieren. Immer noch. Wie du.«

»Grüß ihn von mir.«

»Nein.«

»Dann nicht. Ist vielleicht besser.«

Es war eine merkwürdig nüchterne und fast ein bisschen übellaunige Unterhaltung, die sie da führten. Als wären Michael und Corinna das Ehepaar, das sich schon miteinander zu langweilen begann und ängstlich fragte, ob es nicht eine Dummheit gewesen war, sich aneinander zu binden. Spürte sie, dass er an jemand anderes dachte?

Nein, das war es nicht. Michael wusste, was sie empfand. Sie war verärgert über seine moralisierende Frage. Was ging es ihn an, ob sie ihren Mann betrog? Sie hat recht, dachte er, es geht mich nichts an. Aber auch sie ging ihn nichts mehr an. So aufregend es eben noch gewesen war mit ihr – jetzt wusste er schon nichts mehr zu reden und wäre lieber allein gewesen, anstatt ihren Kopf auf seinem schmerzenden Oberarm zu spüren. Ihm fiel eine Textzeile ein, die er sich merken wollte: *As I took myself from you, and you vanished in your coat, it came to me that we both knew, we were just the single note, not the song.*

Jetzt schlief sie tatsächlich. Michael zog vorsichtig seinen Arm unter ihr hervor, die Decke über sie, stand auf, nahm seine Kleider und ging damit in die Küche, setzte sich an den Tisch und wusste nicht, was er tun sollte.

Benson wollte er erst anrufen, wenn er allein wäre, zu lesen hatte er nichts hier, Kaffee wollte er nicht machen, weil die Maschine mit ihrem Lärm vielleicht Corinna wecken würde. Er saß einfach nur da und starrte die Tischplatte an.

Corinna hatte ein Hemd von ihm übergestreift, als sie nach einer halben Stunde in die Küche kam. Sie streckte sich und fragte: »Was ist jetzt mit dem Kaffee?«

»Was machst du eigentlich?«, fragte er, während er die Maschine mit geübten Griffen bediente.

»Kulturmanagement.«

»Und was ist das?«

»Ich plane Veranstaltungen für Großkunden, Siemens und BMW und solche Kaliber. Das geht vom Catering über die Security bis zum auftretenden Künstler oder Koch oder Fernsehstar. Demnächst machen wir was mit Manfred Krug.«

Sie erzählte vom neuen Flughafen, für dessen Eröffnungsveranstaltung sich ihre Agentur bewerbe, sie erzählte von Pavarotti, den sie kennengelernt habe und der ein sehr charmanter Mann sei, von Tina Turner, deren Management sie nach London eingeladen habe, und von Venedig, wo sie vor zwei Wochen gewesen sei und sich gefühlt habe wie auf einem anderen Stern.

»Ich war da noch nie«, sagte er.

»Musst du sehen«, fand sie.

Er ließ sie reden und erweckte den Anschein, als ob er zuhörte, aber er machte sich währenddessen seine eigenen Gedanken: Dass sie ein Hemd von ihm trug, deutete auf die Bereitschaft zu einer längeren Affäre hin. Das würde er nicht mitmachen. Jetzt, da er wusste, dass sie mit Wagner verheiratet war, ging das nicht mehr.

Michael fühlte kein besonderes Bedauern bei diesem Gedanken, obwohl er schon wieder Lust auf sie bekam –

sie war hübsch, sie war intelligent und lebendig, er hatte jahrelang von ihr geträumt, aber Wagner zu betrügen kam einfach nicht infrage. Sex war zwar das Wichtigste überhaupt, war es zumindest bis jetzt gewesen, aber Michaels Fähigkeit, Gedanken zu lesen, hatte es ihm in den letzten Jahren leicht gemacht – er litt keinen Mangel in dieser Beziehung.

Zwar wollten die Frauen, oft auch wirklich schöne Frauen, ihn immer zuerst als besten Freund – er konnte zuhören, zumindest so tun –, aber aus diesem Bester-Freund-Verhältnis wurde fast immer mehr, nämlich dann, wenn er in Krisen als verständnisvoller Beistand brillierte und sein Zuhören und Nachfragen ihn reifer und einfühlsamer erscheinen ließen, als er war. Spätestens dann wiesen ihm die unglücklichen Frauen die Rolle des Gegenspielers zu, der ihren Glauben an den männlichen Teil der Menschheit wiederherstellen sollte und mit dem man dem anderen, dem Egoisten oder Macho oder Schürzenjäger, zeigen konnte, dass man auf ihn nicht angewiesen war.

Aus solchen Projektionen erwuchs keine Liebe, das wusste Michael, und er fand es in Ordnung. Es entlastete ihn, nahm ihm die Verantwortung und ließ ihn gelassen darauf warten, dass der nächste Egoist mit seinem Alpha-Glamour ihm die Schönheit wieder ausspannte.

Als Corinna endlich gegangen war, suchte Michael im Bad nach etwas, das sie dort vergessen haben konnte. Er fand ein kleines Plastikdöschen für Kontaktlinsen und wusste, sie würde wiederkommen. Zusammen mit dem Hemd war das ein klares Zeichen. Er nahm das Döschen und ging nach unten, denn ihm war eingefallen, dass er ja ihr Rad aufschließen musste. Auf dem Weg nach unten hörte er sie klingeln.

»War schon unterwegs«, sagte er, als er die Haustür öffnete, und: »Hier«, er gab ihr das Döschen für die Kontaktlinsen, »das hast du vergessen.«

»Danke«, sagte sie, und er befreite ihr Fahrrad von seinem. Sie stieg auf, winkte und fuhr los.

~

»An was für eine Beteiligung hast du eigentlich gedacht?«, fragte Ian Benson. »Zehn, fünfzehn, zwanzig Prozent?«

»So was«, sagte Michael.

»Also zwanzig«, sagte Ian.

Michael spürte ein Lächeln auf seinem Gesicht. Das fing ja schon gut an. Um den Mann am anderen Ende der Leitung zu verblüffen, setzte er noch eins drauf: »Falls wir eine Million vor Steuern einnehmen sollten, fünfundzwanzig.«

Ian Benson schwieg.

Michael wartete.

»Ungewöhnlich«, sagte Benson irgendwann. Dann schwieg er wieder.

»Erzähl endlich«, sagte Michael, und Benson legte los:

»Sie ist phantastisch, das weißt du ja schon. Als ich sie hörte, wusste ich nicht, ob ich einen Steifen in der Hose habe oder Tränen in den Augen.«

»Vielleicht beides?«

»Vielleicht war das in den Augen auch ein großes Dollarzeichen wie bei Dagobert Duck?«

»Vielleicht war das in der Hose auch was anderes?«

»Ich wüsste nicht, was«, sagte Benson und lachte, »jetzt halt endlich mal den Mund, und hör zu: Sie findet deine Songs gut, jedenfalls einige davon. Ich habe einen Kumpel bei RCA, der hat sie gehört, ist ebenso überwältigt von ihr wie ich und will sie mit Paddy Moloney von den Chieftains zusammenbringen, der soll das Album produzieren. Gestern Abend hat sie den Vertrag unterschrieben. Zufrieden?«

»Sehr, ja.«

»Du bekommst Post von mir«, fuhr Benson fort, »einen Vertrag über meine Beteiligung, einen, mit dem du mich zum Geschäftsführer deines Musikverlags machst, und einige Papiere, die es braucht, um diesen Musikverlag zu gründen. Hast du eine Idee für einen Namen?«

»Irgendwas mit Harp vielleicht?«

»Nein, das ist in Irland so was wie ein Colt im Wilden Westen.«

»Secret Music?«

»Wieso das?«

»Ich will anonym bleiben. Du musst die Verträge und die Gewerbeanmeldung oder was auch immer du für Papiere zur Gründung brauchst, so abfassen, dass mein Name nicht drinsteht.«

»Dein Name muss da drinstehen, aber die Verträge bekommt niemand zu sehen, wenn du das nicht willst. Such dir ein Pseudonym. Das meldest du dann bei deiner deutschen Verwertungsgesellschaft an, ich melde es hier, und dann wissen nur die, wer du bist. Und ich natürlich.«

Sie spielten eine Weile mit Möglichkeiten für ein Pseudonym herum, bis sie sich, nach viel Gelächter und Gefrotzel, auf Tyger Lax einigten. Dann solle der Verlag doch Jungle Music heißen, fand Benson.

»Und zwar mit zwei O geschrieben, damit es irisch klingt«, schlug Michael vor.

»Moosic? Das klingt aber eher deutsch.«

»Nein, Joongle.«

Sie landeten schließlich bei Joongleharp Music und beschlossen, einen Tigerkopf mit einer Harfe als Signet zu benutzen. Es wurde dann später ein Tucan, dessen Schnabel in die Harfe hineinragt.

»Schreib in den Vertrag rein, dass du deine Beteiligung verlierst, wenn du meinen Namen ausplauderst.«

»Mach ich«, sagte Benson.

Es roch nach verbranntem Kaffeepulver. Michael hatte vergessen, die Hitze an der Espressomaschine umzuschalten, diesen Geruch sollte er für immer in Erinnerung behalten. Jedes Mal, wenn er ihm später in die Nase stieg, saß er wieder in der Hohenzollernstraße in der kleinen Küche und spürte mit schlaffen Gliedern und rasenden Gedanken der Euphorie nach und den Bildern von Glück und Geld und Erfüllung, einem Leben als Komponist und irgendwann seiner Eröffnung Erin gegenüber und der darauf unweigerlich folgenden Liebe.

~

Michael arbeitete eine Weile an seinem Stone-to-Sand-Stück, aber es waren nur noch Kleinigkeiten, die seiner Aufmerksamkeit bedurften: hier eine Notenlänge, dort eine Variation der Basslinie, eigentlich war der Song schon fertig. Fehlte nur ein guter Text. Mehr als die Zeile vom Vaporetto hatte er noch nicht.

Ihm fiel auf, dass er Minus schon eine Weile nicht mehr gesehen hatte, und er suchte nach ihr, durchstreifte den Salon, die Bibliothek, das Entree im Erdgeschoss und die vier großen Kontorräume, die längst zu Gästezimmern geworden waren, dann stieg er die Treppen hoch bis in den Dienstbotentrakt und fand sie dort im Schlafzimmer, auf seinem Bett, genau in der Mitte, als wolle sie ihn daran hindern, sich hier auch noch breitzumachen. Sie gähnte, streckte sich und schlief weiter.

Er bekam Hunger, hatte aber keine Lust, sich etwas zu kochen, also ging er nach draußen zu einem Pizzastand, setzte sich dort auf eine Mauer und aß, immer die Melodie im Kopf und auf der Suche nach dem Anfang eines Verses. Er hatte ein Oktavheftchen eingesteckt, das er zücken würde, sobald sich eine Zeile bei ihm einstellte. Das geschah aber nicht. Seine Gedanken flogen überallhin, zu Emmi, zu den Nachtigallen, Erin, Corinna – der Besuch in seiner Kindheit hatte sie alle wieder lebendig werden lassen.

Bis gestern Morgen waren sie Schemen aus einer anderen, längst verlassenen Welt gewesen, und jetzt hatten sie wieder ihren Geruch, ihre Stimmen, ihre Gesten und ihre Bedeutung zurückerlangt, und es war, als lungerten sie hier vor der Pizzabude um ihn herum, gestikulierten und monologisierten, um auf sich aufmerksam zu machen, und hinderten so die Textideen daran, bei ihm zu landen.

Vielleicht musste er einfach einen nebligen Tag abwarten. Aus irgendeinem Grund wirkte der Nebel hier in Venedig stimulierend. Ob es daran lag, dass dann ein eher »irisches Gefühl« bei ihm aufkam, oder daran, dass jeder Anblick zu einem Rätsel wurde, und Rätsel inspirieren, Michael wusste es nicht, und es war ihm egal, er hatte nur irgendwann bemerkt, dass er immer bei Nebel das Oktavheftchen einsteckte.

~

Nachdem die Verträge mit Ian Benson unterschrieben und abgeschickt waren und Corinna schon dreimal angerufen und einmal auf seiner Treppe gewartet hatte, ging Michael zu seinem Anglistikprofessor und bat ihn um eine Empfehlung für eine irische Universität. Er hoffte, es würde nicht auf Sligo rauslaufen, denn dort war er auf seiner Rundreise nur einen halben Tag geblieben, so düster und bedrückt hatte diese Stadt auf ihn gewirkt. Und Sligo war sehr weit von Dublin entfernt.

Schon zwei Tage später hatte der Professor eine Hiwi-Stelle in Galway aufgetan. Betreuung der Studenten, Nachhilfe in Deutsch, ob ihm das gefalle?

»Sehr«, sagte Michael. »Danke.«

»Ausland ist immer gut«, sagte der Professor, »aber wär's nicht klüger, Sie gingen in ein romanisches Land, wenn Sie die Prüfung in Romanistik noch vor sich haben? Spanien, Frankreich, Italien. Dort würden Sie in die Sprache eintauchen und der Literatur näherkommen.«

»Klüger wär's, da haben Sie recht«, sagte Michael.

»Aber Sie wollen nicht klüger sein, Sie wollen nach Irland.«

»So verhält es sich.«

»Na, wenn sich's nun mal so verhält«, sagte der Professor und lächelte. »Sláinte.«

Michael rief seinen Vater an und fragte, ob er ihm tausend Mark leihen würde, damit käme er nach Irland und durch den ersten Monat, ab dann würde er von seinem dort verdienten Geld leben können.

»Die schenk ich dir«, sagte sein Vater.

Nach einem sehr kurzen Gespräch, in dem sein Vater so tat, als interessiere er sich für Michaels Studium, und Michael so tat, als existiere dieses Studium noch, legten sie auf und waren beide froh, für die nächsten Monate ihre Pflicht getan zu haben und nichts mehr voneinander hören zu müssen. Ihr Verhältnis war schon seit Jahren ohne alle Herzlichkeit, diese beiden Menschen verband nichts mehr außer ihrer Blutsverwandtschaft, und die bedeutete ihnen nichts.

~

Anfangs, während der ersten Zeit im Internat, hatte Michael sich noch manchmal nach zu Hause gesehnt, aber die Besuche über Feiertage oder in den Ferien waren jedes Mal so ernüchternd gewesen, dass er irgendwann nicht mehr wollte.

Sowohl sein Vater als auch dessen Frau spielten ihm ein Interesse vor, das sie in Wahrheit nicht aufbringen konnten, und obwohl sie ihm nicht übelwollten, gelang es ihnen nicht, ihm das Gefühl zu geben, er sei willkommen und gehöre dazu. In ihrem Kosmos war Michael ein Fremder, der zwar nichts Böses tat und eigentlich auch nicht störte, aber sie schafften es nicht, ihn als ein Kind zu sehen, ihr Blick auf ihn war eher wie der auf ein Meerschweinchen. Neutral, ohne Abneigung, aber auch ohne Zuneigung.

Beim letzten Mal, als Michael Heimweh gehabt hatte, war er fünfzehn gewesen und nicht nach Hause gefahren, weil Thomas das auch nicht konnte – seine Mutter war auf eine Schiffsreise eingeladen worden. Michaels Stiefmutter war schwanger, und es sollte jeden Moment so weit sein, also traf er wieder einmal genau ihren Nerv mit seiner Bitte, im Internat bei Thomas bleiben zu dürfen.

Dort war man auf so etwas aber nicht eingerichtet, deshalb hatten sie Emmi Buchleitner gefragt, ob sie über die Feiertage vielleicht bei ihr wohnen könnten. Sie würden auch bestimmt nicht stören, etwas anstellen oder sonstwie zur Last fallen. Frau Buchleitner war gerührt über diesen Vertrauensbeweis, hatte aber einen besseren Vorschlag: Sie konnten sich ein bisschen Geld verdienen als Hilfskräfte im Hotel ihrer Schwester am Chiemsee.

Dieses Hotel hatte sich noch Grandeur bewahrt. Zur Teezeit und abends in der Bar spielte ein Jazztrio leichte Melodien, die zwar niemanden störten, aber dennoch Musik waren – wer hinhörte, wurde nicht mit einer platten Geräuschkulisse abgespeist –, die Band war gut. Und Michael hörte hin, sooft er konnte.

Thomas hatte dazu mehr Gelegenheit, denn er bediente nachmittags als Hilfskellner, war meistens hinter der Theke zugange, manchmal aber auch direkt in Kontakt mit den Gästen, wenn er ihnen Zucker, Nüsse oder Pralinen an den Tisch bringen durfte. Sein gewinnendes Wesen und sein vollständiger Mangel an Schüchternheit machten ihn schnell beliebt, und er sonnte sich im Wohlwollen all dieser gut betuchten Herrschaften mit ihren blasierten Töchtern und sportlichen Söhnen, denen er sich nicht unterlegen fühlte, obwohl er sie bedienen musste: Es war dieselbe Sorte Mensch wie seine Schulkameraden. *Er* war dieselbe Sorte. Nur dass er sich einer Erfahrung aussetzte, die sie nicht nötig zu haben glaubten.

Michael hatte den weniger glamourösen Job, er half dem Kellermeister morgens und zwischen den Essenszeiten und stand ansonsten an der riesigen Spülmaschine, wo er stapelweise schmutziges Geschirr ein- und sauberes ausräumte.

Der Geruch nach Chlor und Braten gefiel ihm, und das Dröhnen und Klirren und Rauschen gab ihm das Gefühl, im Bauch einer großen Maschinerie etwas Sinnvolles zu tun, etwas, das die Maschinerie weiterlaufen ließ. Wäre noch Diesel im Geruchsensemble enthalten gewesen, dann hätte er sich vorstellen können, in einem Schiff unterwegs zu sein.

Die Müdigkeit, die ihn abends auf sein Bett warf, gefiel ihm auch. Es war Körpermüdigkeit. Sinnvolle Müdigkeit, nicht wie die nach einem langen Schultag, bei der die Gedanken im Kopf weiterrasten und ihm den Atem kurz machten. Nach den Tagen an der Spülmaschine raste nichts mehr. Er war vollkommen fertig und fühlte sich innerlich aufgeräumt und so, als könne ihn nichts mehr verwirren.

Sie teilten sich ein Zimmer im Personaltrakt und hatten einen Nachbarn aus Finnland, der Timo hieß und ihnen beibrachte, was »ich ficke« auf Finnisch heißt: »Mena nein.« Er steckte sie auch mit seiner Begeisterung für Alkohol an, für den sie sich bisher nicht groß erwärmt hatten, und sie experimentierten nachts mit Whisky (den Thomas in der Bar klaute), Wein (den Michael im Keller abstaubte) und Bier (das Timo in Massen als Proviant für alle Fälle unter seinem Bett gehortet hatte).

Für die Silvesternacht hatten sich die drei etwas Besonderes ausgedacht: große Saftgläser, zu gleichen Teilen gefüllt mit Martini, Whisky, Bier und Weißwein. Sie nannten ihre Kreation den »Mena nein« und wollten damit in die Cocktailgeschichte eingehen. Aber nach wenigen Schlucken war klar, dass dieser Erfindung keine Zukunft beschieden sein würde. In kürzester Zeit war ihnen so schlecht geworden, dass sie nur noch vor sich hin glotzten. Sie stellten sich abwechselnd an das kleine Fenster, um frische Luft zu bekommen und nebenbei die Dachziegel zu zählen – die Wette auf die richtige Anzahl kam aber nie zu ihrem Ende, denn über etwa zwölf Ziegel kam keiner der Zählenden mehr hinaus, und nach einer halben Stunde war der nähere Umkreis der Fensterbank auch noch von ihrem Kantinenessen bedeckt und deshalb unübersichtlich geworden.

Sein Glas hatte keiner von ihnen ganz ausgetrunken, auch der geübte Finne nicht, und als ihre Mägen immer weiter rebellierten, stolperten Michael und Thomas nach draußen, wo sie sich unter die von der Mitternachtsmesse heimkehrenden Gäste mischten, um den Rest ihres Mageninhalts dem Schnee zu übergeben.

Die Übelkeit hatte es nicht vermocht, ihnen die Laune zu verderben, deshalb grüßten sie die angeekelt auseinanderstiebenden Hotelgäste freundlich und wünschten ihnen höflich ein gutes neues Jahr – immer unterbrochen von neuerlichen Eruptionen ihrer Mägen.

Am nächsten Morgen war zwar die Hinterlassenschaft ihres unzivilisierten Benehmens von frisch gefallenem Schnee bedeckt, aber die Nachricht davon bis zur Direktion gelangt. Thomas wurde an die Spülmaschine versetzt, denn sein Anblick sollte keinem Gast mehr zugemutet werden. Dass sie nicht rausgeschmissen wurden, verdankten sie Emmi, die bei ihrer Schwester zu Besuch war und sich für eine zweite Chance starkgemacht hatte.

Nachdem Michael morgens mühsam die Kotzfladen vor dem Fenster mit etlichen Krügen heißen Wassers in Richtung Dachrinne gespült hatte, ließ er sich aufs Bett fallen und blieb einfach liegen. Ihm war so elend, er konnte den Kater nicht von Traurigkeit unterscheiden, und aus dieser Traurigkeit wurde nach und nach ein immer grelleres und schmerzhafteres Heimweh. Es wurde schlimmer und schlimmer, er wusste sich nicht mehr anders zu helfen: Er ging zum Münztelefon und wählte die Nummer seines Vaters.

»Kannst du bitte hier anrufen und sagen, dass ich unbedingt heimkommen muss?«

»Wieso?«, fragte sein Vater. »Was ist los?«

»Ich glaub, ich bin krank und halt's nicht mehr aus. Ich muss hier weg.«

»Und was soll ich sagen, weshalb du unbedingt nach Hause kommen sollst?«

»Weiß nicht. Vielleicht dass jemand gestorben ist oder so.«

»Gut, ich ruf an.«

Michael war seinem Vater so dankbar, dass er jetzt tatsächlich so etwas wie Sehnsucht nach ihm empfand, und gleichzeitig war er schon halb getröstet. Er kam hier raus.

Musste nur noch warten, bis sein Vater alles geregelt hatte.

Er schlief ein, ohne sich noch groß Gedanken darüber zu machen, dass er Thomas hängen ließ, wenn er einfach abhaute, aber es ging nicht anders. Er konnte nicht bleiben. Es drückte ihm die Augen aus dem Gesicht, und seine Brust würde platzen, wenn er nicht bald hier wegkäme.

Irgendwann stand Thomas vor ihm – er hatte ihn wach gerüttelt und schien den Kater viel besser zu verkraften als Michael. »Du sollst zur Buchleitner kommen«, sagte er, »aber dusch dich vorher. So kannst du nicht gehen.«

Michael beeilte sich, putzte die Zähne, duschte, zog saubere Kleider an und rannte dann fast zum Haus der Besitzer, das in einiger Entfernung vom Hotel stand und in dem Emmi Buchleitner zu Gast war.

Eine Haushälterin brachte ihn nach oben und führte ihn durch einen langen Flur zu den Räumen, die Emmi bewohnte. In einem beeindruckenden Salon mit Büchern und Kamin, riesigem Sofa und zwei Ohrensesseln empfing sie ihn und bot ihm einen der Sessel an.

»Dein Vater hat mich angerufen«, sagte sie.

»Ja, ich muss …«

Sie unterbrach ihn sofort: »Er sagte, du willst, dass er behauptet, jemand sei gestorben und du müsstest deshalb unbedingt nach Hause kommen.«

Michael wusste nicht, ob er heulen sollte oder in Ohnmacht fallen. Bei dieser Lüge ertappt zu werden war so unglaublich peinlich, dass er deutlich spürte, wie ihm das Blut ins Gesicht stieg, und hörte, wie es in seinen Ohren rauschte. Er brachte kein Wort heraus.

»Rauchst du?«, fragte Frau Buchleitner. Sie nahm eine Schachtel Camel ohne Filter vom Teetischchen und hielt sie ihm hin. Er nahm eine heraus und griff nach den Streichhölzern, die ebenfalls auf dem Tischchen lagen. Er dachte nicht darüber nach, dass das völlig unmöglich war – eine erwachsene Lehrerin durfte einem minderjährigen Schüler nicht das Rauchen erlauben, und schon gar nicht durfte sie ihm eine Zigarette anbieten –, er zündete sie an und war froh, irgendwas zu tun, etwas in den Händen zu halten und nicht nur rot zu sein.

»Wenn das rauskommt, bin ich meine Stelle los«, sagte Frau Buchleitner, »also denk bitte dran, dass das unter uns bleibt.«

»Klar«, sagte er und hörte zum ersten Mal seit vielleicht einer Minute seine eigene Stimme wieder.

»Magst du Beethoven?«

Er hob die Schultern. Er wusste nicht, was diese Frage jetzt sollte, und bevor er eine blöde Antwort geben würde, gab er lieber keine.

Sie stand auf, kniete sich vor einen Stapel Platten, suchte eine heraus und legte sie auf den Plattenteller.

»Das fünfte, mein Lieblingskonzert«, sagte sie, und nach dem Knistern erfüllte der Klang von Klavier und Orchester wie Aprilwetter mit launischem Wechsel zwischen wilden, jagenden und elegisch getragenen Passagen den Raum, und Frau Buchleitner setzte sich wieder und zündete sich selbst eine Zigarette an.

»Also, was ist los?«, fragte sie ihn direkt.

»Ich halt's einfach nicht aus«, sagte er.

»Ist dir euer gestriger Umtrunk peinlich?«

»Ja, das auch.«

»Und was noch?«

»Ich hab Heimweh.«

Sie sah ihn an, zog an ihrer Zigarette, schnippte die Asche in den winzigen Alabasteraschenbecher, der zu ihrer damenhaften Erscheinung passte, als wäre er für sie persönlich hergestellt worden, dann sagte sie: »Du schienst mir bisher nicht gerade große Sehnsucht nach deinem Zuhause zu haben. Dass die jetzt auftaucht, ist eine Überraschung für mich.«

Michael hob wieder die Schultern. Er fand es unzureichend, ein Schulterzucken ist eine eher kindische Reaktion, und er wollte sich der Ehre würdig erweisen, die ihm mit der Zigarette und der Musik zuteilgeworden war, aber ihm fiel einfach nichts ein. Fragen, die man nicht beantworten kann, werden mit Schlägen, Gebärden oder Schnauben quittiert – wenn es keine Worte gibt, müssen es eben Bewegungen oder Geräusche sein.

»Könnte das, was sich so schmerzhaft wie Heimweh anfühlt, denn vielleicht auch einfach bloß der Kater sein?«

»Ich weiß nicht«, sagte Michael und musste lächeln, »ich hatte noch nie einen.«

»Ich würde vorschlagen, du probierst es aus«, sagte sie, ebenfalls lächelnd, »wenn es morgen noch immer so schlimm ist, fährst du heim, und wenn es besser geworden ist, war's der Kater.«

»Ich will jetzt schon nicht mehr heim.«

»Aha?«

»Mein Vater hätte mich nicht verraten dürfen.«

»Das kann man so sehen«, sagte Frau Buchleitner, »aber er hat dir vielleicht auch einen Gefallen getan mit seiner Ehrlichkeit mir gegenüber. Wenn du durchhältst, bist du vielleicht stolz auf dich. Dann hat sich seine Entscheidung gelohnt.«

Sie schwiegen eine Zeit lang. Die Zigarette war aufgeraucht, eine zweite bot sie ihm nicht an und hätte er auch nicht gewollt. Sein Magen war schon jetzt wieder recht lebendig.

»Die Musik ist toll«, sagte er irgendwann.

»Hättest du Lust, Klavier zu lernen?«

»Ja.«

»Ich überrede deinen Vater, dass er dir den Unterricht bezahlt.«

Jetzt war das Klavierkonzert leise und betörend schön, schlug keine Kapriolen mehr, sondern floss wie ein breiter Strom aus den Lautsprechern, und Frau Buchleitner machte keine Anstalten, ihn hinauszukomplimentieren, also blieb Michael sitzen, bis die A-Seite der Platte zu Ende war. Dann stand er auf und sagte: »Danke.«

»Ich drück die Daumen«, sagte Frau Buchleitner.

In den Tagen danach war Michael tatsächlich stolz, dass er nicht aufgegeben hatte, und für den Rest seines Lebens bekam er nie wieder Heimweh. Und nie wieder einen Vollrausch.

~

Durch den Giudeccakanal schob sich ein Kreuzfahrtschiff, dessen Schornstein den Campanile auf dem Markusplatz noch überragte. Die Passagiere auf den obersten Decks standen haushoch über den Dächern der Stadt. Es war ein absurder Anblick, der sich mehrmals in der Woche bot, obwohl man wusste, dass die Wellen und Vibrationen der Schiffsmotoren den Fundamenten der Stadt schadeten. Deshalb wurden die riesigen Schiffe seit einigen Jahren von (vergleichsweise) winzigen Schleppern gezogen, was immerhin die Vibration minderte – die Wellen blieben.

In diesen Momenten sah die Stadt aus wie Spielzeug. Das alles überragende Schiff bildete den Maßstab. Jedes Foto davon hätte wie eine schlechte Montage gewirkt. Vielleicht sah man deswegen keine.

Wie so oft beim Ablegen lief *My Heart will go on* von Celine Dion, der Titelsong des Titanic-Films. Michael hörte die Musik, obwohl er sich dreihundert Meter entfernt vom Kanal aufhielt, am Rande des Campo San Barnaba, wo er den Gemüsehändlern auf ihren Booten beim Zusammenpacken und Ablegen zusah.

Das Stück Pizza und das Warten auf eine Zeile Text hatten ihn müde gemacht, und er ging nach Hause, um den Nachmittag zu verschlafen. Er wollte so bald wie möglich zurückkehren zu seiner alltäglichen Langeweile, denn die war die Voraussetzung für seinen Beruf. Erst die Langeweile öffnet den Geist für Melodien oder Zeilen – Anstrengung hilft nicht. Und in dem noch immer aufgewühlten Zustand, in den ihn sein gestriger Besuch an Emmis Grab versetzt hatte, würde ihm auch kein Nebel helfen. Er musste runterkommen. Er musste aufhören, an Corinna, Erin, Thomas, Bernd und Wagner zu denken.

Das gelang ihm nicht. Sie waren in doppelten Bildern vor seinem inneren Auge: einmal als Kinder und einmal so, wie er sie gestern gesehen hatte. Außer Emmi und Corinna natürlich, deren Bilder waren einfach und älteren Datums: Corinna, die brünette Schönheit, die so hitzig und hemmungslos mit ihm geschlafen hatte, deren Hintern in den ausgebleichten Jeans er sich noch immer auf dem Fahrrad vergegenwärtigen konnte, und Emmi, die zarte, aber stark wirkende Dame großbürgerlicher Herkunft, aber bäuerlich aufgewachsen, die es in die Existenz einer Internatslehrerin und alleinerziehenden Mutter verschlagen hatte.

~

Nicht lange nach dem denkwürdigen Neujahrsmorgen am Chiemsee hatten sich Bernd und Wagner eine Zermürbungstaktik für ihre Erzfeinde ausgedacht. Es war eine Art psychologischer Kriegsführung. In späteren Jahren würde man das Mobbing nennen, damals gab es noch keinen Fachbegriff dafür: Wann immer Thomas oder Michael etwas sagten oder taten, sei es im Unterricht, sei es beim Essen oder Sport, ernteten sie Gelächter, Kichern, Schnauben oder andere herabsetzende Geräusche aus Bernds und Wagners Richtung.

Bei Michael erreichten die beiden damit ihr Ziel, es traf ihn, weil er sich noch immer blamiert fühlte. Er hatte seinen Vater angebettelt, ihn heimzuholen, Frau Buchleitner hatte ihn reaktionsschnell daran hindern müssen, sie glatt anzulügen, er schämte sich vor ihr. Das wussten Bernd und Wagner natürlich nicht, aber Michael wusste es, und er sah sich als Weichling und Feigling. Dass er bereit gewesen war, Thomas einfach im Stich zu lassen (falls sein Vater mitgespielt hätte), kam noch dazu.

Und was darüber hinaus noch seine Stimmung drückte, war die Verwüstung ihres Geheimlagers. Er hatte mit Thomas im Herbst einen alten, wackligen Hochsitz im nahen Wald in Besitz genommen. Dort rauchten sie, erklärten einander die Welt, die Frauen und die seriöse Anwendung von Kondomen, die sie zwar noch lange nicht brauchen würden, aber wenn, dann wären sie vorbereitet.

Bei ihrem ersten Besuch dort im neuen Jahr entdeckten sie einen säuberlich in die Mitte der Bank gesetzten Scheißhaufen. Er war gefroren und dadurch konserviert, würde den olfaktorischen Anteil der Verachtung, die er ausdrücken sollte, erst im Frühjahr nach der Schneeschmelze ausdünsten, und sie hätten ihn jetzt, so hart und damit handlich, wie er war, auch leicht entfernen können, aber sie taten es nicht.

Thomas wollte das ziemlich regelmäßig schneckenförmige Ding zuerst mit einem Ast wegschieben und nach unten werfen, aber Michael stoppte ihn und sagte: »Nein. Lass es so. Da setzen wir einen von ihnen rein.«

Wie sie das bewerkstelligen sollten, wussten sie nicht. Wagner war viel stärker und aggressiver als sie, in einem Kampf hätten sie ihn niemals bezwungen, aber vielleicht konnten sie ja Bernd mal alleine erwischen. Wie sie ihn dann die Leiter hochzwingen sollten, wussten sie auch nicht, aber es war gut, einen Plan zu haben. Wenn schon keinen Platz mehr, dann wenigstens einen Plan.

Und noch ein Plan reifte in ihren Köpfen: Bernd war das Ass in Mathematik. Er war allen in der Klasse überlegen, gab informelle Nachhilfe (natürlich gegen Bezahlung) und sonnte sich im Wohlwollen des Lehrers. Wie es der Zufall wollte, war Thomas fast ebenso gut – die beiden lieferten sich eine ständige Konkurrenz um die Gunst und Begeisterung des Lehrers –, Thomas unterlag meist, aber nur um wenig. Er war so etwas wie der Vizemathestar der Klasse. Selbstverständlich erklärte er seinen Mitschülern die Finessen, ohne sich dafür bezahlen zu lassen.

Während des Sportunterrichts schlich sich Thomas nun gelegentlich davon, um Bernds Mathematikaufgaben, die am selben Tag abgegeben werden mussten, ein bisschen umzuschreiben. Die Aufgaben mussten immer mit Bleistift gemacht werden – das war eine Marotte des Lehrers, der keine durch Korrekturen verschmierten Arbeiten sehen wollte – es war also ein Leichtes, mit einem Radiergummi hier und da Fehler einzubauen. Flüchtigkeitsfehler, die einleuchtend wirkten. Thomas war geschickt. Es dauerte Monate, bis Bernd den Braten roch und aufhörte, an sich selbst zu zweifeln. In dieser Zeit war Thomas der unangefochtene König, und er und Michael amüsierten sich köstlich und unbemerkt über Bernds zornige Stirnfalten, wenn der seine Arbeit mit roten Stellen zurückbekam.

Bernd löste das Rätsel mit einem Experiment. Er schrieb seine Arbeit zweimal, deponierte eine Version am

Vorabend in Wagners Tasche, gab diese Version ab und verglich sie hinterher mit der anderen, von Thomas redigierten Fassung.

Von da an trug Bernd seine Sachen bei sich. Im Sport lagen sie nicht mehr im Umkleideraum, sondern in Sichtweite auf einer Bank, aufs Klo nahm er sie mit, in Musik behielt er sie in Griffweite – Thomas bekam keine Chance mehr dranzukommen und büßte seinen ersten Platz umgehend wieder ein.

Bis zum Frühling war ein dritter Plan gereift. Wagner hatte ein Zippo-Feuerzeug, das sein ganzer Stolz war – er zückte es bei jeder Gelegenheit und spielte damit herum, machte nervtötende Aufklapp- und Zuklappgeräusche und war glücklich, wenn jemand Feuer von ihm brauchte. Der Plan war nun, Wagner dieses Feuerzeug abzunehmen, damit, so schnell es ging (auf jeden Fall schneller als Wagner), zum Hochsitz zu laufen und das Feuerzeug tief in der Mitte des Scheißhaufens zu versenken.

Michael, bei dem von Sportlichkeit nicht die Rede sein konnte, übernahm das Gießen des Haufens. Alle drei, vier Tage ging er mit einer Sprudelflasche voll Leitungswasser zum Hochsitz und widmete sich der Haufenpflege. Am Tage ihres Triumphs sollte dort ja nicht nur ein bisschen ehemals ekliger Staub auf das Zippo warten. Thomas trainierte währenddessen und verbesserte tatsächlich seine Zeit, bis er schließlich auf Elf-Null kam. Eine Sekunde über den legendären Zehn-Null von Armin Hary.

Nun mussten sie noch nahe genug am Hochsitz das Feuerzeug erobern. Wagner war ein guter Läufer, und wenn es auf Ausdauer ankommen würde, hätte Thomas keine Chance mehr gegen ihn.

Sie übten sich in Geduld. Es war schon kurz vor den

Ferien, Anfang Juli, als endlich eine Botanikexkursion auf die Lichtung führte. Michael schlich sich davon und wartete auf dem Hochsitz, denn sie wollten nicht riskieren, dass Thomas noch auf den letzten drei Metern beim Erklettern der Leiter eingeholt würde.

Thomas schlenderte in die Nähe von Bernd und Wagner und hatte wie zufällig eine Zigarette in der hohlen Hand, als er direkt neben Wagner stand. Es war üblich, bei solchen Gelegenheiten möglichst lässig zu rauchen, ohne dass der Lehrer es sah. Selbstverständlich war das verboten, aber umso mehr zum Sport geworden, mit dem man, wenn auch nicht den Mädchen, so doch immerhin sich selbst imponierte.

»Hast du Feuer?«, fragte Thomas.

»Seit wann rauchst denn du?«, fragte Wagner.

»Seit eben grade«, sagte Thomas und stellte sich mit dem Rücken zur Lehrerin.

Mit einem schnellen Griff hatte Thomas das Feuerzeug an sich gerissen und rannte los. Wagners Verblüffung über das in seinen Augen aussichtslose, gar masochistisch anmutende Unterfangen verschaffte Thomas noch einen zusätzlichen Vorsprung, den er nutzte, ohne auf die empörten Rufe der Lehrerin zu achten: Er stob davon in Richtung Waldrand.

Sie hätten es mit Ausmessen und Ausrechnen nicht besser hinkriegen können – der Plan gelang perfekt. Als Thomas in relativ sicherer Wurfweite beim Hochsitz und dem dort wartenden Michael angekommen war, lag Wagner noch drei Schritte hinter ihm. Thomas gab noch zwei Meter zu, holte aus und warf das Feuerzeug präzise und fast lässig hoch zu Michael, der fing es und steckte es, aufgeregt, aber sehr zufrieden, in die Mitte des längst nicht mehr so schmucken, aber wenigstens noch immer feuchten und hinreichend unappetitlichen Haufens.

Währenddessen hatte Thomas unten einen Haken geschlagen und rannte zurück zu seinen Mitschülern, während Wagner in blinder Wut die Leiter erklomm und Michael versuchte, schnell genug über die Brüstung und an der Rückseite des Hochsitzes hinunterzuklettern.

Er hatte gerade seinen Fuß auf die oberste der Querstreben bugsiert, als das ganze Gebilde zu schwanken begann und in eine derart bedenkliche Schieflage geriet, dass Michael lieber absprang, bevor ihn der Hochsitz unter sich begraben konnte.

So weit kam es nicht. Unter Wagners wütenden Tritten brach eine der oberen Sprossen, und er rasselte, einige weitere Sprossen in seinem Sturz mit Füßen, Hintern und Armen mit sich reißend, zurück auf die Erde, wo er stöhnend liegen blieb.

Auch Michael stöhnte. Er hatte sich das Knie angeschlagen. Inzwischen war die ganze Klasse da und umringte den am Boden liegenden Wagner. Michael wagte sich heran, er hinkte und sah sich nach Thomas um, dessen Grinsen langsam nachließ, denn Wagner lag noch immer da – inzwischen stieß er klägliche Laute aus, er hatte sich offensichtlich etwas gebrochen.

Oben auf dem schief stehenden Hochsitz steckte das Zippo im Haufen und war für den Augenblick vergessen.

Vor dem Schulverweis wurden sie von Frau Buchleitner gerettet. Sie hatte dem Direktor einen Handel abgetrotzt. Michael und Thomas mussten Wagner jeden Nachmittag im Krankenhaus besuchen und mindestens eine Stunde in seinem Zimmer bleiben. Und wenn Wagner seinen Knöchelbruch ausgeheilt haben würde, mussten alle vier gemeinsam etwas auf die Beine stellen, das sie zur Abschlussfeier des Schuljahres vortragen konnten. Ein Theaterstück, ein langes Gedicht, einen Sketch, ein Musikstück, was immer sie sich heraussuchen würden, es musste mindestens fünf Minuten lang und durfte nicht blamabel sein. Weder für die Schule noch für die vier Vortragenden.

Zu ihrem ersten Besuch im Krankenhaus brachten Thomas und Michael ein nagelneues Zippo mit. Es war nicht genau das gleiche, es hatte ein Harley-Davidson-Signet anstatt eines Indianerkopfs, aber Wagner nahm es schweigend an und studierte die Zimmerdecke weiter, als erscheine dort demnächst die Teleprompter-Laufschrift für seine Rede an die beiden Idioten, die ihn in diese Lage gebracht hatten.

Es erschien keine Schrift an der Decke, und aus Wagners Mund kam auch kein Ton, und so wurde es eine unglaublich zähe, lange Stunde, bis Michael und Thomas endlich wieder gehen durften.

~

Michael öffnete alle Fenster im Salon und legte sich auf das größte der Sofas. Er wollte das Tuckern der Boote hören. Dieses Geräusch unterstrich für ihn das Privileg, das Luxuriöse am Mittagsschlaf – andere waren bei der Arbeit, er konnte schlafen. Nach Minus hatte er nicht gesehen, die lag sicher noch oben auf seinem Bett.

Gerade als die Bilder in seinem Kopf durcheinandergerieten und sich eines ins andere mischte, fiel ihm die fehlende Zeile für *Stone to Sand* ein. Er stand auf, ging in die Küche und schrieb sie dort auf einen Zettel vom Einkaufsblock: *Since all this changing never ends, let us at least for now be friends.*

Damit war nun allerdings an Schlafen nicht mehr zu denken, denn jetzt lief die Melodie in seinem Kopf rund, und er begann mit den ersten Zeilen für die Strophen.

Inzwischen war auch Luc wieder nebenan mit seinem

Ball beschäftigt, er hätte ihn ohnehin nicht schlafen lassen. Es dauerte eine Stunde, dann hatte Michael zwei Verse, die ihm gefielen, und er ging nach oben, um das ganze provisorisch in den Computer einzusingen. Es klang gut. Er hörte nicht seine eigene, sondern, wie immer, Erins klare, weiche, feste und auf so subtile Weise ausdrucksvolle Stimme.

Der Song war gut. Michael würde noch ein paar Tage warten, vielleicht noch daran schleifen, und ihn dann an Ian schicken. Heute ging das per E-Mail, früher hatte er die Noten gefaxt oder mit der Post geschickt.

~

Das erste Mal, dass er ein eigenes Stück in der Öffentlichkeit hörte, war in Galway gewesen. Er hatte damals eine Freundin, Roisin, eine katholische Exilantin aus Belfast, die nie wieder dorthin zurückwollte, aber fürchterliches Heimweh hatte und deshalb immer wieder in schwermütige, düstere Versunkenheit abdriftete, aus der Michael sie nur mit Geduld, Humor und kleinen Geschenken wieder befreien konnte.

Sie waren schwimmen gewesen und saßen jetzt mit nassen Haaren und müden Gliedern (Roisin schwamm wie ein Fisch, und Michael hatte versucht mitzuhalten) an einer Straßenkreuzung auf dem Sims eines Souterrainfensters und hielten jeder ein Eis in der Hand. Ein offener Bentley fuhr vorbei, und aus dessen Autoradio erklang laut und elektrisierend *Blame it on the summer*, das erste Stück von Fairy Os seit vier Tagen erhältlichem Album.

Den Bentley steuerte eine Frau mit Sonnenbrille und weißer Baseballmütze, unter der ihre strohblonden Kringellocken hervorquollen. Die Frau trommelte mit den Fingern auf dem Lenkrad den Rhythmus und war offenbar einverstanden mit der Musik. Michael war es ebenfalls. Das Arrangement gefiel ihm – aus seiner eher an Bill Haley angelehnten Rockabilly-Version war ein schwungvoller Reel geworden, nur leicht verfremdet durch eine dezent durchgehende Synthesizersequenz, die sich erfrischend ins traditionelle Instrumentarium aus Bandoneon, Bodhrán, Geigen und einer Tinwhistle mischte. Michael wusste nicht, wohin mit seinem Glück.

Er sah der Frau und lauschte dem Lied hinterher und atmete flach vor lauter Euphorie, bis ihm das in seiner Hand vergessene Eis auf die Hose tropfte.

»Was hast du?«, fragte Roisin.

»Ein überwältigendes Bedürfnis danach, dich zu lieben«, sagte er.

»Also los. Worauf warten wir.« Sie lachte, zog ihn hoch, und sie gingen Hand in Hand zu seinem Apartment im Wohnheim, wo es ihnen gelang, sich ungesehen hineinzuschleichen, denn Besuch vom anderen Geschlecht war selbstverständlich verboten.

Aber er hatte gelogen und war nicht bei der Sache. Irgendwo musste sein Glück zwar hin, warum nicht in die Liebe mit Roisin, doch er merkte, dass er sich verstellte, um ihr nicht das Gefühl zu geben, er langweile sich mit ihr. Das gelang ihm zum Glück, beschämte ihn aber womöglich noch mehr, denn zum Heucheln von Leidenschaft kam jetzt auch noch die Vorstellung von Erin, die er mit geschlossenen Augen heraufbeschwor und an Roisins Stelle projizierte – das ermöglichte ihm immerhin irgendwann zu kommen –, danach hatte er aber das dringende Bedürfnis, Roisin etwas Kostbareres als nur einen Kuli oder ein schönes Notizbuch zu schenken.

Die Sache hielt nicht lange. Michaels innere Distanz, seine zwar freundliche, aber auch rigorose Unnahbarkeit ließen das Liebesverhältnis schnell erlahmen und auch für

Roisin zu dem werden, was es für Michael von Anfang an gewesen war: eine Bettgeschichte. Mehr nicht.

Sie trennten sich ein paar Wochen später, und Michael merkte kaum etwas davon. Er lebte so sehr in seinem Kopf, in seinen Phantasien von Erins Leben und seiner Anwesenheit darin – was sein Körper in der Zwischenzeit brauchte, wollte und sich nahm, geschah quasi autonom.

Das wurde Michaels Muster. Er ließ sich nie tiefer ein auf die Frauen, mit denen er zusammen war, in seinem Inneren waren sie immer nur Stellvertreterinnen für die Eine, Einzige, Unerreichbare, der er sich wie ein Minnesänger verschrieben hatte. Die Frauen kamen und gingen, sie trennten sich von ihm und scharten sich um ihn, es war so, wie es war, und Michael musste nur selten die berechtigte Wut einer enttäuschten Geliebten ertragen. Und nie fiel es ihm schwer, sie gehen zu lassen.

~

Lucs autistisches Geknalle mit dem Ball hörte nicht mehr auf. Das würde bis zum Abendessen so weitergehen. Michael nahm Handtuch, Bademantel, Schlappen und Badehose aus dem Schrank, stopfte alles in den Rucksack, den er für solche Gelegenheiten einer Sporttasche vorzog, und ging zur Anlegestelle San Basilio, setzte mit dem Vaporetto nach Giudecca über, ging ins Hilton und fuhr mit dem Aufzug aufs Dach zum Panoramaschwimmbad. Der Blick von hier oben war umwerfend und der Pool groß genug, dass man darin auch schwimmen konnte, vor allem leer genug, dass man nicht andauernd mit jemandem zusammenstieß, denn hier hielten sich überwiegend Luxusweibchen auf, die ihrer teuren Frisur nichts antun wollten und deshalb nur alle halbe Stunde einen Zeh ins Wasser steckten.

Diese gertenschlanken Frauen, von denen Michael annahm, ihr Leben bestünde aus nicht viel mehr als dem Abschreiten ihrer exorbitant großen Immobilien und der Planung von Partys und Empfängen, um genügend Neider aufs Gelände zu locken, hingen in den Loungemöbeln wie erschöpfte Schwäne nach einem Überseeflug und erholten sich vom Shopping. Erst wenn der ihnen angehörige Geldvermehrer auftauchte, kam Leben in ihre schlaffen Glieder, sie legten ihre bunten Blättchen zur Seite, die sie zur Lektüresimulation bei sich hatten, und widmeten sich dem, der ihre Psychotherapie finanzierte.

Michael wusste, dass diese Vorstellung platt, unfair und von Ressentiments getrieben war, aber er wurde sie einfach nicht los. Wenn er sich früher manchmal bei einem Drink nach dem Schwimmen aus den Augenwinkeln umgesehen hatte, dann war unter diesen überwiegend blonden Frauen einfach keine gewesen, deren Gesicht oder Haltung, Lektüre oder Blick auf eine Professorin, Politikerin, Schauspielagentin oder Autorin hätte schließen lassen, keine, von der man hätte annehmen können, dass sie sich für irgendetwas aufrieb, ihre Belegschaft, ihr Werk oder wenigstens ihren Garten – sie sahen alle aus, als trage ihnen jemand, der ihre Sprache allenfalls mühsam beherrscht, noch den Nagellack hinterher.

Michael wusste auch, dass er nicht das Recht hatte, sich über irgendjemandes Wohlleben zu mokieren – er selbst würde nie mehr Geldsorgen haben, falls er nicht glaubte, eine Zweitwohnung in London zu brauchen. Er hatte Glück gehabt und andere eben auch. Was sie daraus machten, war ihre Sache, ihm stand kein Urteil über ihren vermeintlich fehlenden inneren Reichtum zu. Aber er musste sie auch nicht mögen.

Ganz anders war es während des Filmfestivals und der Biennale. Da surrte ganz Venedig vor lauter Extravaganzen, man sah Unikate und Egos, die sich selbst erfunden oder zumindest stilisiert hatten. Dass die dann am Ende das Tages, wenn sie betrunken waren, den gleichen Unsinn redeten wie alle anderen auch und morgens nach dem Aufwachen den gleichen muffigen Mundgeruch vor sich herbliesen, stand auf einem anderen Blatt.

In den Pool verirrte sich nur selten jemand, meist waren es Jugendliche, deren Bewegungsdrang noch stärker als ihr Sinn für Anpassung war. Michael schwamm eine halbe Stunde lang, dann kam ein typischer Wellenmacher ins Wasser, der ein bisschen wie Bernd aussah (oder sie sahen beide aus wie Steve Jobs) und mit seinem Prusten und Kraulen den Poolfrieden störte, und als dann auch noch ein Querschwimmer dazustieß, der dick und stoisch die sieben Meter Breite hin und her mit Mühe überwand, ließ Michael es für diesmal sein und ging zur Umkleide, trocknete sich ab, zog sich um, fuhr nach unten und spazierte den Uferweg entlang bis Redentore. Erst dort nahm er das Boot auf die andere Seite.

Die für das Fest errichtete Pontonbrücke war noch geschlossen, aber sie wurde an beiden Enden umringt und bestaunt von Touristen und Venezianern, deren Samstagsspaziergänge wie automatisch hierherführten, denn der Kanal füllte sich mit Booten, die mit Lampions und Zweigen geschmückt am Ufer vertäut wurden. Überall standen Tische auf den Wegen, an diesem Abend würde ganz Venedig dort im Freien essen – Bohnen und Zwiebeln, Reis und Meeresfrüchte. Das Redentore-Fest mit seinem Feuerwerk und seiner Regatta war ein Höhepunkt des Jahres und brachte so ziemlich alle Einwohner der Stadt auf die Beine.

~

Bei ihrem zweiten Krankenbesuch saß Bernd in Wagners Zimmer, als brauche der einen Leibwächter, damit ihn Michael und Thomas nicht mit dem Kissen ersticken konnten. Es schien auf dasselbe einstündige Schweigen hinauszulaufen wie beim ersten Mal. Bernd sah aus dem Fenster, Wagner an die Decke, Thomas abwechselnd auf die beiden und auf Michael und dieser abwechselnd auf seine Schuhe, seine Fingernägel, seine Uhr und die Tür.

Es waren vielleicht zwanzig Minuten vergangen, als Thomas die Stille störte und fragte: »Was machen wir zum Abschlussfest?«

Schweigen.

»Theater habt ihr nicht drauf«, sagte Thomas, »Akrobatik hab ich nicht drauf.«

Schweigen.

»Michael kann wenigstens demnächst Klavier spielen.«

Schweigen.

»Könnt ihr irgend*was* außer blöd glotzen?«

Jetzt erwachte Wagner zum Leben: »Das sehen wir noch, wer wann wie blöd glotzt.«

»Jetzt gerade ihr«, sagte Thomas ungerührt, und Michael bekam es mit der Angst zu tun. Wenn der so weitermachte, dann wären sie gleich wieder mit der schönsten Prügelei beschäftigt. Er mischte sich ein: »Wir müssen doch nicht heut schon draufkommen, oder? Wir sehen uns ja jetzt öfter.«

»Kotz«, sagte Wagner.

»Erbrech«, sagte Bernd.

»Blöd glotzen und schlecht riechen«, sagte Thomas.

Bernd richtete sich auf in seinem Stuhl, von dem er bis eben vor lauter Lässigkeit bald heruntergerutscht wäre, und beugte sich vor: »Dafür, dass ihr zwei gleich ganz arg schlecht *ausseht*, lässt sich mit wenigen Handgriffen sorgen.«

»Das ist aber verboten«, sagte Thomas, so arrogant er konnte, und das war ziemlich arrogant.

Eine Zeit lang starrten sie wieder jeder auf sein gewohntes Stückchen Welt, bis Bernd in seine Tasche griff und ein Kartenspiel hervorzog.

»Könnt ihr Skat?«, fragte er.

»Ja«, sagte Thomas.

»Nein«, sagte Michael.

»Dann lernst du's halt«, sagte Wagner, und die nächste halbe Stunde verflog unter Stöhnen, Prusten und Beleidigen mit der Erklärung der Regeln und einem Probespiel, in dessen Verlauf sich alles Stöhnen, Prusten und Beleidigen ausschließlich auf Michael bezog, weil er das komplizierte System nicht augenblicklich begriff.

Mit den Worten »Bis morgen hast du's aber kapiert« entließ Wagner sie am Ende der Stunde, und den Rest des Tages verbrachten Thomas und Michael damit, das Reizen zu üben und die Farb- und Kartenwerte zu pauken. Dann machten sie ein paar Spiele offen, in denen Thomas jeweils zwei Spieler vertrat. Am nächsten Tag war Michael zwar immer noch miserabel, aber die Regeln hatte er begriffen.

Und nach ein paar Tagen machte das Spielen leidlich Spaß und hatte sich die Chemie unter den vier Verfeindeten merklich geändert. Beim Skat geht man wechselnde Bündnisse ein, das brachte sie, in immer neuen Konstellationen, einander näher, als sie bis dahin für möglich gehalten und erträglich befunden hätten.

Irgendwann lagen als letzter Stich drei Damen auf dem umgedrehten Tablett, auf dem sie spielten, und Bernd, der die Karten an sich nahm, sang vor sich hin: »Girls, girls, girls.«

Sofort fiel Michael ein mit der Terz darüber, und bei der zweiten Wiederholung kam Thomas mit der Quart dazu, und sie sangen den Refrain des alten Popsongs, hielten den letzten Ton, bis Wagner, der die Hände zum Dirigieren erhoben hatte, mit einer Bewegung der rechten Handkante quer über seinen Adamsapfel den Dreiklang beendete. Sie grinsten.

Und überspielten die peinliche Einigkeit mit extra hässlichen Bemerkungen.

»Klingt irgendwie schwul«, sagte Wagner zu Thomas.

»So was erkennt nur der Fachmann«, erwiderte der.

»Leck mich«, sagte Wagner.

»Geht nicht, du hast deine Tage«, sagte Thomas.

Bernd musste lachen und verhinderte damit ein Aufschwingen eventuellen Ärgers, und Michael sorgte endgültig für Frieden, als er einwarf: »Das klang eher ziemlich gut, würde ich sagen.«

»Kennt ihr die Flying Pickets?«, fragte Bernd, ohne jemanden dabei anzusehen.

»Only the lonely«, sang Thomas mit Falsettstimme.

»Wir singen was. In dem Sound«, sagte Bernd.

»Da gibt es bessere«, fand Michael.

Und auf Bernds Frage »Wen denn?« antwortete er: »Die Comedian Harmonists. Ich such uns was zusammen. Ich hab eine Platte.«

Schon am nächsten Tag sangen sie, während sie die Karten aufs Tablett knallten, Lieder wie *Mein kleiner grüner Kaktus*, *Ein Freund, ein guter Freund* und *Veronika, der Lenz ist da*, die Michael ihnen auf seinem kleinen tragbaren Kassettenrekorder vorgespielt hatte. Es klang meist schon beim dritten oder vierten Versuch erträglich – sie waren alle vier Naturtalente.

An den folgenden Tagen versuchten sie, die Musik, die ihnen wirklich am Herzen lag, von Queen, Genesis und Police, zu A-cappella-Versionen umzuarbeiten, aber außer *Crazy little thing called love* von Queen klang keines so gut wie die alten Comedian-Harmonists-Nummern, also entschieden sie sich für den *Grünen Kaktus* und *Veronika*, die beiden würden sie beim Schulfest singen.

Obwohl sie Naturtalente waren, oder vielleicht sogar gerade deswegen, begriffen sie, dass zwischen »ordentlich« und »gut« eine Menge Mühe lag, und sie legten sich ins Zeug und übten, wie sie bisher für nichts, weder Sport noch Klausur, noch private Leidenschaften, geübt hatten. Und als sie dann auch noch merkten, dass es von »gut« bis »sehr gut« noch viel mehr Einsatz brauchte, waren sie längst süchtig nach dem eigenen Klang geworden und sangen und sangen und sangen.

Als es dann so weit war und Wagner bei *Veronika, der Lenz ist da* noch als Vogelstimmenimitator brillierte, da raste der Saal. Sie mussten eine Zugabe geben (*Crazy little thing called love*), Emmi Buchleitner strahlte, und der Schulleiter, der diese vier zukünftigen Verbrecher noch vor Kurzem hatte relegieren wollen, zwinkerte ihr glücklich zu, als ihre Blicke sich während des nicht enden wollenden Applauses trafen.

~

Das Schwimmen hatte ihn hungrig gemacht, und er nahm eine Handvoll von jeder Salatsorte, um sie zu waschen und dann dekorativ auf einem Teller zu drapieren. Außer von Rucola und Radicchio kannte er keinen der Namen. Er nahm sich immer vor, sie zu lernen, wenn er die Schildchen im Supermarkt vor Augen hatte, aber schon an der Kasse waren sie wieder vergessen. Eine Art Endivie war dabei, gelb mit roten Farbspritzern, ein Radicchio in Blütenform und etwas, das wie Löwenzahn aussah, aber dem Geschmack nach keiner war – schon der Anblick war hinreißend.

Er halbierte winzige Kartöffelchen und legte sie in den Backofen, wickelte ein Stück Taleggio aus und legte es auf den Teller, öffnete eine Flasche Cannonau und wartete, bis die Kartoffeln fertig sein würden.

Minus wollte auch was, und er gab ihr Trockenfutter. Serafina winkte ihm aus ihrem Küchenfenster zu, und er winkte zurück.

Kurz darauf klingelte das Telefon. In der Erwartung, Serafina wolle sich nach Signora Brewer erkundigen oder fragen, wie ihm das Essen gestern Abend geschmeckt habe, nahm er ab, ohne die viel zu lange Nummer auf dem Display zu beachten, und sagte nur: »Pronto?«

Am anderen Ende der Leitung war Irritation, dann Radebrechen: »Äh … Señor Sehring?«

Michael erkannte Wagners Stimme und antwortete: »Das heißt Signore, in Italien sagt man nicht Señor, hallo, Wagner.«

»Ach, du bist es selbst, ich wollt's schon mit Englisch probieren. Italienisch ist nicht so mein Fach.«

»Hast du die Alkoholleiche wieder wach gekriegt?«

»Ja. Er ist wieder ganz der Alte. Der steckt das anscheinend ohne Narben weg. Ich wäre drei Tage lang krank nach so einem Rausch.«

»Ich auch.«

»Wir haben heut Morgen zusammen gefrühstückt. Sie wollen alle zu dir nach Venedig kommen. Steht die Einladung noch?«

»Na klar. Wann ihr wollt. Ich kann mir die Zeit einteilen, wie's mir passt. Jederzeit.«

»Wär's dir denn morgen schon recht? Ich könnte zehn nach sieben abends am Bahnhof sein.«

»Ja. Ich hol dich ab. Und die anderen? Weißt du, wann die kommen?«

»Die wollen fliegen. Ich ruf Thomas an und frag ihn, dann ruf ich dich noch mal an, okay?«

»Warum fliegst du nicht auch?«

»Bahn ist ökologisch besser.«

»Du charterst doch den Flieger nicht, der fliegt sowieso, du sparst kein Kerosin, wenn du nicht einsteigst.«

»Man muss dem was entgegensetzen.«

»Also dann melde dich, wenn die ihren Flug wissen. Wenn sie gleichzeitig mit dir ankommen, organisier ich was, damit sie herfinden. Sonst hol ich euch nacheinander ab.«

»Okay. Bis dann«, sagte Wagner und legte auf.

Jetzt waren die Kartoffeln verbrannt. Michael warf sie in den Mülleimer und schnitt sich ein paar Scheiben Brot ab.

Er legte sich extra nichts zu lesen vor den Teller, wenn er aß. Er war oft verlockt, es lag so nahe, aber er zwang sich, das nicht einreißen zu lassen. Ebenso wenig erlaubte er sich, im Stehen zu essen. Nicht, wenn er zu Hause war.

Danach lüftete er und überzog die Betten in den Gästezimmern. Der Vorbesitzer hatte die früheren Kontorräume im Erdgeschoss zu komfortablen kleinen Wohnungen umgestaltet, die Michael in den neun Jahren, die er jetzt schon hier lebte, nicht ein einziges Mal benutzt hatte. Signora Fennelli, die das Haus in Schuss hielt, achtete dennoch darauf, dass die Räume sauber waren und das Bettzeug regelmäßig gelüftet und gewaschen wurde. Jetzt kamen sie endlich mal dran.

Als er wieder nach oben kam, blinkte der Anrufbeantworter, und Wagners Stimme teilte ihm die Ankunftszeit von Thomas und Bernd mit. Sechzehn Uhr zehn. Perfekt.

Das Redentore-Fest würden sie nicht mehr mitbekommen – das hätte er ihnen gern gezeigt –, es brachte Einwohner und Touristen zusammen wie sonst keines.

Sie mischten sich und störten einander nicht, ja, die Einwohner waren an diesem Tag fast auch wie Touristen in ihrer eigenen Stadt, sie saßen auf ihren Booten, ließen das Radio laufen oder spielten den DJ und aßen und tranken und lärmten um die Wette. Was sie von echten Touristen unterschied, war nur das Boot, das sie besaßen, und die Kamera, die sie nicht besaßen (jedenfalls nicht bei sich trugen). Und vielleicht noch das Gefühl, an diesem Tag im Mittelpunkt zu stehen.

Es wurde langsam dunkel, und Michael ging los. Er wollte sich das Feuerwerk von der Accademiabrücke aus anschauen (es wurde auf Rampen vor dem Markusplatz und der Dogana gezündet) und dabei darüber nachdenken, was er den Herren alles zeigen sollte. Die beiden Kirchen Santi Giovanni e Paolo und Santa Maria Gloriosa dei Frari auf jeden Fall, die Giardini mit den Biennale-Pavillons und natürlich das Bild von Bellini in der San-Zaccaria-Kirche. *Das heilige Gespräch*. Alles andere durften sie selbst bestimmen, aber diese vier Anblicke würde er ihnen aufdrängen. Er freute sich auf den Besuch. Dabei hatte er sich gestern noch wegen seiner vorschnellen Einladung Vorwürfe gemacht. Aber sie waren eine Zeit lang wichtiger füreinander gewesen als ihre Familien, davon musste noch ein Echo existieren. Und wenn sie nur auf dem Campo San Polo Skat spielen würden und einander dabei Anekdoten erzählen. Irgendetwas davon musste noch da sein.

~

Nach der positiven Überraschung beim Abschlusskonzert hatte der Schulleiter einen Handel mit der Forstverwaltung angeregt. Statt einer Rechnung an die Eltern wollte man Waldarbeit als Wiedergutmachung für die Verwüstung des (ohnehin maroden) Hochsitzes akzeptieren. Diese Strafe wurde nur Thomas, Wagner und Michael aufgebrummt (Bernd war ja nicht beteiligt gewesen), aber sie schlenderten zu viert in den Wald und ließen sich vom Förster erklären, was zu tun sei: herumliegendes Unterholz, morsche Äste und Rindenstücke auflesen und zu Sammelstellen bringen, wo sie dann später verbrannt werden sollten.

Sie waren, ohne es zu bemerken, Freunde geworden. Der herabsetzende Ton, den sie nach wie vor untereinander pflegten, war nur noch Ritual ohne Inhalt, die Drohungen und abfälligen Kommentare hatten sich in verkappte Anerkennung verwandelt. Bei der Arbeit sangen sie, sobald sie sich außer Hörweite anderer glaubten, und sie spielten Skat auf einem Baumstumpf oder einer Bank, wenn sie wussten, dass der Förster anderswo zu tun hatte. Als Ende November der erste Schnee fiel, hatten sie ein beachtliches Repertoire an Liedern erarbeitet. Und Michael zu einem guten Skatspieler gemacht.

An einem sehr nebligen Samstagnachmittag im Oktober wärmten sie sich gerade die klammen Hände an einem winzigen, illegal entfachten Feuerchen und sangen *Silence is golden*, einen alten Popschlager der Tremeloes, als Emmi Buchleitner wie ein Gespenst aus dem Nebel trat und lauschte. Sie hatte sich zwar nicht angeschlichen, aber die vier hatten dennoch nichts von ihrem Auftauchen bemerkt und erschraken, als sie nach Ende des Liedes hinter sich das Klatschen einer einzigen Person hörten. In Verbindung mit dem dichten Nebel und dem seltsamen Gefühl, das ihr eigener Gesang in diesem mystischen Ambiente bei ihnen hervorgerufen hatte, war diese Erscheinung im langen Mantel mit Kopftuch und beschlagener Brille ihnen eine Sekunde lang unheimlich, und sie überspielten die Verlegenheit, die der kurze

Schrecken mit sich gebracht hatte, damit, dass sie ihr Feuerchen austraten und Emmi begrüßten. Bisher hatten sie das Feuer immer ausgepinkelt, aber das war nun nicht möglich.

»Ihr solltet was draus machen«, sagte Frau Buchleitner.

»Haben wir schon«, sagte Thomas, dessen Mundwerk meist noch schneller funktionierte als sein Verstand, »einen Zeitvertreib.«

»Ihr könntet über die Weihnachtsferien im Hotel singen. Die Gage wäre nicht besonders, und das Publikum trinkt Kaffee und schmatzt und redet nebenher, aber es wäre eine Art Praxistest, was meint ihr?«

Sie sahen einander an. Und zuckten mit den Schultern. Das bedeutete: klar, warum nicht.

»Abgemacht?«, fragte Emmi.

Sie zuckten mit den Schultern und nickten gleichzeitig mit den Köpfen.

»Dann frag ich eure Eltern, ob sie's erlauben.«

»Meine sicher«, sagte Michael.

»Meine auch«, sagte Thomas

»Meine zahlen noch was dazu«, sagte Bernd sarkastisch, und nur Wagner fragte scheu: »Darf meine Mutter vielleicht mal zu Besuch kommen?«

»Natürlich«, sagte Emmi, »die anderen Eltern auch.«

»Die wissen was Besseres«, sagte Bernd, und Thomas und Michael nickten.

In den nächsten Wochen übten sie wie besessen und schliffen und polierten ihr Repertoire. Sie übten Tricks ein wie unsichtbares Einzählen und verstecktes Dirigieren und waren am Ende des Schuljahres selbst von ihrer Qualität überzeugt.

»Wir klingen dicht wie ein Staubsauger«, sagte Michael nach einer der letzten Proben vor den Ferien.

»Und zwar wie ein teurer«, sagte Bernd.

»Miele«, bot Wagner an.

»Elektrolux«, sagte Thomas.

»Das wäre doch ein Bandname«, fand Michael, »mit CH statt X. Elektroluchs.«

»Klasse«, fand Thomas, und sie trugen diesen Namen, bis Wagner viel später mit seinen Vogelstimmen daherkam und sie zu Nachtigallen wurden.

~

Die hölzerne Brücke an der Accademia war so voll wie sonst nur die Rialtobrücke. Das Feuerwerk würde erst um Mitternacht gezündet, aber schon jetzt, kurz nach elf, hatten sich so viele Leute diesen Platz gesichert, dass Michael Zweifel an der Statik befielen. Er ließ die Brücke links liegen und ging weiter auf der Dorsoduro-Seite bis Santa Maria della Salute.

Hier war das Gedränge nicht so groß. Eine chinesische Reisegruppe, drei Männer in dunklen Anzügen, einige Mönche in brauner Tracht und etliche Paare, die umarmt oder Händchen haltend standen oder auf den Kirchentreppen saßen, warteten und waren einstweilen noch mit sich selbst beschäftigt. Michael fand einen Platz auf den Stufen und setzte sich.

Die Tische an den Ufern und die Boote im Kanal waren auf der anderen Seite – dort fände jetzt keine Maus mehr einen Stehplatz – das Feuerwerk konnte man von hier aus sehen, das Fest nicht, aber Platz um die Schultern war Michael wichtiger, als mittendrin zu sein.

Unter ihm saß ein Pärchen und unterhielt sich leise auf Französisch. Sie brachten einander zum Lachen und boxten sich hin und wieder gegenseitig an die Schultern oder in die Flanken. Sie hatte glattes schwarzes Haar, schmale Augen und immer wieder ironisch geschürzte Lippen, und er sah auf den ersten Blick wie ein Soldat oder Security-Mann aus – erst wenn man seinen weichen Mund und die schlanken, langen Finger sah, erkannte man seine raspelkurzen Haare als das, was sie in Wirklichkeit waren: ein Versuch, wenigstens aus der Ferne männlich zu wirken.

Michael beobachtete die beiden. Sie waren eines der rührenden Paare. Es gab auch deprimierende, und er war sich nie so recht sicher, ob nicht allein seine Stimmung jeweils den Unterschied machte. Den rührenden Paaren wünschte er Glück miteinander, den deprimierenden die Chance, einander loszuwerden.

Er selbst hatte sich schon seit so langer Zeit in seiner idealen Liebe eingerichtet, diesem Zustand, in dem die Phantasie alles und die Wirklichkeit nichts zu sagen hatte, dass ihm beim Anblick von Paaren meist deren Fremdheit ins Auge fiel. Sie flüsterten einander zwar ins Ohr, aber eigentlich reichte ein Megafon nicht aus, um die Entfernung zwischen ihnen zu überbrücken. Auch sie lebten in ihrer Phantasie, hielten den anderen für jemanden, der er nicht war, spielten einander jemanden vor, der sie selbst nicht waren, sehnten sich so sehr nach Paarung, dass ihnen alle Selbsterkenntnis nichts mehr bedeutete, und hatten nur manchmal das Glück, der Mensch zu werden, den sie anfangs für den anderen gespielt hatten. Oder denjenigen noch immer zu lieben, der schließlich hinter der Maske des perfekten Partners auftauchte.

Manchmal begriff Michael in solchen Momenten, dass er die Pärchen beneidete: um die Zukunft, die sie miteinander zu haben glaubten oder wirklich haben würden, um die Gegenwart, in der sie füreinander das Wichtigste waren, um die Vergangenheit, die sie so gern und leichthin hinter sich ließen, weil jetzt gerade der Hormonsturm tobte und das Leben für eine Weile so war, wie es sein sollte – sich selbst spielte er jedoch den Weisen und Abgeklärten vor, um sich nicht eingestehen zu müssen, dass er außen vor war.

Um darauf mit der Nase gestoßen zu werden, war Venedig der richtige Ort. Hier wurde man tagaus, tagein von romantisch gestimmten Verliebten, Hochzeitsreisenden und Ehebrechern darauf hingewiesen, dass Mann und Frau, wenn sie auch nicht zusammen *passen* mögen, so doch auf jeden Fall zusammen *gehören*.

Er hatte die angebrochene Flasche Cannonau und ein Glas mitgebracht und schenkte sich ein. Als er das Glas zum Mund führen wollte, traf sein Blick den eines der drei Männer in schwarzen Anzügen, der seinen Pappbecher hob und ihm über den Platz hinweg zuprostete.

~

Weil sie kein Geld hatten, um sich Anzüge für ihr Hotelengagement zu kaufen, traten sie in Kellneruniformen auf. So konnten sie die Entscheidung noch hinausschieben, ob sie nun Smokings mit Fliege oder schwarze Anzüge mit schmalen Krawatten tragen sollten. Michael und Bernd waren für die Anzüge, Thomas strikt für Smokings, und Wagner hatte keine Meinung dazu. Mehrheitlich wollten sie nichts entscheiden, es musste einstimmig sein.

Natürlich war aus den Auftritten zur Kaffeezeit kein Glamour zu destillieren, aber es machte ihnen Spaß, es gefiel dem Publikum, es gefiel der Jazzband, die vor und nach ihnen spielte und die Michael und Thomas noch vom letzten Jahr kannten, und Elekroluchs lernte einiges dazu. Thomas entpuppte sich als schlagfertiger Conferencier, der mit verschüttetem Kaffee und fallenden Tabletts ebenso gut klarkam wie mit kleinen Kindern oder vorlauten Gästen, die ihren Humor unter Beweis stellen wollten – er gewann fast jeden Wortwechsel und meisterte Missgeschicke und Störungen mit Bravour.

An diesen Nachmittagen lernten sie auch, ihre Figuren zu stilisieren. Wagner spielte den Einfältigen, Bernd den Schlaumeier, der sich in scheinbarer Konkurrenz zu Thomas, dem dominanten Anführer, aufrieb (und immer unterlag), Michael war der Brave, der die scheinbaren Eklats immer scheinbar zu schlichten versuchte – nach zwei Wochen hatten sie einiges an Professionalität dazugewonnen und fühlten sich sicher, willkommen und wohl auf der Bühne.

Und sie wurden ihre Unschuld los.

Bernd an eine Holländerin, die ihm am Vormittag zuvor das Grasrauchen beigebracht und damit den Auftritt am Nachmittag erheblich erschwert hatte, Thomas zur gleichen Zeit an ihre Schwester, die mit ihm in den Personaltrakt schlich, weil Bernd im gemeinsamen Hotelzimmer zu Besuch war, Wagner drei Tage später an eine Frau aus Berlin, deren Mann nur an den Wochenenden ins Hotel kam, und Michael schließlich kurz vor Neujahr an ein Lehrmädchen, dem schon zweimal bei ihrem Auftritt das Tablett aus den Händen gerutscht war. Ihre Handflächen waren schweißnass, was Michael nicht störte und kaum auffiel, da er glaubte, das gehöre zum Sex. Sie war sehr unerfahren, aber das konnte ihm nicht auffallen, da er selbst all das, was er nun wirklich erleben durfte, bis dahin nur in seiner Phantasie durchgespielt hatte und jede von diesen Phantasieerlebnissen abweichende Realität als etwas zu Lernendes begrüßte.

Keiner von ihnen prahlte mit seiner Eroberung, aber keiner konnte seine Freude darüber verbergen, endlich im Leben angekommen zu sein. So diskret sie es vermochten, aber auch so euphorisch, wie es nun mal der Sensation entsprach, erzählten sie einander, was sie sonst niemandem je erzählt hätten, und sie entdeckten dabei, dass sie Freunde waren. Und dass sie zusammen etwas besaßen, was ihnen alleine so nicht zugeflogen wäre: Charisma. Sie ragten heraus, waren etwas Besonderes, zogen Blicke auf sich und waren auf einmal interessant fürs andere Geschlecht.

In diesen Weihnachtsferien war eine Art Nebel verflogen, in dem sie bisher gestochert hatten, auf der Suche nach irgendetwas, das sie sein würden, erobern konnten, lernen sollten – sie kamen zurück zur Schule mit der Selbstsicherheit, die sie bis dahin nur gespielt hatten, und dem Glauben, die Welt stehe ihnen offen und halte Lust, Bedeutung und Glanz für sie bereit.

Eine Zeit lang, ein paar Jahre lang war das auch so. Sie sonnten sich in der Zuneigung anderer, genossen das Interesse, den Applaus und später auch das Geld, das sie verdienten, fühlten sich zugleich beschützt und stark, weil sie zu viert waren und ihre Begabungen zusammenlegten, verlernten das Staunen darüber, dass ihnen alles zuflog, hielten es irgendwann für selbstverständlich, aber das war es nicht – das Leben, das richtige Leben, das Dasein erwachsener Männer ließ irgendwann seine Konturen aufscheinen, und diese Konturen waren für jeden von ihnen andere.

~

Michael hatte Roisin schon seit einigen Wochen aus den Augen verloren, sah sie weder auf dem Campus noch im Schwimmbad, noch in den Pubs, die sie gemeinsam besucht hatten. Entweder ging sie ihm aus dem Weg, oder sie hatte Galway über die Sommerferien verlassen. Seltsamerweise fiel sie ihm immer dann ein, wenn er *Blame it on the summer* irgendwo hörte.

Das war mittlerweile oft der Fall, denn das Stück war ein Hit in Irland, und er hörte es aus Fenstern, Türen, Autos und im Park.

Er hatte seither keine Freundin mehr gehabt. Um Roisin trauerte er nicht, oder falls doch, dann wusste er nichts davon, aber er hatte keine Augen für andere, übersah ihr Interesse und ihre Avancen, war in sich gekehrt und auf eine melancholische Weise so glücklich, dass er nichts anderes brauchte und wahrnahm.

Manchmal flog ihn der Gedanke an, dass Roisin nicht nur eine Bettgeschichte gewesen sein könnte, dass er sie vermisse und dass er, seit sie nicht mehr zusammen waren, auch kein ganzer Mensch mehr sei, aber er hielt diese kleine Wehmut dann immer für Müdigkeit oder schlechte Laune, er nahm sich selbst nicht ernst.

Es war Ende September und so warm, dass der Wind vom Meer kaum Erleichterung brachte, als Michael auf dem Weg zu seinem Zimmer vom Telegrammboten aufgehalten wurde:

Take a look at your bank account, cry a tear and come to Dublin. Let's get drunk. Ian.

Der Kontoauszug wies die unfassbare Summe von mehr als vierunddreißigtausend irischen Pfund aus, und Michael vergoss zwar keine Träne, aber er musste doch einige Male sehr tief einatmen, um seinen Herzschlag zu beruhigen. Er hob fünfhundert Pfund ab, einen Hunderterschein steckte er in die Brieftasche, die anderen drei und dazu zwei Fünfziger in den Geldbeutel. Den Hunderter trug er seither bei sich, wo immer er auch hinging.

Er mietete sich einen Vauxhall und fuhr nach Dublin, wo er Ian beim Betrunkenwerden assistierte, ohne dabei selbst die Kontrolle zu verlieren. Nachdem sie stundenlang durch das aufstrebende Amüsierviertel Temple Bar gezogen waren, zwischendrin irgendwo Fish 'n' Chips an einer Bude gegessen hatten (Ian den Fisch, Michael die Chips) und Ian nur noch unzusammenhängende Worte brabbelte, brachte Michael ihn mit einem Taxi nach Hause und erwiderte die schludrige Umarmung, die Ian noch zustande brachte.

»Du bist nicht betrunken«, lallte Ian verträumt.

»Doch, bin ich«, sagte Michael.

»Schlechter Kumpel«, sagte Ian. Bad Buddy.

»Geh schlafen, reicher Mann«, sagte Michael.

»Get drunk«, sagte Ian mit aller Bestimmtheit, die er noch aufzubringen in der Lage war, und bohrte Michael dabei seinen Zeigefinger in die Brust, »dann kommst du hierher zurück und kotzt mir vor die Haustür. Dann bist du mein Freund.«

»Bin ich auch so.«

»Fucking German wimp.«

»Fucking Irish Trunkenbold.«

»Yup, droonkenbold, that's me second name.«

Als Ian endlich seine Haustür zuschlug und dabei den Anschein zu erwecken versuchte, er sei ernstlich böse, ging Michael über die Liffey zu seinem Hotel, einem Fünf-Sterne-Prachtbau, legte sich schlafen und dachte an Erin. Aber als er endlich schlief, träumte er von Roisin.

Am nächsten Tag kleidete er sich neu ein, kaufte Unterwäsche, Socken, Langarmshirts, weiche braune Slipper und einen Gürtel, der dazu passte, einen sandfarbenen Anzug mit sehr feinen dunkelblauen Nadelstreifen in einigem Abstand voneinander und checkte als Herr aus dem Hotel aus, das er als Student in Jeans und Cordjacke betreten hatte.

Er fuhr über Kildare und Tralee nach Dingle, nachdem er in Galway angerufen und das nachmittägliche Feriensseminar über Hannes Wader abgesagt hatte, ohne Krankheit vorzuschützen, er sagte einfach, er könne nicht, man möge bitte einen Zettel an die Tür machen, es falle aus.

In Dingle nahm er sich wieder ein sehr gutes Hotel, schlief eine Stunde bis zum frühen Abend, ging essen und schlenderte durch die Stadt, trank in einem Pub, dessen Wände über und über mit Schuhen behangen waren, ein Ginger Ale und ging weiter, bis er endlich Livemusik hörte.

Drei junge Frauen spielten Geige, ein Bodhránspieler saß auf der Bank an der Wand, neben ihm ein Gitarrist, vor diesem stand ein Flötenspieler und hinter dessen Schulter in die Ecke gequetscht ein etwas älterer Mann mit Bandoneon.

Michael wusste nicht, ob er weinen oder lachen oder jauchzen sollte, so mitreißend und artistisch war die Musik und so animiert und fiebrig die Stimmung im übervollen Pub – er stand fasziniert eine halbe Stunde lang nahe der Eingangstür, sah den Geigerinnen auf die Hände, genoss die allenthalben spürbare Erregung und vergaß, sich etwas zu trinken zu bestellen.

Eine der Frauen erinnerte ihn an Roisin, dasselbe glatte schwarze Haar, dieselbe magere Weiblichkeit, dasselbe brave Erscheinungsbild bei gleichzeitiger Wildheit der Bewegungen und Hingabe im Gesichtsausdruck. Er starrte sie vermutlich an und fürchtete schon, er müsse sich dafür entschuldigen, als sie irgendwann die Geige absetzte, nach dem Pint griff, das neben dem Bodhránspieler auf der Bank stand, einen großen Schluck nahm, dann Michael ansah und ihm das Glas reichte. Er bedankte sich mit einer angedeuteten Verbeugung, nahm einen großen Schluck – sie deutete auf die Bank, wo er das Glas wieder abstellen sollte, und warf sich wieder in den schrillen Jig, den sie spielten.

Michael drängelte sich bis zur Bar durch, bestellte einen

Rotwein für sich und eine Runde für die Band und fand einen neuen, ebenso ungemütlich engen Platz, von dem aus er den Musikern weiterhin zusehen konnte.

Als der Mann vom Tresen die Getränke für die Musiker abstellte, alle auf der Bank neben dem Bodhránspieler, und mit der Hand auf Michael deutete, machte die Geigerin, ohne mit dem Spielen aufzuhören, eine ebenso kleine angedeutete Verneigung in Michaels Richtung. Ohne zu lächeln, aber mit einem Blick, der tief in seine Augen eindrang.

Den restlichen Abend über schien sie ihn vergessen zu haben, sie sah kein einziges Mal mehr in seine Richtung, aber er wusste, dass sie wusste, wo er stand, sich seiner Augen und seiner Gegenwart sicher war und diese Gegenwart mochte, denn manchmal stellte sie sich so, dass er freien Blick auf sie behielt.

Am Ende des Abends, als das Publikum sich zerstreute, die Musiker zusammenpackten und voneinander Abschied nahmen, kam sie mit ihrem Geigenkasten unterm Arm zu ihm an die Theke und sagte: »You look lonely.«

»And you play marvellously«, sagte er.

»Thank you.«

Sie erzählte ihm, dass die drei Frauen heute den nationalen Geigenwettbewerb gewonnen und den Sieg mit diesem Gratisgig gefeiert hätten. Er machte wieder diese kleine Verneigung, und sie fragte: »Have a drink or take a walk?«

»Walk«, sagte er lächelnd und bot an, ihr die Geige abzunehmen, aber das wollte sie nicht.

Sie gingen zum Hafen. Er erfuhr, dass sie Megan hieß, aus Killarney kam und in einem Supermarkt arbeitete. Jetzt würde sie gern eine Zeit lang professionell spielen, falls sich etwas ergäbe, aber wenn es nicht dazu käme, sei es auch nicht schlimm. Sie habe immer Musik gemacht, und sie werde immer Musik machen, ob sie damit eine Weile auch Geld verdiene, sei nicht das Wichtige. Das Wichtige sei der gemeinsame Herzschlag, den man beim Musizieren mit anderen Menschen habe.

Sie versuchte auch von ihm zu erfahren, wo er herkomme, was er tue und was ihn hierher nach Dingle führe, aber Michael gab nur immer so viel Auskunft, dass es nicht unhöflich klang, und als sie ihn fragte, was er in Zukunft vorhabe, was er arbeiten wolle, wo er leben wolle, was sein Ziel sei, da sagte er nur: »Maybe I'll be a free man.«

»Good luck«, sagte sie.

Dann setzten sie sich auf die Kaimauer, lauschten dem Plätschern und Glucksen des Wassers, dem Knarren der Seile und Klirren der Ketten an den Booten, bis Megan nach ihrem Geigenkasten griff und sagte: »Yes.«

Michael sah sie fragend an.

»I'll stay the night with you«, sagte sie.

Zum Hotel gingen sie schweigend, aber sie hielten sich an den Händen, und Michael dachte an Megans Idee vom gemeinsamen Herzschlag. Jetzt gerade waren sie ganz bestimmt synchron.

»Common heartbeat«, sagte er in der Drehtür des Hotels, und sie lächelte nur und deutete die winzige Verneigung an.

Im Zimmer sah sie sich um und sagte mit ehrfürchtiger Ironie: »This is how a free man travels.« Dann löschte sie das Licht wieder, das er eben angeschaltet hatte, zog die Vorhänge auf, die er eben zugezogen hatte, legte erst dann ihren Geigenkasten auf die Kommode und küsste ihn im fahlen Licht der Straßenlaternen.

Sie war eine scheue Liebhaberin, überließ Michael die Initiative und passte sich ihm an. Sie erinnerte ihn an die ersten Erlebnisse, bei denen Missionarsstellung und Schüchternheit dominiert hatten, aber es war anders. Hier war niemand unbeholfen oder mit den Gedanken woanders, nur die Rollen waren klar verteilt. Er war der Impulsgeber, und sie überließ sich seinen Bewegungen, nahm sie auf, machte sie zu ihren eigenen, und ob es der gemeinsame Herzschlag war oder etwas anderes: Sie kamen gleichzeitig beim ersten Mal in dieser Nacht.

Nach dem dritten Mal, nachdem sie immer wieder eine Weile geschlafen und dazwischen die Minibar fast leer getrunken und gegessen hatten, wurde Michael auf einmal klar, dass er die Nacht über weder an Roisin noch an Erin gedacht hatte. Er war anwesend gewesen. Hier und jetzt mit Megan und niemandem sonst. Und er war müde und zufrieden, fühlte sich vertraut und aufgenommen und wünschte sich, dieser Moment bliebe erhalten. Aber er war schon vorbei – draußen sangen die Vögel, und von der Main Street hörte man das Rauschen des ersten Verkehrs.

Er wachte vom Klopfen des Zimmermädchens auf, kurz vor zehn, und Megan war verschwunden. Auf der Kommode lag ein Zettel:

Good bye and good luck, free man. I will remember you. M.

~

Das Feuerwerk dauerte eine ganze Stunde und war durchkomponiert bis zur letzten gleißenden Dolde. Michael teilte seinen Wein mit dem Pärchen, sie ließen das Glas herumgehen und nickten einander schweigend zu. Als die beiden sich auf den Weg machten, blieb Michael noch eine Zeit lang sitzen, er hoffte, es würden sich genügend Leute vom Zattere-Ufer nach Hause aufmachen, sodass er dort noch das Ablegen der Boote in Richtung

Lido mitansehen konnte. Bei Sonnenaufgang würden sie dann wieder zurückkommen zur feierlichen Eröffnung der Pontonbrücke durch einen Priester.

Er ging den kurzen Weg auf die andere Seite, fand einen Platz und sah sich die Prozession der Boote an, die sich zu einem glitzernden Pulk zu verdichten schienen, aber das lag nur an der Perspektive. Sie bildeten eine Schlange.

Kurz nach zwei kam er nach Hause, noch immer den Schwefelgeruch des Feuerwerks in der Nase, der über der Stadt lag, und noch immer das Lied im Kopf, das ihn den ganzen Weg über begleitet hatte, einen Walzer: *Goodbye and good luck, I'll remember you, if you ever come back, I'll be here, may summers and winters go passing through, I'll wait at the end of the pier.* Den hatte er in Berlin geschrieben, in der Wohnung am Olivaer Platz, die noch leer war, ohne Möbel, nur mit einer Matratze ausgestattet, in der ersten Nacht nach seinem Einzug, eine Woche nachdem er aus Irland gekommen war.

~

Noch im Hotel in Dingle hatte er Ian angerufen und ihn auf eine Geigerin namens Megan aufmerksam gemacht, die soeben mit zwei anderen Frauen den Wettbewerb gewonnen hatte. Dann war er ohne Frühstück ins Auto gestiegen.

Eigentlich hatte er noch den Ring of Kerry abfahren wollen, aber er lenkte den Vauxhall in Richtung Galway, noch bevor ihm so richtig klar geworden war, dass er den Höhepunkt seiner Fahrt in dieser Nacht schon erlebt hatte, dass er sich kein weiteres Ziel mehr vorstellen konnte, nur noch den Rückweg. Und später auf der Fahrt entschied er sich, kein weiteres Jahr mehr hierzubleiben –

er wollte zurück nach Deutschland. Als freier Mann. Als Songschreiber. Nach Berlin.

Er verschenkte seine wenigen Habseligkeiten und reiste eine Woche später, nur mit den neu gekauften Kleidern und seiner Mandoline im Gepäck. Die Gitarre und das Casio-Keyboard hatte er schon in München verkauft, weil es nur darum gegangen war, in Irland zu sein, nah bei Erin, er hatte nicht geglaubt, dass ihm weiterhin Songs einfallen würden. Jetzt glaubte er das wieder, denn *Goodbye and good luck* ging ihm schon die ganze Zeit durch den Kopf und sorgte dafür, dass alles, was er tat, das Einpacken, Aufräumen, Abmelden, sich in tänzerischer Leichtigkeit vollzog und wie neben seinem Bewusstsein geschah.

Berlin war so anders als Galway und so anders als München, dass Michael das Gefühl hatte, er wache aus einem Traum auf, der zwar schön, aber nicht das richtige Leben gewesen sei, jetzt, in diesem rauen Klima, in dieser durcheinandergewirbelten Stadt, die ebenfalls aus einem Traum aufgewacht war, würde das richtige Leben losgehen. Das Leben des freien Mannes.

Nach dem Transfer waren aus den unglaublich vielen irischen Pfund noch viel mehr deutsche Mark geworden, und Michael kaufte zum ersten Mal in seinem Leben Möbel, Haushaltsgegenstände, eine sehr gute Gitarre und ein Keyboard mit sehr vielen Sounds.

Als das Telefon nach zwei Wochen angeschlossen wurde, klingelte es auch fast sofort. Er nahm den Hörer ab und sagte: »Hallo, Ian.«

»Wieso weißt du, dass ich das bin? Hast du so ein supermodernes Telefon, das die Nummer zeigt?«

»Nein, du bist der Einzige, der sie hat.«

»Outsch. Da solltest du mal drüber nachdenken.«

»Später, was ist los?«

»Dein Geschmack als Talentscout kommt gut an. Deine Megan spielt mit ihrer Freundin in Fairy Os Band. Sie gehen im November auf Tour durch England, Schottland, Wales und im Januar nach Kanada. Große Sache.«

»Du hast der Frau aber nicht meinen Namen gesagt, oder?«

»Nein, natürlich nicht, nur dass ein Freund von mir sie in Dingle gehört hat.«

Als Michael *Goodbye and good luck* einige Wochen später nach Dublin schickte, stellte er sich Megan vor, wie ihr die Zeile, die sie morgens eilig und verstohlen auf den Notizblock des Hotels geschrieben hatte, wieder begegnen würde. In einem Lied, das sie begleitete. Ob sie an Zufall glaubte? Oder würde sie fragen, wer den Song geschrieben hatte, und zur Antwort bekommen, ein mysteriöser Mann, der sich nicht zu erkennen gibt. Und würde sie dann denken, das ist der free man aus Dingle, der sie diesem Verleger empfohlen hat? Würde sie in einem schwachen Moment nach zu viel Guinness vielleicht herausposaunen: I fucked the composer? Nein, das würde sie niemals tun. Ihre Scheu war ein Zeichen von Integrität, dessen war sich Michael sicher. Aber würde sie es als einen Gruß von ihm empfinden? Er empfand es so. Eine kleine musikalische Verneigung. Nur eine angedeutete.

Noch bevor er fertig eingerichtet war, begann er wieder mit dem Komponieren, und es wurde ein ähnlicher Rausch wie damals in München, er schlief wenig, aß noch weniger, trank zu viel und arbeitete die Nächte durch, bis er elf Lieder hatte, die er in einem Paket nach Dublin schickte.

~

Es war noch nicht einmal acht Uhr, als Luc nebenan wieder mit seinem stumpfsinnigen Ballgeklatsche anfing, und Michael wusste, dass es nicht reichen würde, das Fenster zu schließen und weiterzuschlafen – dieses Geräusch drang durch. Und jetzt in eines der Gästezimmer im Erdgeschoss umzuziehen hatte er auch keine Lust. Die waren schon fertig für seine Freunde. Außerdem, wenn er erst mal unten angekommen wäre, dann hätte sich alle Müdigkeit, die ihm jetzt noch die Lider verklebte, verzogen, und er würde höchstens noch dem Ärger über dieses blöde einsame Kind nachlauschen.

Eigentlich konnte er jetzt zur Eröffnung der Pontonbrücke gehen, dachte er, während er das Aufheizen der Espressomaschine abwartete, aber er wollte nicht schon wieder ins Gedränge. Seinen Freunden hätte er gern dieses würdevolle Spektakel vorgeführt, aber für sich brauchte er das nicht zum wiederholten Mal.

Mit einem Cappuccino, drei Scheiben fadem italienischem Weißbrot und Orangenmarmelade auf einem Tablett ging Michael in den Salon und legte das zweite Album von Fairy O in den CD-Player. So etwa einmal im Monat tat er das, hörte sich seine eigene Musik an und war jedes Mal erstaunt, manchmal gar erschüttert, wie gut sie ihm noch immer gefiel.

Das war keine Eitelkeit, dessen war er sich sicher, denn er schätzte den Anteil, den seine Kompositionen am Gesamten hatten, nicht so hoch ein, es war eben nur ein Anteil. Die Arrangements, das Musizieren und schließlich Erins Gesang schienen ihm so viel mehr zum Gelingen der Musik beizutragen als das bisschen Text und Melodie, das er jeweils vorgeschlagen hatte.

Er wusste, dass er mit dieser Einschätzung nicht kokett war – in den letzten Jahren hatten oft auch andere Interpreten Stücke von ihm herausgebracht, und keines davon war ihm je so ans Herz gegangen wie die meisten von Erin und ihrer Band aufgenommenen. Natürlich gelang es ihm nicht immer, sich von den eigenen Vorstellungen zu verabschieden, und er war enttäuscht, wenn er eine neue Aufnahme beim ersten Hören kaum wiedererkannte, aber entweder gewöhnte er sich daran und bekam Zugang zu Erins Interpretation, oder er verkraftete diese Ausnahmen, weil sie eben nur Ausnahmen waren. In den meisten Fällen ergab er sich der Musik, mal mit Stolz, mal mit Staunen, fast immer jedoch in der Seele berührt.

Er hatte vergessen, dass die Fenster offen waren, deshalb stand er auf, um sie zu schließen, denn er wollte seinen Nachbarn diese Lautstärke nicht zumuten, sich selbst aber nicht mit leiserem Gesäusel unterernähren. Jenseits des Kanals, auf der Fondamenta Rossa, stand ein Mann in einem ungebügelt aussehenden blauen Anzug und schien das Haus mit seinem iPhone zu fotografieren. Er hielt es senkrecht vor sich und schaute aufs Display. Vielleicht nahm er auch die Musik auf, denn jetzt sah er Michael am Fenster stehen, lächelte, senkte das Handy, als sei er verlegen, weil er beim Spionieren erwischt worden war, und machte eine kleine Verbeugung. Dieselbe winzige Andeutung, die Michael damals in Dingle gemacht und deren Echo er später bei Megan gesehen hatte.

Der Mann ging weiter, aber so langsam, wie man an einem Straßenmusiker vorbeigeht, dessen Musik einem gefällt: Er wollte noch dem Leiserwerden und schließlich Verklingen der Musik lauschen. Michael ließ das Fenster offen und ging zurück in den Raum.

Er hörte das Album durch bis zum letzten Lied, *Goodbye and good luck*. Dann hörte er wieder das Patsch, Patsch, Patsch, Bumm, das der unerträgliche Luc noch immer nebenan veranstaltete.

Michael wusste, die nächsten Stunden würden nicht vergehen. Jetzt wäre es gut gewesen, irgendetwas tun zu müssen, und wenn es Buchhaltung, Putzen oder Einkaufen wäre, irgendetwas tun zu wollen, aber er wollte nichts, oder einfach das Nichtstun zu beherrschen, so wie Minus, die eben schlief, bis es was zu essen, zu zerkratzen oder zu jagen gab. Dasitzen und die Bälle von Luc zu zählen kam jedenfalls nicht infrage, also ging er raus zum Campo San Polo, wo er sich eine Zeitung kaufte und Cappuccino trank, bis die Glocken von Rettoriale di San Polo läuteten und die Kirchgänger auf den Platz strömten. Die Kinder mit ihren Skateboards störten ihn nicht, die Zigeunerband mit ihren immer gleichen Stücken auch nicht, er bezahlte seinen Obulus beim Geiger, als der mit dem Hut herumging, und studierte weiter die schon veralteten Neuigkeiten aus Deutschland. Irgendwann war tatsächlich so viel Zeit vergangen, dass er sich langsam auf den Weg zum Flughafen machen konnte.

Auf dem Rückweg würden sie die Alilaguna nehmen oder ein Taxi, das wollte er Bernd und Thomas entscheiden lassen, aber den Hinweg machte Michael auf die klassisch venezianisch einwohnerische Art mit dem Bus von Piazzale Roma. So vergingen noch einmal vierzig Minuten, und er musste am Flughafen nicht mehr allzu lange warten.

~

So wie die letzten Stunden verstrichen waren, hatten sich auch die Jahre in Berlin ineinandergeschoben und verflüchtigt, eines dem anderen ähnlich ohne große Katastrophen oder Höhepunkte, die das stetige Verfließen der Zeit für Michael unterbrochen hätten. Er ließ sich treiben durch die neu entstehenden Szeneviertel, Clubs und

Cafés, Kleinkunstbühnen und Ausstellungsräume, flanierte durch die Steinwüsten des ehemaligen Ostens und die schäbiger werdenden Wohlstandsviertel des ehemaligen Westens, schloss keine Freundschaften, ging flüchtige Beziehungen zu Frauen ein, die sich ebenso wenig binden wollten wie er – es war leicht in Berlin, anonym oder zumindest fremd zu bleiben, alle waren fremd und auf der Suche und wollten nicht ankommen, sondern immer wieder aufbrechen.

Wenn er nach seinem Beruf gefragt wurde, behauptete er, Schriftsteller zu sein, und wurde sofort in Ruhe gelassen. Niemand fragt einen Schriftsteller nach seiner Arbeit. Zum einen will man ihn nicht kränken, indem man eventuell seinen Namen nicht kennt, zum anderen hält man ihn von vornherein für arrogant und kommt deshalb auf keine Frage, mit der man sich nicht blamieren würde. Er hatte anfangs mit anderen Berufen experimentiert, sich mal als Lobbyist ausgegeben und mal als Dozent im Sabbatjahr, als wissenschaftlichen Mitarbeiter eines Bundestagsabgeordneten und als Journalist, aber keiner dieser Berufe war ähnlich perfekt als Fragenbremse gewesen wie der des Schriftstellers. Nannte er den, wurde das Thema gewechselt, und Michaels Gegenüber begann, von sich selbst zu reden.

Die meisten Menschen reden am liebsten über sich selbst und brauchen nur ein Ohr, das ihnen zuhört, und die meisten Menschen merken nicht, ob das Zuhören nur vorgetäuscht wird, weil sie nicht auf Fragen warten, an deren Qualität sie ermessen könnten, was das Gegenüber kapiert hat oder wissen will, sie reden lieber weiter, weil es so schön ist, sich einzubilden, man stehe im Mittelpunkt und sei ein interessanter Mensch.

In den ersten Jahren waren die eintreffenden Tantiemen für Michael noch eine Art von Glücksschock, aber nach und nach wurde es normal, immer mehr Geld auf dem Konto zu haben, nicht zu wissen, was damit geschehen sollte, und einfach so weiterzuflanieren wie jemand, der nicht wirklich hierhergehört, nur eine Weile herumspaziert, die Menschen belauscht, sich mit Plaudereien an der Theke einer Bar oder in der Warteschlange vor einem Kino oder Konzert zufriedengibt und weder Aufmerksamkeit noch Freundschaft oder gar Liebe sucht. Ein Fisch in fremden Schwärmen. Glatt und beweglich und wieder weg, bevor Angel oder Netz in seine Nähe kamen.

Eine hervorragende Stereoanlage leistete er sich, Bücher und CDs, Bilder von unbekannten Malern, von denen es ebenso viele in Berlin zu geben schien wie unbekannte Schriftsteller, und sein Studio, das Instrumentarium, mit dem er, mal fieberhaft und mal nur nebenbei, komponierte, hielt er immer auf dem neuesten Stand. Dafür und für die Anzüge, die er fast nur noch trug, gab er Geld aus, aber das fiel nicht ins Gewicht. Die Summe auf dem Konto wurde immer größer, und erst als er Steuern bezahlen musste, gab es merkliche Einbrüche. Beim ersten Mal, als für zwei vergangene und das laufende Jahr auf einmal abgebucht wurde, bekam er sogar richtig Angst, in die Pleite zu rutschen. Ein Anruf bei Ian und ein Vorschuss aus Dublin beruhigten ihn aber wieder, und es pendelte sich ein und wurde normal für ihn, viel zu viel Geld zu besitzen, obwohl er viel zu viel an den Staat überwies.

Als eine Art Privatsteuer zur Beruhigung seines Gewissens zahlte er monatlich an eine Organisation, die Kindern in der armen Welt Trinkwasser, Essen, ein Dach über dem Kopf, Schulbildung und ärztliche Versorgung verschaffte, und je normaler es für ihn wurde, dass sein Geld nicht mehr abnahm, sondern sich stetig vermehrte, desto höher wurde die monatliche Summe.

Im Lauf der Zeit hatten sich die Bilder von Roisin und Megan immer mehr gemischt mit Michaels Vorstellung von Erin. Sie waren so etwas wie die reale Erinnerung an eine fiktive Verbindung geworden. Dass er sich mit Erin verbunden fühlte, sich bewusst war, mit ihr etwas eigentlich Intimes zu teilen, den zerbrechlichen Gleichklang, der sie in die Lage versetzte, gemeinsam zu musizieren, ohne einander je gesehen, gesprochen oder berührt zu haben, diese Gewissheit beschützte ihn seltsamerweise vor den Schmerzen, die die Einsamkeit erzeugt. Er war nicht einsam. Zumindest nicht immer. In seinem Studio, am Computer, vor den Tasten, mit denen er inzwischen bis auf wenige Gitarren- oder Mandolinenparts alles einspielte, war er eins mit Erin, die sich beim Singen dieser Lieder, wenigstens manchmal, ebenso eins mit ihm fühlen musste.

Bei seinen seltenen Besuchen in Dublin oder Ians häufigeren in Berlin versuchte Michael anfangs, hin und wieder etwas über Erin zu erfahren. Aber Ian blieb stumm. Er hatte ihr dasselbe Versprechen (oder zumindest ein ähnliches) wie Michael geben müssen, nämlich nichts über ihr Leben zu verraten. Das war Erins Art, auf Michaels schrullige Anonymität zu antworten – durfte sie nicht wissen, wer er war, dann sollte er ebenso wenig erfahren, wer sie (zumindest jenseits der veröffentlichten Figur) war.

So viel aber erzählte Ian irgendwann: Erin hatte ihn ausgefragt, hatte wissen wollen, wer diese Songs für sie schrieb, aber dann hatte sie aufgegeben und sich daran gewöhnt, ein Gespenst als Komponisten zu haben. Ein männliches Gespenst, eines, das nicht in Irland lebte und nicht verheiratet war. Mehr wusste sie nicht, und bald wollte sie es auch nicht mehr wissen.

Ian sagte, sie sei nicht gekränkt wegen dieser Geheimniskrämerei, aber doch befremdet, weil sie sich einfach keinen Grund vorstellen konnte, aus dem sich ein Mensch seiner Umwelt so verheimlichen sollte.

»Sag, ich bin der Papst«, schlug Michael vor.

»Hab ich schon«, sagte Ian.

»Und?«

»Sie will keine Audienz.«

Ian mochte Berlin. Er kam so oft, dass Michael ihm in seiner großen Wohnung ein eigenes Zimmer einrichtete, mit Schreibtisch, Computer, Kleiderschrank und Bücherregal. Sie zogen dann durch die Stadt, sahen sich in der Paris Bar, im Borchardt oder der Ständigen Vertretung die Illustren an und im Tacheles, im Tränenpalast und an ähnlichen Orten die, die es werden wollten, genossen die allgegenwärtige Zukunftserwartung, die hier in manchen Gegenden wie Wind durch die Straßen und über die Plätze wehte, und pflegten eine Art von Freundschaft, wie sie unter Männern nicht selten ist, nämlich ohne einander je eine persönliche Frage zu stellen.

Manchmal reisten sie, wenn Ian geschäftlich irgendwohin musste und Michael sich ihm zum Vergnügen einfach anschloss. Auf diese Weise kam Michael in den Genuss von Aufenthalten in Hotels wie Waldorf Astoria, Hassler oder George V. Irgendwelchen VIP-Ereignissen, an denen Ian manchmal teilnahm, verweigerte sich Michael aber konsequent – ein Dinner mit Bono interessierte ihn ebenso wenig wie eine Pressereise mit Bob Geldof oder Angelina Jolie. Er wollte nicht zu den Auserwählten gehören, sondern Publikum bleiben. Zumindest sich zwischen dem Publikum bewegen, den wirklichen Menschen, die eine Arbeit hatten, einen Chef, einen überzogenen Dispokredit und Existenzängste, die sich Kinder wünschten und auf den Urlaub freuten, auf ein Haus oder eine Wohnung sparten und abends müde waren, weil ihnen jemand jeden Tag die Kraft abkaufte – er wollte sie belauschen, ihre Gedanken lesen und ihre Freuden mitansehen, denn daraus war der Stoff, den er vertonte. Über einen Challenger-Jet oder ein Anwesen in den Hollywood Hills würde er nicht schreiben. Darin lag keine Poesie. Zumindest keine, die sich mit irischen Geigen und Flöten hätte instrumentieren lassen.

In den deprimierten Phasen, die Michael immer wieder anfielen und in denen er sich leblos, leer und wie von Schlick umgeben fühlte, verließ er die Wohnung nur, um einzukaufen, sah sich amerikanische Serien im Fernsehen an und hoffte, Ian möge bald wieder auftauchen und die alles verklebende Lähmung vertreiben. In diesen Phasen wurde Michael für sich selbst so vage und konturlos, wie er es für andere schon seit Jahren war, und es kam vor, dass er von sich aus Ian anrief, um ihn zu irgendeiner Reise zu überreden, auf der er sich für eine Weile selbst entgehen und die Rückkehr nach Berlin für eine Heimkehr in die eigene Seele halten konnte.

Auf einer dieser Reisen waren sie auch nach Venedig gekommen. Ian traf sich mit einem australischen Musikverleger, der hier mit seiner Jacht vor Anker lag, und Michael verirrte sich in den Gassen und wusste, dies war der Ort, an dem er leben musste. So halbreal, aus der Zeit gefallen, prekär und unvergleichlich, hier und nur hier wäre er am richtigen Platz. Nur hier war es selbstverständlich, so fremd zu sein, wie Michael überall auf der Welt war.

Als er Ian am Abend vor dem Quadri seinen Plan eröffnete, sagte der nur: »Ich hab das passende Haus für dich.«

~

Bernd kam als Erster durch die Tür. Er zog einen kleinen Rollkoffer aus Metall hinter sich her und war ganz in Schwarz: Jeans, T-Shirt und eine leichte Jacke, die eher wie ein Hemd aussah. So wirkte er noch magerer als bei der Beerdigung, sah aber (vielleicht wegen der ebenfalls schwarzen Turnschuhe) zehn Jahre jünger aus.

Thomas, der direkt hinter ihm herausgeschlendert kam, hätte dagegen fast sein Vater sein können. Sandfarbenes Jackett, graues Polohemd und olivgrüne Hosen, die weich und weit um seine Beine schwangen. Er trug eine lederne Reisetasche, im selben Farbton wie seine Schuhe und (wie Michael allerdings erst später sah) das Uhrarmband.

Michael winkte. Die beiden sahen ihn und kamen ihm entgegen. Sie deuteten alle drei eine Art Umarmung an, die allerdings ein wenig angestrengt wirkte.

»Raus hier. Rauchen«, sagte Bernd.

Diesmal zündete sich Thomas keine Zigarre an, auf dem Weg zur Anlegestelle wäre das noch absurder gewesen als auf dem Parkplatz vor dem Friedhof.

»Taxi oder Linie?«, fragte Michael.

»Was spricht für was?«, fragte Thomas.

»Das Taxi ist schneller und eleganter und komfortabler, die Alilaguna ist langsamer, umständlicher, aber eventuell unterhaltsamer.«

»Taxi«, sagte Bernd, und Thomas nickte dazu.

Der Fahrtwind und der Sprühregen, den das Boot beim regelmäßigen Aufschlagen seines Bugs aufs Wasser entstehen ließ, milderten die Sommerhitze etwas, aber Thomas und Bernd hatten dennoch ihre Jacken ausgezogen und über die Arme gelegt. Sie standen alle drei hinten im Boot und schauten über dessen Kabinendach auf die Silhouette, der sie sich näherten, während sie an der Glasbläserinsel Murano und der Friedhofsinsel San Michele vorbeirasten.

»Der Hammer«, sagte Bernd.

»Das ist erst die Rückseite«, sagte Michael, »warte, bis du die andere siehst.«

Er bückte sich, ging durch die Kabine nach vorn zum Fahrer und bat ihn, durch die Stadt zu fahren, der Mann bedankte sich mit einem lässigen Kopfnicken für den lukrativen Umweg und bog nach links ab.

Offene Münder hatten sie nicht, aber sie gaben sich auch keine Mühe, ihre Faszination zu verbergen, immer wieder sagte Bernd: »Der Hammer, einfach nur der Hammer«, und Thomas nickte schweigend, bis sie bei Ca Pesaro in den Canal Grande einbogen und er murmelte: »Der Anblick heilt doch sicher Krebs, oder?«

»Krebs ist nicht Psycho«, sagte Bernd.

»Hab ich anders gehört«, sagte Thomas.

»Hast du falsch gehört«, sagte Bernd.

»Ihr verfehlt gerade das Thema«, sagte Michael.

»Ach ja? Und was ist das Thema?« Bernd legte eine Hand über die Augen, weil die Sonne ihn blendete.

»Schönheit.«

Thomas brummte eine Art von Zustimmung, und Bernd nickte enthusiastisch mit dem Kopf.

»Wart ihr noch nie hier?«, fragte Michael.

»Einmal«, sagte Bernd, »aber da hatte ich meine Augen nicht mit.«

»Nie«, sagte Thomas, »und jetzt will ich schon nie wieder weg.«

Den Rest der Fahrt schwiegen sie, nur hin und wieder von »Der Hammer« unterbrochen, das Bernd vor sich hinmurmelte, als beschütze ihn dieses Mantra vor dem Irrsinn.

~

Michael konnte das Staunen der beiden nur zu gut verstehen und freute sich darüber, als hätte er ihnen ein besonders gelungenes Geschenk überreicht. Und einstweilen ging es so weiter, denn als sie an der Anlegestelle vor seinem Haus ausstiegen und Michael vorausging, das Gartentor aufschloss und »Bitte sehr, willkommen« sagte, da waren ihre Gesichter fassunglos.

»Da wohnst du?«, fragte Thomas.

»Ja.«

»Das ist ein Palast«, sagte Bernd.

»Ich schnorre hier nur. Das Haus gehört einem englischen Musikverleger, der nie kommt und mich hier auf alles aufpassen lässt«, log Michael.

»Den Mann heiratest du«, schlug Thomas vor, und Bernd bot die Alternative an: »Oder ich nehm ihn.«

»Er ist nicht schwul.«

»Dann lass ich mich zur Frau umbauen.«

»Berndine Benson klingt nicht übel«, sagte Michael, »aber was willst du hier in Venedig, du hast doch einen Job, oder?«

»Dann hab ich doch ausgesorgt«, sagte Bernd, »oder ich sattel um auf Raviolischneider.«

»Schneider*in*, wenn schon«, gab Thomas dazu.

»Ist vielleicht ein aussterbender Beruf«, sagte Michael, »kommt ihr jetzt rein, oder soll ich was zu trinken rausbringen?«

»Trinken ist ein Argument«, sagte Thomas, und sie betraten das Haus.

Dort ging es weiter mit dem Staunen. Thomas erkannte die Holzplastik neben der Treppe sofort als Arbeit von Balkenhol und betastete sie respektvoll. »Super«, sagte er, »der Verleger hat Geschmack.«

»Aber die sind nicht echt«, sagte Michael, als er Thomas' Blick sich den Pseudo-Rothkos zuwenden sah, die links und rechts der Treppe zwischen den Türen der Gästezimmer hingen, »die hat ein Student von hier gemalt.«

»Aber schön sind sie«, fand Thomas, »auf echt kommt's nur an, wenn man Geld damit machen will. Fürs Auge tut's auch Schönheit.«

»Da hast du recht«, sagte Michael und sah, wie Bernd mit der Hand über das raffiniert gedrechselte Treppengeländer strich.

»Nicht aus der Bauzeit«, sagte Bernd.

»Nein«, sagte Michael, »die Treppe ist Renaissance, aber das Geländer aus dem 18. Jahrhundert. Wurde neu gemacht, als ein napoleonischer Beamter hier einzog.«

»Sieht sogar ein bisschen franzosenmäßig aus«, sagte Bernd.

Michael zeigte ihnen die Gästezimmer und ging nach oben, wo er eine Flasche Meursault öffnete und Gläser, ein bisschen Brot, Oliven, Nüsse und Käse auf den Tisch stellte, während sich Bernd und Thomas unten einrichteten. Er freute sich über die offensichtliche und offenherzige Begeisterung der beiden, darüber, dass Thomas sich als so kunstsinnig erwies, über sein Lob, das über Bande (Ian) an Michael adressiert gewesen war – er freute sich, dass die beiden da waren.

~

»Man möchte unter sich lassen vor Behagen«, sagte Bernd, als er mit Thomas in der Tür stand, »der Salon ist ja noch so ein Hammer.«

»Hier gibt's nur Hämmer«, sagte Thomas, »hab ich so langsam den Eindruck.«

Als er ohne Umstände nach der Weinflasche griff und sich einschenkte, erschrak Michael und dachte, jetzt besäuft er sich wieder so zügig wie auf der Beerdigung, aber

Thomas goss das Glas nur halb voll und nahm einen kleinen Schluck. Dann schenkte er Michael und Bernd ein und hob sein Glas. »Wie sagt der Italiener? Cin cin?«

»Wäre möglich«, sagte Michael.

»Cheers, auf den Hausherrn«, sagte Bernd.

»Schön, dass ihr da seid«, sagte Michael. »Wagner kommt kurz nach sieben. Wenn's euch recht ist, essen wir dann, ich hab hier zum Durchhalten ein bisschen Kleinzeug aufgefahren, okay?«

»Klar«, sagte Bernd, und Thomas nickte und nahm sich ein Stückchen Pecorino.

Erst jetzt fiel Michael ein, dass er Minus noch nicht gesehen hatte. Das Schälchen mit Wasser war ein wenig leerer als am Morgen, und das Trockenfutter hatte auch abgenommen, aber er war so lange weg gewesen, dass Minus eigentlich im Treppenhaus hätte warten müssen. Das war Tradition.

Aber vielleicht hatte sie die fremden Stimmen gehört und sich versteckt. Das kannte sie nicht. Hier war niemals irgendwer außer Michael und Serafina und natürlich Signora Fenelli, um die Minus jedoch immer einen Bogen machte – schließlich war diese Frau mit dem Staubsauger unterwegs, und der war in Minus' Augen ein (möglicherweise katzenfressendes) Ungeheuer. Sie trafen aber ohnehin nur in Ausnahmefällen aufeinander, da Signora Fenelli unter der Woche kam und Minus fast nur an den Wochenenden.

Michael überließ seine Gäste ihrem Imbiss und suchte das Haus nach Minus ab, aber erst im obersten Stock fand er sie, im Studio auf seinem Sessel zusammengerollt – sie gurrte ihm freundlich entgegen.

»Du kannst ruhig runterkommen«, sagte er, während er sie mit zwei Fingern zwischen den Ohren streichelte, »die sind okay. Und du stehst sowieso unter meinem besonderen Schutz. Ich lasse nicht zu, dass einer dich schräg anmacht.« Aber sie wollte nicht aufstehen. Sie streckte sich und legte sich wieder hin. »Na gut«, sagte Michael und spürte sein Kreuz beim Aufstehen, »bleibst du halt hier, bis die schöne Frau dich holen kommt.«

Nicht viel später tauchte sie doch in der Küche auf. Vorsichtshalber sprang sie zuerst auf die Theke, um auf Augenhöhe mit eventuellen Gegnern zu sein, und tat so, als interessiere sie sich nicht für die Besucher. Aber die interessierten sich für sie.

»Darf ich vorstellen«, sagte Michael, »das ist Minus alias Minou, mein regelmäßiger Wochenendgast.«

»Salve, gatto«, sagte Bernd, und »Hallo, Taschentiger«, sagte Thomas, und Minus sprang auf den Tisch, kletterte auf Thomas' Schoß und kringelte sich ein, worauf er sie, wie Michael vor wenigen Minuten, zwischen den Ohren kraulte.

»Das ist bemerkenswert«, sagte Michael, »du hast Charisma.«

»Wenigstens das«, sagte Thomas, und es klang, vermutlich unbeabsichtigt, ein bisschen resigniert.

Bernd fing an, von den Eichen-, Erlen- und Lärchenpfählen zu erzählen, auf denen Venedig erbaut ist, erklärte, warum sie nicht verrotten konnten und welch grandiose Ingenieurleistung hier schon im Mittelalter gewirkt habe – er kannte sich erstaunlich gut aus für jemanden, der erst gestern hierher eingeladen worden und davor nur einmal hier gewesen war. Minus schnurrte.

»Wovon lebst du eigentlich?«, fragte Thomas.

»Ich vermittle Antiquitäten an einen Londoner Händler.«

»Aha, Kollege.«

Es klingelte, und Michael ging zur Sprechanlage, um den Knopf für den Türöffner zu drücken. Das konnte nur

Serafina sein. Am Sonntag kamen weder der Postbote noch Signora Fenelli, und außer denen gab es niemanden, der bei ihm klingeln würde.

»Das ist Serafina, meine Nachbarin«, stellte Michael vor, »und das sind Thomas und Bernd, meine Freunde«, als Serafina in der Küchentür stand und sich erstaunt umsah, weil sie nicht mit Menschen gerechnet hatte. Das war das erste Mal in Jahren, dass sie Michael und Minou nicht allein antraf, sondern in Gesellschaft. Und dass Minou auf Thomas' Schoß lag, zur Begrüßung nur eine Art Piepslaut von sich gab und gähnte, war erst recht verblüffend.

»Sie müssen ein Zauberer sein«, sagte Serafina, »das ist die vorsichtigste Katze der Welt, und sie liegt einfach so auf Ihrem Schoß.«

»Ich kann eigentlich nur Ampeln auf Grün zaubern«, antwortete Thomas, »und auch das braucht manchmal ein bisschen Geduld.«

»Trinkst du was mit uns?«, fragte Michael und hielt Serafina ein Glas hin. Sie nickte, setzte sich, und er schenkte ihr ein.

Mit Bernd war eine frappierende Veränderung vor sich gegangen: Er strahlte auf einmal und fragte Serafina alles Mögliche, ob sie hier geboren sei, wo sie herkomme, seit wann sie hier sei, ob sie hier beruflich engangiert sei und so weiter. Er schien sie mit den Augen fressen zu wollen, was sie mit amüsierter und skeptischer Freundlichkeit hinnahm. Thomas war dagegen wie abgeschaltet oder eher wie auf Stand-by, er verschwand quasi in seinem Inneren, und hätte nicht Minou auf seinem Schoß gelegen, die immer lauter schnurrte und so auf ihre (und seine) Anwesenheit aufmerksam machte, dann hätte man ihn übersehen können.

~

Der kleine Ruhm der Nachtigallen im Internat und näheren Umkreis hatte es ihnen leicht gemacht, vom weiblichen Teil der Menschheit wahrgenommen zu werden. Die normalen Verletzungen junger Männer, das Ignoriertwerden, Zurückgewiesenwerden, die übliche kalte Schulter, all das blieb ihnen erspart, und sie fühlten sich umschwärmt und im Mittelpunkt des Augenmerks der Mädchen.

Natürlich nahmen sie dieses Geschenk des Schicksals alle vier mit zwar scheinbarem Gleichmut, aber in Wahrheit großer Freude an, doch es wirkte in verschiedener Weise auf sie. Thomas nahm nach den ersten Liebeleien und Eroberungen eine Art von Gelassenheit an, die eines viel älteren und reiferen Mannes würdig gewesen wäre, er hatte bald eine feste Freundin, die er anzubeten schien und nie betrog, und zeigte gegenüber Versuchungen und Flirtangeboten ein generöses Desinteresse. Wagner hatte aus seiner mürrischen Attitüde eine Art Charme destilliert, der ihn interessant und abgründig zugleich erscheinen ließ, er lebte den Begriff »serielle Monogamie«, bevor dieser in Mode kam, hatte ständig neue Freundinnen, machte aber immer Schluss, bevor er sie hintergehen konnte. Michael, dessen Schüchternheit nicht mehr als solche erkannt wurde, seit er auf der Bühne stand, wirkte zurückhaltend und höflich, man hielt ihn deshalb für einen guten Zuhörer und irgendwie »tiefen« Menschen, und aus diesem Grund traten ihm Frauen vertrauensvoll und mit gelegentlichem Beschützerinstinkt entgegen. Er ließ es geschehen, ließ sich treiben und schon damals nehmen und verlassen, wie es eben kam.

Und Bernd hatte sich sehr bald zum Don Juan entwickelt, der auf nichts und niemanden Rücksicht nahm und deshalb nicht nur einmal Schläge oder zumindest Drohungen einsammelte. In Gegenwart von Frauen drehte er hoch, zog alle Aufmerksamkeit, vor allem die der gerade zu Erobernden, auf sich und war zu nichts mehr zu gebrauchen. Er grub auch die Freundinnen seiner Freunde an und war sich dann keiner Schuld bewusst, wenn man ihn zur Rede stellte.

Dabei verliebte er sich nie wirklich, jedenfalls nicht so, dass er am eigenen Leibe hätte erfahren können, wie weh es tut, betrogen zu werden – Eifersucht kannte er nur als etwas Lästiges, mit dem man ihn behelligte, nicht als Schmerz, den er selbst je zu spüren bekommen hätte. Von Thomas wurde er einmal »Liebeslegastheniker« genannt, und diese Bezeichnung traf es ziemlich gut. Bernd war ein Jäger und Sammler, musste jede attraktive Frau haben, es zumindest versuchen, konnte aber in Wirklichkeit nichts mit ihnen anfangen. Nach dem Sex und dem darauffolgenden matten Geplauder war er mit seinem Latein am Ende. Auf diese Art wurde es ihm auch immer leicht gemacht, die Frauen wieder loszuwerden – sie merkten schnell, dass der Raum zwischen ihnen und Bernd leer war und leer bleiben würde, und zogen sich zurück, spätestens dann, wenn sie die Blicke sahen, die er anderen Frauen zuwarf. Ihm fehlte nichts, er hatte das, was er wollte, und er hatte es in Serie. An jeder Ecke war eine nächste oder übernächste Frau – er musste nichts dazulernen, weil er nicht spürte, dass ihm etwas fehlte. Im Gegenteil: Er glaubte, er lebe im Überfluss.

Wenn Corinna dabei war, bremste er sich wie die anderen auch, denn sie war so etwas wie die platonische Liebe aller vier und sollte sich nicht zurückgesetzt fühlen durch allzu öffentliches Flirten und Knutschen. Aber sie war nicht oft mit ihnen unterwegs, und Bernd hatte bald Übung darin, in solchen Fällen diskret vorzugehen, sich auf dem Gang der Kneipe für später zu verabreden oder per Kassiber Telefonnummern zu tauschen.

Den anderen, außer vielleicht Wagner, ging Bernd mit diesem Gehechel auf die Nerven, aber Dienst ist Dienst, und Schnaps ist Schnaps – es war seine Sache, und er wurde nur zurückgepfiffen, wenn er sich an einer ihrer Freundinnen vergriff.

~

Michael hatte Thomas und Bernd Serafinas Obhut überlassen und sich zu Fuß zum Bahnhof aufgemacht. Er ging den schnellsten Weg über Piazzale Roma und hatte vor, die Linie 1 durch den Canal Grande für den Rückweg zu nehmen, damit Wagner wie die anderen gleich eine erste Stadtrundfahrt bekäme. Jetzt glühte das Abendlicht schon rot und violett, und über den Himmel zogen sich grellorange und goldgelbe Streifen.

Er kam früh genug am Bahnhof Santa Lucia an, um noch das Gleis herauszufinden, auf dem der Zug eben einfuhr. Wagner stieg aus dem ersten Wagen, als hätte er gewusst, dass Santa Lucia ein Kopfbahnhof ist, und sich deshalb einen Platz ganz vorn genommen. Diesmal kam nicht einmal der Versuch einer Umarmung zustande, denn Wagners Rucksack war im Weg. Michael legte ihm eine Hand auf die Schulter, wie ein Vater, der seinen Sohn ermahnt oder lobt, aber auch diese Geste geriet eher verunglückt, weil Wagner sie nicht erwiderte. Allerdings konnte man eine solche Geste kaum erwidern – höchstens indem man die eigene Hand auf die des anderen legte.

Draußen vor dem Bahnhof kam Michael die Idee, ein Taxi vorzuschlagen, aber er verwarf sie gleich wieder, weil er annahm, das würde als ökologisch verwerflich abgelehnt. Also stiegen sie in das Boot der Linie 1, und Michael dirigierte Wagner nach vorne zum Bug, damit er den besten Ausblick hatte. In der Kabine drängten sich Studenten, die übers Wochenende zu Hause gewesen waren, und ein paar ältere Menschen, die von Besuchen auf dem Festland zurückkehrten. Am Bug saß außer ihnen niemand, denn jetzt am Sonntagabend kamen keine Touristen mehr in die Stadt, die sich sonst immer dorthin durchschoben, um gleich die ersten Fotos zu schießen.

Nach den paar Sätzen, die sie über die Fahrt (okay, aber lang) gewechselt hatten, und der Frage, ob Wagner im Zug gegessen habe oder hungrig sei (beides), erstarb das Gespräch. Das Boot war in den Kanal eingebogen und tuckerte voran in das mittlerweile tiefrote Stadtpanorama – das Wasser schien an manchen Stellen zu brennen, da, wo es den Rest des Sonnenlichts spiegelte, der Anblick musste jeden verstummen lassen.

Aber Wagner blieb nicht deshalb stumm, weil er beeindruckt war, er hatte die Süddeutsche Zeitung aufgeschlagen und las. Michael hätte ihn ohrfeigen können, als er das sah, aber er beherrschte sich. Allerdings nur etwa vier Minuten lang, bis sie von der nächsten Station, Riva di Biasio, wieder abgelegt hatten, dann fragte er so beiläufig, wie es ihm eben möglich war: »Bist du dir sicher, dass du den Rüssel in die Zeitung hängen musst?«

»Wieso?«

»Du bist in Venedig.«

»Ja, und?«

»Schönheit ist dazu da, dass man sie wahrnimmt, oder nicht?«

»Ich war schon mal hier. Ich kenn das alles. Viel Zuckerguss und fast so viel Wasser.« Wagner hob die Zeitung und las weiter.

Michael hätte sie ihm am liebsten aus der Hand gerissen und in den Kanal geworfen, aber er schaute stattdessen in die andere Richtung, um Wagners Anblick nicht ertragen zu müssen, und gab sich Mühe, diese Ignoranz nicht persönlich zu nehmen.

Ganz gelang ihm das nicht, es war harte Arbeit, sich selbst zu Toleranz zu überreden, und er versuchte, sich zu beruhigen, indem er sich innerlich ein Lied vorsang, *Sisters of Mercy* von Leonard Cohen. Als sie in San Tomà ausstiegen, war er bei der Coda angelangt, der Zeile: *We weren't lovers like that and besides, it would still be alright.*

~

Den Fußweg über die Scuola Grande di San Rocco konnte Wagner nicht mit der Nase in der Zeitung hinter sich bringen, aber es hatte nicht den Anschein, als sähe er irgendetwas, er setzte einen Fuß vor den anderen und schien sich nicht an Michaels Schweigen zu stören. Es fiel ihm wohl nicht einmal auf.

»Ich soll dich von Corinna grüßen«, sagte er irgendwann.

»Danke.«

»Sie wär gern mitgekommen, aber sie kann nicht weg.«

Ich habe sie nicht eingeladen, dachte Michael, aber er hütete sich, es laut auszusprechen. Den Ärger über Wagners Stumpfheit musste er schnell wieder loswerden.

Natürlich kommentierte der auch das Haus nicht, sondern legte einfach seinen Rucksack in das erste Gästezimmer links (Bernd und Thomas hatten die beiden rechts der Treppe genommen), dann folgte er Michael nach oben, durchschritt den Salon, ohne ein Wort darüber zu verlieren, und langte in der Küche an, wo Bernd und Serafina ins Gespräch vertieft waren, während Thomas, noch immer in sich selbst verschwunden wie ein Fakir, die Katze auf dem Schoß, dasaß und zu meditieren schien.

»Und das ist Wagner«, sagte Michael zu Serafina.

»Er hat keinen Vornamen«, fügte Bernd vorsorglich hinzu, damit sie nicht den Fehler machen konnte, danach zu fragen.

»Aber er hat Durst«, sagte Thomas, und sowohl Serafina als auch Bernd sahen ihn so erstaunt an, dass Michael klar wurde, Thomas hatte tatsächlich bis jetzt geschwiegen.

»Ja«, sagte Wagner. »Da ist was dran.«

Michael öffnete eine zweite Flasche Meursault und fragte, wie man es mit dem Essen halten wolle. Er könne etwas kochen, aber nur vegetarisch, oder man könne ins Restaurant gehen.

»Ich habe drüben Coq au Vin, das ich nur aufwärmen müsste«, bot Serafina an, »falls jemand doch Fleisch will.«

»Dann mach ich Pasta und Salat, okay?«

»Klar«, sagte Wagner, »super«, sagte Bernd, und Thomas nickte und wandte den Blick nicht von der Weinflasche, aus der Michael jetzt Wagner ein- und den anderen nachschenkte.

»Seid ihr einverstanden mit Aglio-Olio?«, fragte Michael in die Runde, und alle nickten, nur Bernd gab zu bedenken, das sei kussfeindlich.

»Er hat heute noch was vor«, sagte Serafina, aber sie sagte es so, dass es nicht kokett klang, sondern ein bisschen spöttisch.

»Ja oder nein?«, fragte Michael, und Bernd sagte: »Von mir aus, klar. Die Mehrheit siegt.«

»Die Mehrheit will heut niemanden mehr abschlecken«, sagte Wagner, und Serafina lachte: »Nur mein Coq au Vin und Michaels perfekte Spaghettini.« Sie stand auf, um das Essen zu holen. Im Gehen sagte sie noch zu Thomas: »Wirf Minou einfach runter, wenn sie dir unbequem wird«, aber der schüttelte den Kopf und erklärte, wer von einer Katze erwählt werde, zeige sich besser dieser Wahl würdig. Serafina lachte wieder, aber auf Thomas' Gesicht lag ein Ernst, der Michael überraschte. So kannte er Thomas nicht. Allerdings, was wusste er überhaupt noch von ihm oder einem der anderen. Nichts. Alles, was er über sie erfahren hatte, war Jahrzehnte alt und konnte sich längst in unzähligen Verwandlungen aufgelöst haben. Leider war das bei Bernds Schürzenjagd nicht der Fall. Hoffentlich fiel Serafina nicht darauf herein.

Nach ein paar Minuten kam sie zurück und stellte den Topf auf Michaels Herd. Er hatte inzwischen Wasser für die Pasta aufgesetzt und damit begonnen, drei Knoblauchzehen in winzige Stückchen zu schneiden. »Sind Peperoncini okay?«, fragte er in die Runde, und als zustimmendes Brummen, Kopfnicken und ein »logisch« zurückkamen, schnitt er auch noch eine halbe trockene rote Schote klein.

~

Nach dem dreigängigen Menu, zuerst Salat, dann Pasta, dann Coq au Vin (von dem Michael nichts nahm), hatte Serafina es mit ihren Fragen geschafft, die Atmosphäre so zu lockern, dass sogar Thomas aus seiner schweigsamen Grübelei aufgetaucht war und sich mit Charme und Humor am Gespräch beteiligte, das mal hierhin und mal dorthin schweifte, von den Kirchen, die Michael seinen Freunden zeigen wollte, zur Dogenrepublik, von den Millionen Pfählen unter der Stadt, die Bernd so faszinierten, zum Mose-Projekt, das dem Hochwasser in Zukunft den Weg in die Lagune versperren sollte, von Hemingway zu dem Maler Bellini und von diesem zum nach ihm benannten Cocktail, der angeblich in Harry's Bar erfunden worden war – der Abend floss dahin wie Musik von

Vivaldi: ohne große Effekte oder Höhen und Tiefen, im Plauderton, aber ohne kaschierte Langeweile.

Nur einmal, ganz am Anfang, als Michael nichts vom Coq au Vin haben wollte, mischte sich Ärger in die Atemluft, weil Wagner meinte, ein Gespräch über Massentierhaltung und Schlachthöfe anfangen zu müssen.

»Ich ess ja auch kaum noch Fleisch«, sagte er und schob sich dabei ein Stück Hähnchen in den Mund.

»Das darf jeder machen, wie er will«, sagte Michael und hoffte, das Thema sei damit vom Tisch, aber Wagner breitete sich aus mit alarmierenden Statistiken über die ökologischen Folgen hypertrophen Fleischverbrauchs und detailreichen Schilderungen des Elends der Tiere, bis Michael ihn bitten musste, damit aufzuhören.

»Ich esse kein Fleisch, weil ich genau daran nicht jedes Mal denken will«, hatte er gesagt, »sei so nett, und dräng mir das Thema nicht auf. Es graust mich. Es tut mir weh.«

Danach war konsterniertes Schweigen eingetreten, denn Mitleid mit Tieren ist, zumindest unter Männern, etwas eher Peinliches. Mit ökologischen Argumenten dagegen macht man sich nicht zum Idioten.

Michael lag es fern zu missionieren, er verzichtete nicht demonstrativ auf Fleisch, er ließ es einfach nur links liegen, weil er weniger an dem großen Blutbad beteiligt sein wollte. Er sah dies als seine Privatsache an und ärgerte sich darüber, dass Wagner es zur politischen Aktion aufblies und als Anlass für Geschwätz missbrauchte.

»Ich bin Französin«, flüsterte Serafina, »ich muss alles essen, was Beine hat, sonst werde ich expatriiert.«

»Dann hätten wir da noch einen hübschen Stuhl«, bot Thomas an, »den könnte man frittieren.«

»Bin satt«, sagte Serafina und lachte.

Michael stand auf und fragte: »Seid ihr schon blau, oder habt ihr noch Geschmacksnerven für einen richtig guten Rotwein?«

»Das würde sich doch nicht ausschließen«, fand Thomas.

»Immer«, sagte Bernd, und Wagner gab zu bedenken, dass fünf Leute von zwei Flaschen Wein nicht blau werden konnten.

»Stimmt eigentlich«, pflichtete Michael ihm bei und schenkte den Pauillac, den er schon vor drei Stunden geöffnet hatte, in die bauchigen Gläser, die Serafina inzwischen aus dem Schrank geholt und auf den Tisch gestellt hatte.

Minou lag die ganze Zeit auf Thomas' Schoß und machte keine Anstalten, sich nach anderswo zu orientieren.

~

»Ich müsste eigentlich mal wohin«, sagte Thomas irgendwann, als auch der Paulliac leer war und Michael die beiden Fenster geöffnet hatte, um den Zigarren- und Zigarettenrauch loszuwerden, der inzwischen die Küche vernebelte.

»Tja, geht nicht, Katze schläft«, sagte Bernd.

»Du wolltest dich doch würdig erweisen«, sagte Michael.

Serafina stand auf und beugte sich zu Minou, nahm sie behutsam hoch und sagte: »Danke für den angenehmen Abend.«

»Gleichfalls«, tönte es ihr entgegen, und sie ging, die schläfrige Katze auf den Armen, von Michael begleitet, nach unten.

»Nette Freunde hast du«, sagte sie und küsste Michael

zum Abschied auf den Mund, wie sie es immer tat, wenn ihr Mann es nicht sehen konnte.

»Sie sind alle in dich verliebt«, sagte Michael.

»Einer ganz bestimmt.« Serafina lachte.

»Du meinst hoffentlich mich damit.«

»Eigentlich nicht, aber es ist nett, dass du versuchst, so zu tun.«

»Buona notte«, sagte Michael.

»Grosses bises«, sagte Serafina und ging nach nebenan.

~

»Nette Frau«, sagte Thomas, als Michael wieder oben war und die Fenster schloss.

»Der Hammer«, sagte Bernd.

»Eine Schönheit«, ergänzte Wagner, »die erinnert mich an Corinna.«

»In meinen Glas staubt's schon wieder«, klagte Thomas und hob es demonstrativ hoch. Michael hatte eigentlich auch noch Lust auf einen Schluck, aber er wollte keinen richtig guten Wein mehr hinstellen, weil er davon ausging, dass Thomas sich nur bisher beherrscht hatte und jetzt mit dem Schütten anfangen würde. Das wollte er keinesfalls bei einem Pauillac oder Barolo mitansehen.

»Wie geht's den Geschmacksnerven?«, fragte er deshalb, und Thomas schien genau zu verstehen, was damit gemeint war, denn er antwortete: »Hauptsache, dröhnt. Rück ruhig den Kochwein raus.«

Michael musste lachen. Und nahm einen Cannonau aus dem Regal, denselben, den er gestern mit zur Salute-Kirche genommen hatte. Gut, aber nicht zum Niederknien. Bernd und Wagner hielten die Hände über ihre Gläser, verabschiedeten sich und gingen schlafen. Nicht viel später war mehr als die Hälfte des Flascheninhalts tatsächlich in Thomas' Gesicht verschwunden und er wieder ins Grübeln verfallen. »Ich vermiss die Katze«, sagte er irgendwann mit schon merklich schwerer Zunge, und Michael antwortete: »Und ich vermisse mein Bett.«

~

THOMAS bereute seinen Entschluss, jetzt schon schlafen zu gehen, sobald er in seinem Zimmer stand, sich umsah, sich heimatlos fühlte, noch immer zu wach war und dachte, eine Flasche mehr würde sich durchaus noch positiv auf die Seelenlage auswirken. Er ging auf Socken, um niemanden zu stören, noch einmal nach oben in die Küche und nahm einen Cannonau aus dem Regal, öffnete ihn, griff sich ein frisches Glas, weil die benutzten schon in der Spülmaschine waren, und setzte sich in den Salon. Ohne Licht. Das, was von draußen hereinschien, setzte den herrlichen Prunksaal geheimnisvoll in Szene, der Terrazzoboden mit den Mosaikbändern schimmerte annähernd farblos, die Bücher und Bilder hatten etwas Schweigsames, hochnäsig Verschlossenes, das ihm sehr gut gefiel, und die zarte florale Ornamentik an der Decke wurde belebt vom gelegentlichen Zittern einer Reflexion des Mondlichts auf dem Kanal.

Thomas öffnete die Fenster, um das Glucksen und Flüstern des Wassers und die etwas kühlere Nachtluft noch aufzunehmen ins Ensemble der Sinnesfreuden, aber viel hatte er nicht mehr davon, denn nach einigen Schlucken stellte sich nun doch die ersehnte breiähnliche Gleichheit von innen und außen ein und ließ ihn endlich so müde werden, dass er es gerade noch schaffte, das Glas neben seinem Sessel auf dem Boden sicher abzustellen, dann schlief er ein.

~

BERND war todmüde, denn er hatte früh aufstehen müssen, um die Kinder zu wecken, ihnen Frühstück zu servieren, das Duschen und Zähneputzen zu überwachen und sie anschließend zu den Großeltern zu bringen, dann war er, trotz Sonntag, noch für drei Stunden ins Büro gegangen, um ein geologisches Gutachten für einen Tunnel in Form zu bringen und einzutüten, anschließend war er zum Flughafen gefahren. Während des Fluges hatte er am Fenster gesessen und nicht geschlafen, sondern sich die schneebedeckten Alpen angesehen. Und jetzt war die Sicherung raus.

Aber er konnte nicht anders, er musste sich die Nachbarin vorstellen, diese Serafina mit den kurzen schwarzen Haaren, schmalen Augen, breiten Lippen, schönen Brüsten, wie sie sich nebenan auszog, nackt in der Wohnung hin und her lief, wobei sie natürlich an ihn dachte, was dazu führte, dass sie sich … aber er war zu müde, um diesen Gedanken mehr Zeit einzuräumen, als er für den Weg von der Tür zum Bett brauchte und dafür, sich die Kleider vom Leib zu streifen. Und nackt ins Bett zu fallen. Dann schlief er ein. Und träumte nichts.

~

WAGNER wusste nicht, wie er sich fühlte. War er müde oder wach? Zufrieden? Frustriert? Er kannte sich aus mit gemischten Gefühlen – eigentlich war das sein Normalzustand, immer spielte, wie ein Hauch oder Blitz oder Unterton, auch das Gegenteil mit hinein, wenn er sich einer Stimmung oder Emotion bewusst wurde. Im Augenblick größter Verliebtheit konnte er Ekel empfinden, war er ergriffen, dann kitzelte irgendwo in seinem Innern ein aufsteigendes Lachen, und in Rage verspürte er beflügelndes Glück. Aber jetzt?

Es war wie eine große Erleichterung, mit den Freunden von damals und dieser esprit- und charmesprühenden Frau zusammenzusitzen und einfach mitzuschwingen im Gespräch, Geplauder, Geplänkel, es war das Gegenteil von seinem Leben daheim. Dort herrschte lähmendes Schweigen oder ätzendes Gespöttel, und er war der Freak, der es niemandem mehr recht machen konnte, sosehr er sich auch bemühte. Vor allem Corinna nicht, die er in feministischer Hinsicht sogar noch beflissen zu überflügeln versuchte, seit sie sich zur glühenden Quotenkämpferin entwickelt hatte – sie lachte ihn aus. Er war das Mängelexemplar, der Mann, der nicht anders konnte, als die Welt zu verunstalten, und wahlweise auch das Weichei, Muttersöhnchen, Kuscheltier ohne Rückgrat. Je nach Stimmung oder Bedürfnis stellte sie ihn, egal, womit er auch ankam, in die Ecke des so oder so Defizitären, im besten Falle Bemitleidenswerten, aus der er durch keine Anpassung zu entkommen vermochte. Und sein Sohn machte es ihr nach: Egal wovon, der Alte hatte einfach keine Ahnung.

Dass sie Freunden und Bekannten dennoch ein Ehe- und Familienglück vorspielten, dass dies gelang und die anderen das Theater für bare Münze nahmen, lag nur am Desinteresse dieser Leute. Niemand sah genauer hin, alle waren mit der Inszenierung einverstanden, weil ohnehin damit beschäftigt, das eigene Stück aufzuführen, in dem es darum ging, die anderen entweder neidisch zu machen oder als moralisch zweitklassig hinzustellen.

Hätte Wagner nicht seinen Garten gehabt, dessen Hecke ihn wie eine Burgmauer umschloss und in dem er allein sein und sich am richtigen Platz fühlen konnte, dann würde er schon längst mit einem saftigen Burn-out in irgendeiner psychosomatischen Klinik Aquarellbildchen malen. Die Arbeit im Amt überforderte ihn nicht. Das Leben zu Hause war die Qual.

Und hier? So warm es sich einerseits anfühlte, mit den alten Gefährten zusammen zu sein, so deutlich war er andererseits auch hier das fünfte Rad am Wagen. Was musste Michael ihn so anpfeifen? Nimm den Rüssel aus der Zeitung, hör mit dem Gequatsche auf, was hatte der ihn zurechtzuweisen? Und keiner ergriff Partei für ihn.

Nur weil Michael in einem Palast wohnte, musste er doch nicht auch noch die Hoheit über Gesprächsthemen reklamieren. Der spielte sich auf wie Graf Rotz, dabei war er bloß ein Schmarotzer, der sich zwischen Verkäufer und Käufer schaltete und dafür Kohle abgriff.

Und Bernd? Der war überhaupt nicht anwesend. Er hatte nur Augen für die Frau und blubberte vor lauter Hormonüberflutung. Thomas war vermutlich genauso arrogant wie Michael, er ließ es nur nicht raus. Er glotzte vor sich hin und gab den Grübelmann und Katzenversteher und ließ andere sich um den Fortgang der Unterhaltung sorgen.

In den Ärger mischte sich nun auch Freude über diese schöne Nachbarin. Es war so erholsam, einer Frau gegenüberzusitzen, die sich nicht herablassend oder desinteressiert gab, sondern zugewandt, witzig und – ja: fraulich. Er schämte sich ein bisschen für diesen Gedanken, aber nur ein bisschen. Sein Ausspruch, sie erinnere ihn an Corinna, war keine Lüge gewesen, aber er meinte nicht die Corinna, die ihn heute Morgen so nebenbei, das Telefon am Ohr, mit einem Winken verabschiedet hatte – es war die Corinna von damals, die strahlende, intelligente Frau, die ihm den Vorzug vor Thomas, Michael und Bernd und damit das Gefühl, er sei etwas Besonderes, gegeben hatte. Diese Corinna wäre auch zu Emmis Beerdigung mitgekommen. Er öffnete sein Fenster und hörte jemanden schnarchen.

~

MICHAEL war nicht müde, aber er konnte sich nicht entscheiden, ob er noch mal zu einer letzten Kontrolle an den Song gehen sollte (das Studio war unterm Dach, niemand würde ihn hören) oder lieber einen seiner nächtlichen Spaziergänge machen. Er stand im Studio, hatte das Licht nicht eingeschaltet und sah Serafina beim Ausziehen zu. Sie ließ die Vorhänge offen, obwohl man ihr Schlafzimmerfenster auch von einem der Häuser gegenüber aus sehen konnte, aber dort wohnten zwei alte Damen, die längst schon schliefen und sich für den Anblick ohnehin nicht interessiert hätten.

Es war nicht direkt ein Striptease, den sie für ihn veranstaltete, aber sie tat es für seine Augen, auch wenn sie nicht sicher sein konnte, ob er hersah oder schon im Bett lag.

Er schaltete den Computer nicht ein. Vielleicht konnte er morgen irgendwann das Ganze noch mal anhören und dann abschicken. Gesungen hatte er nicht auf der Aufnahme, nur die Melodie mit einem E-Piano-Sound gespielt und den Text zur Notation geschrieben. Auf diese Weise hatte er es in den letzten Jahren fast immer gemacht, nur wenn er glaubte, der Gesang erkläre sich nicht von selbst, hatte er seine eigene Stimme dazu aufgenommen.

Er erschrak, als er auf dem Weg durch den Salon Thomas' massige Gestalt in einem der Sessel sah, und rechnete im ersten Moment damit, dass der ihn ansprechen würde, aber Thomas schlief, und Michael nahm leise, um ihn nicht zu wecken, Glas und Flasche vom Boden, brachte sie in die Küche, holte eine Decke aus dem Wandschrank in seinem Schlafzimmer und ging in den Salon, um Thomas damit einzupacken.

Seine Geste hatte etwas Fürsorgliches, fast Zärtliches, und sein Gefühl folgte der Bewegung. Irgendetwas an diesem Mann war erschüttert. Er trank sich in Deckung. Vielleicht würde er im Lauf der nächsten Tage damit herausrücken. Michael nahm sich vor, ihn nicht zu bedrängen, aber er wollte da sein, falls Thomas den Mund aufmachen würde. Seine Gedanken konnte er nicht lesen. Vielleicht weil es zu lange her war, dass sie Freunde gewesen waren, oder auch weil ein Schleier aus Alkohol die Sicht vernebelte.

Bernds Gedanken hingegen hatten nichts Geheimnisvolles, er wollte Serafina flachlegen. Auch Wagner war ein offenes Buch, er fühlte sich nicht wichtig genug genommen. Was Serafina dachte, lag ebenfalls auf der Hand, sie genoss Bernds Aufmerksamkeit, wollte sich ihm aber nicht an den Hals werfen. Ob aus Rücksicht auf Michael, der seit einem Jahr und vier Monaten ihr Geliebter war, oder weil sie Bernd als Schürzenjäger erkannte und sich als beliebiges und jederzeit austauschbares Stück Wild belauert wusste, war Michael weder klar noch wichtig.

~

An einem grauen Montagnachmittag im vorletzten April stand sie vor seiner Tür, verlangte einen Kaffee und sagte, noch bevor ein normales Gespräch in Gang gekommen war: »Eine Frau mit Stil braucht eine Affäre.«

Michael antwortete nichts, stellte ihr nur den Kaffee hin, einen Espresso ohne Zucker, und wartete, ob sie diesen Gedanken erst noch vertiefen oder gleich in die Tat umsetzen wollte. Sie trank den Kaffee in drei Schlucken, stellte die Tasse ab und sprach weiter: »Und ein Mann wie du erst recht.«

Sie sah ihn an, lächelte nicht, wartete auf eine Erwiderung und machte schließlich, als Michael noch immer schwieg, eine wedelnde Gebärde mit beiden Händen, so als müsse sie störende Gedanken verscheuchen, die vor seinem Gesicht herumflogen. Er sagte: »Bis hierher kann ich alles nachvollziehen.«

Sie fasste sich unter den Rock, streifte ihr Höschen ab und setzte sich auf den Tisch. »Liebe stört«, sagte sie, »eine Affäre muss ohne auskommen. Ist das in Ordnung für dich?«

»Heißt das, ich soll mich auf keinen Fall in dich verlieben?«

»Ja. Schaffst du das?«

»Ich kann's versuchen.«

Sie beugte sich vor, zog ihn zu sich und begann, seine Hose aufzuknöpfen.

Es war unbequem, der Tisch war zu niedrig, und Michael musste in die Knie gehen, aber sie wollte es so, und nach einer Weile war er dankbar dafür, denn es lenkte ihn ab und hinderte ihn so daran, zu früh zu kommen. Sie genoss es schon beim ersten Mal – sie spielte kein Theater, dafür hatte Michael ein sicheres Gespür –, irgendwann taten ihm die Knie zu sehr weh, er hob Serafina hoch und setzte sie auf die Küchentheke. Viel bequemer war das nicht, aber es wirkte noch ein bisschen aufgeregter, verstohlener und verruchter so und bereitete ihr sichtbar, hörbar und fühlbar Vergnügen.

»Du bist mein Geburtstagsgeschenk«, sagte sie hinterher. Sie saß noch immer auf der Küchentheke, trank ein Glas Wasser und ließ die Fersen ans Holz der Küchenzeile wummern.

»Alles Gute«, sagte er.

»Und du fragst jetzt bitte nicht, wie alt ich geworden bin.«

»Nicht alt.«

»Aber nichts mehr mit einer Drei vorne«, sagte sie und stellte das Glas hinter sich ab.

Seither kam sie fast regelmäßig montags und donnerstags immer am Nachmittag zu ihm und probierte aus, was ihr in den Kopf gekommen war, was sie gesehen, gehört oder gelesen hatte, vielleicht auch, was ihr an den Wochenenden mit ihrem Mann gefehlt hatte oder fehlen würde.

Sie sprach nicht mehr von ihm, wie sie das früher manchmal getan hatte, und sie fragte auch Michael nie nach Freundinnen oder Geliebten aus – dieser Teil ihres jeweiligen Innenlebens war von da an tabu.

Das Ganze hatte eine fröhliche Nüchternheit, von der Michael in nachdenklicheren Momenten nicht wusste, ob er sie bedauern oder begrüßen sollte. Es war wie der Besuch einer Masseurin oder Nachhilfelehrerin – wäre er zwanzig Jahre älter gewesen, hätte er auch an eine Krankenschwester oder Physiotherapeutin denken können –, es war profan. Als dienten Serafinas Besuche irgendeinem gesundheitlichen Zweck. Vielleicht taten sie das. Gesundheit ist ein weiter Begriff.

Ein bisschen verliebt war Michael doch entgegen seiner Beteuerung, zumindest gerührt oder bezaubert, denn sie hatte eine Art, beim Reden zu gestikulieren, in der sie alle Sprachen, die sie beherrschte, miteinander verband. Das kleinteilige italienische mischte sich mit dem ausgreifenden und eher theatralischen französischen, dem zeigenden deutschen, und dem fast wegwerfenden englischen – ihre Hände flogen im Raum umher wie Fledermäuse in der Dämmerung –, Michael hätte sie allein deshalb, sooft es ging, in Gespräche verwickelt, aber das war nicht nötig, denn sie redete sowieso immer. Sogar beim Sex. Dann allerdings weniger informativ als lautmalerisch. Etwas zwischen Gesang und Text.

Er hatte ihr nie seine Musik vorgespielt. Das Inkognito blieb gewahrt. Auch ihr band er den Bären von den Antiquitäten und dem reichen Musikverleger auf, der ihn hier umsonst wohnen ließ. Sie war mit ihrem Mann später eingezogen und hatte nichts mitbekommen, was sie an dieser Legende hätte zweifeln lassen können.

~

Nach einer kleinen Runde bis zum Hafen und wieder zurück ging Michael noch einmal, an dem noch immer schlafenden Thomas im Salon vorbei, nach oben in sein Studio, hörte sich *Stone to Sand* auf Kopfhörern an und schickte die Datei an Ian. Der hatte im Verlag dieselbe Software und kannte sich gerade gut genug damit aus, dass er die Sachen anhören und weiterleiten konnte. Erin würde das Lied am nächsten oder übernächsten Tag hören.

Michael hatte schon alles ausgeschaltet, als ihm eine Melodie zuflog. Er fuhr den Rechner wieder hoch, startete das Musikprogramm, suchte einen Fender-Rhodes-Sound und spielte sie ein. Und noch während des Spielens floss der Text hinzu wie ein kleiner Bach, der in einen größeren mündet: *Every pace and every choice leave their trace in people's voice, all the losses, hurts and stings are what you hear when someone sings.*

Er arbeitete weiter, fand einen Vers, *I don't know you, you don't know me, as long as there's no melody, but then as soon as someone sings, we get to fly with common wings, all over landscapes of our past, we share the view, we share at last, our greed, our guilt, our loyalties, we share it all in melodies.* Er fand eine ruhige, aber spannungsvolle Akkordfolge und war nach drei Stunden, in denen er nebenbei Thomas' Weinflasche geleert und sieben Zigaretten geraucht hatte, fertig.

Er schickte das Lied dem anderen hinterher nach Dublin, öffnete die Fenster und fühlte sich belohnt vom Tuckern eines Müllboots und Zwitschern der Spatzen, die ihre ersten schnellen Linien durch den Morgenhimmel flogen.

~

Michael bildete sich längst nicht mehr ein, Erin zu lieben. Das war natürlich nur ein Vorwand gewesen, sich nie binden zu müssen, ein konstruiertes Ideal, mit dessen Hilfe er sich vormachen konnte, nicht wirklich allein zu sein. Noch in Berlin hatte er gelegentliche Rückfälle gehabt und wieder geglaubt, er warte noch auf den zwar späten, aber doch irgendwann einmal richtigen Zeitpunkt, um mit Erin in Verbindung zu treten, und lasse aus freien Stücken die Gelegenheiten dazu immer wieder verstreichen. Aber wie ein Crescendo ohne hörbaren Anfangspunkt war die Erkenntnis in ihm gewachsen und irgendwann zu Bewusstsein geworden: Er wollte nicht. Er wollte nicht vor Erin stehen, und alles wäre anders. Die immaterielle Einheit sollte nicht materiell werden. So, wie es war, war es richtig – alles andere konnte nicht zu etwas Gutem führen.

Trotzdem waren die Kompositionsphasen eine Art Liebesdienst geblieben, fühlten sich intim und außergewöhnlich an, waren Höhepunkte in seinem Gefühlsleben und ähnelten dem, was er von Liebe zu wissen glaubte, so sehr, dass ihn ein möglicher Unterschied zu Erins Anwesenheit nicht interessierte. Wenn er komponierte, wurden sie und er ein einziger Mensch, getrennt nur in Nebensächlichkeiten wie Geschlecht, Beruf, Land und Leben – das Wichtige war nicht getrennt: das Bestreben und die Fähigkeit, Musik zu erschaffen, die Menschen bewegte.

Ian hatte sich einmal als Hermes bezeichnet, den Götterboten, aber Michael hatte ihm widersprochen: »Wenn du unser Bote wärst, dann würdest du mir was über sie erzählen.«

»So sieht Erin das auch«, hatte Ian erwidert, »ihr seid zwei Götter, die so tun, als wollten sie nichts voneinander, dabei wollen sie alles voneinander. Und sie kriegen es auch.«

»Alles?«

»Die Musik. Du schreibst, sie singt.«

»Die Musik ist alles?«

»Für euch beide wohl schon.«

Vielleicht hatte Ian recht. Zumindest, was Michael betraf. Die Musik war Seelensache, das Zarteste und Innerste und Beschützenswerteste in seinem Leben, und alles andere konnte man tun, wie er es mit Serafina tat. Mit bestenfalls fröhlicher Nüchternheit. Ob Erin genauso dachte? Ob sie auch eine Vorstellung von irgendeiner Art Einssein mit ihm pflegte? Ob diese Vorstellung sie auch von der Wirklichkeit fernhielt? Er würde es nicht erfahren.

~

Es war zu früh, um schon irgendwo Frühstück einzukaufen. Die Boote mit den frischen Lebensmitteln wurden gerade erst auf Tronchetto beladen, um in den nächsten Stunden ihre Touren durch die Stadt zu fahren und von den Anlegestellen aus mit Sackkarren jeden Supermarkt, jedes Hotel und jede Bar mit frischer Ware zu beliefern.

Michael deckte den Frühstückstisch, legte drei Hausschlüssel neben die Teller, falls jemand vor ihm aufstehen würde und vielleicht joggen oder spazieren gehen wollte. Dann ging er in sein Schlafzimmer und stellte sich den

Wecker auf halb acht – das waren noch fast drei Stunden –, er schloss seine Fenster, denn jetzt wollte er nicht mehr durch ein Polizei- oder Ambulanzboot aus dem Rest von Schlaf gerissen werden, der ihm noch blieb.

Er träumte von Bernd, der Erin unbedingt ein Lied vorsingen wollte und nicht verstand, dass sie ihn abwehrte, bis Wagner ihn schließlich ohrfeigte, um seiner Drängelei ein Ende zu machen.

~

»Bist du wach?«, fragte Wagner. »Da ist jemand an der Tür.« Michael hatte den Wecker überhört – es war kurz vor neun –, er griff sich den Morgenmantel, den er üblicherweise vormittags trug, und ging nach unten. Es war Signora Fenelli. Er hatte vergessen, dass sie diesmal am Montag kommen wollte, weil sie Donnerstag letzter Woche auf einer Hochzeit in Treviso gewesen war. Sie hatte, wie sie wortreich erklärte, ihren Schlüssel benutzt, jedoch gleich gesehen, dass die Gästezimmer belegt waren, auf dem Fuße kehrtgemacht und sicherheitshalber an der Tür geklingelt. Sie wolle nicht stören, sagte sie, wenn es später besser passe, komme sie eben später.

Bernd und Wagner waren schon auf und hatten sich mit Kaffee versorgt, Thomas schlief noch, also bat Michael Signora Fenelli, einfach oben anzufangen, dort waren nur sein Schlafzimmer, das Studio und ein Fernsehraum. Er weckte Thomas, duschte, und eine Viertelstunde später gingen sie zur Accademia, um dort zwar italienisch karg, aber gut zu frühstücken.

»Morgen mach ich richtiges Frühstück«, versprach Michael auf dem Weg, »ihr könnt jetzt schon Bestellungen aufgeben«.

»Spiegelei«, sagte Bernd.

»Orangenmarmelade«, wollte Wagner.

»Wenn dich das nicht nervt, San-Daniele-Schinken und Finocchio-Salami«, sagte Thomas.

»Nervt nicht. Wird angeschafft.«

»Kann ich hier eigentlich irgendwo ein Fahrrad leihen?«, fragte Wagner.

»Auf der Insel sicher nicht. Vielleicht in Lido, vielleicht in Mestre«, sagte Michael, »hier in der Stadt geht man zu Fuß oder fährt mit dem Boot.«

»Na ja, ich kann auch joggen«, sagte Wagner, »irgendwas muss ich machen, sonst werd ich unleidlich.«

»Es gibt Fitnessstudios, da kannst du an Geräten rumhampeln.«

»Au, da mach ich mit«, sagte Bernd.

»Nee, zu teuer«, sagte Wagner.

»Geht aufs Haus«, sagte Michael, »weil ich keinen Folterkeller zur Verfügung stellen kann.«

»Ich jogge. Diese Studios sind doch Neppläden, denen schmeiß ich nicht mal dein Geld in den Rachen«, sagte Wagner, und Thomas schlug vor: »Das hauen wir dann für was anderes raus.«

Bernd bot sich an, Wagners Bodyguard zu geben, er würde mit ihm laufen. Thomas pfiff das Saxophonriff von Paul Simons *You can call me Al*, und Michael sang leise: *If you be my bodyguard, I can be your long lost pal …* Das folgende Riff sangen sie schon dreistimmig, hörten aber sofort wieder damit auf, als sie bemerkten, dass die Leute von drinnen zu ihnen herausstarrten und zwei Studenten mit großen Zeichenmappen auf ihrem Weg zur Kunsthochschule stehen geblieben waren.

Sie lächelten alle vier in sich hinein und schwiegen, bis Thomas sagte: »Als Straßenmusiker kämen wir jederzeit über die Runden.«

»Wir sind jedenfalls nicht so eingerostet, wie wir eigentlich sein müssten«, fand Wagner, und Bernd bemerkte: »Alte Liebe rostet nicht.«

»Damit ist aber die Liebe zur Musik gemeint«, sagte Michael.

»Bei dir krieg ich keinen hoch«, sagte Bernd, »musst dich nicht fürchten.«

»Es gibt auch Liebe ohne Ständer.«

»Bei Impotenten?« Bernd grinste breit und deklamierte: »Ich habe sie im Stehn gefickt, im Sitzen und im Liegen, und wenn ich mal ein Englein bin, dann fick ich sie im Fliegen.«

»Poesie«, sagte Thomas, »wie schön.«

Wagner fand, es sei ein Wunder, dass Bernd noch kein Englein sei, bei all den eifersüchtigen Männern, die hinter ihm her sein müssten.

»Der wahre Könner verbirgt seine Meisterschaft«, sagte Bernd, »vor allem vor denen, die nicht das Glück haben, seiner Gabe teilhaftig zu werden.«

»Aber die Meisterschaft im Anbaggern verbirgst du nicht gerade«, sagte Michael, »das hätte doch eigentlich schon für die eine oder andere Maulschelle reichen müssen«, und er empfand einen kleinen Stich, als ihm sein Traum einfiel.

»Themawechsel«, diktierte Bernd, »der Gentleman genießt und schweigt.«

»Der Gentleman vergreift sich nicht an ander Leuts Frau«, sagte Thomas.

»Dieser hier schon.« Bernd deutete auf sich selbst.

Ein Spatz flog auf den Tisch und holte sich einen der Krümel, die von Wagners Brioche übrig geblieben waren. Er verspeiste ihn gleich an Ort und Stelle und pickte den nächsten auf. Michael sah, dass Bernd lächelte und still sitzen blieb, Wagner lächelte auch und beugte sich ein wenig vor, als wolle er dem Spatz etwas von dem

Reichtum auf der Tischplatte zuschieben, aber Thomas schaute der Szene ohne jede Bewegung zu. Das befremdete Michael. Er betrachtete Rührung beim Anblick von Tieren als Zeichen von Seele.

Inzwischen hatten sich noch drei Spatzen dazugesellt und stritten sich um die besten Stücke, was dazu führte, dass sie einander wechselseitig in die Flucht schlugen und mit weniger Beute weiterzogen.

~

Auf der Holzbrücke murmelte Bernd wieder sein Mantra »der Hammer«, während Thomas stumm und glücklich zuerst den Blick kanalaufwärts in Richtung Ca' Foscari und dann auf Salute und San Marco auf sich wirken ließ. Wagner lehnte am Brückengeländer und schrieb eine SMS.

Michael ermahnte sich, nicht von Wagner etwas zu erwarten, das diesem offenbar nicht gegeben war, aber er musste schon wieder einen scharfen Schwall Ärger schlucken, als Wagner, den Blick auf die Bohlen der Brücke gerichtet, weiterging, ohne sich um die anderen zu kümmern, die noch standen und schauten.

Vor der ehemaligen Kirche am Eingang zum Campo San Stefano hatten sich schon drei afrikanische Taschenverkäufer aufgebaut und bedrängten jeden mit Angeboten, der den Fehler machte, einen Blick auf die Ware zu werfen. Unhöflichkeit war die einzige Rettung, man konnte nur stur den Kopf schütteln und zügigen Schritts weitereilen, wenn man vermeiden wollte, zumindest den halben Weg bis zur Platzmitte verfolgt und mit dem Ausrufen immer weiter gesenkter Preise traktiert zu werden.

Einer der Verkäufer hatte sich an Bernd geheftet und ließ nur deshalb schließlich von ihm ab, weil eine Gruppe

Chinesen auf die ehemalige Kirche zusteuerte und ein lohnenderes Ziel abgab.

Michael las nebenbei Wagners Gedanken und amüsierte sich über den Widerspruch, dem dieser nicht entkam. Einerseits war das Konsum, etwas ganz Verachtungswürdiges, andererseits aber auch Dritte Welt und damit eigentlich zu unterstützen, dritterseits hatten all die Taschen Logos bekannter Marken – das war erst recht abscheulich –, aber vierterseits schlug man der Industrie mit einer Fälschung doch auch irgendwie ein Schnippchen und wäre es ein Schnäppchen und dazu noch Ironie. Nur die Tatsache, dass zu Hause niemand die gefälschte von einer echten Tasche unterscheiden konnte und Corinna in Teufels Küche käme, wenn sie etwas so Angepasstes wie ein Louis-Vuitton-Täschchen mit sich herumtrüge, sprach endgültig dagegen, ihr eines als Geschenk mitzubringen.

Aber Wagner, der mit seinen angegrauten langen Haaren auch ein Lehrer hätte sein können, war ohnehin nicht im Fokus der Verkäufer gewesen, der schwarz gekleidete Bernd mit seiner drahtigen Managersilhouette und Thomas im feinen Tuch ähnelten eher der Zielgruppe, auf die man als Straßenhändler ein Auge warf.

»Blickkontakt vermeiden ist das Einzige, was hilft«, sagte Michael, als die Händler endlich von ihnen abgelassen und sich auf die Reisegruppe gestürzt hatten.

Noch waren nicht sehr viele Touristen unterwegs, die Vormittage sind auch im Sommer eher ruhig, und so kamen sie ohne Gedrängel und Geschubse durch die meist engen Gassen zwischen Campo San Stefano und Markusplatz, vorbei an den Luxushotels Bauer-Grünwald und Gritti Palace, den Flagship-Stores der großen Modemarken und mehreren Straßenhändlern, Musikern und weiß oder mit Gold- oder Silberbronze bemalten lebenden Statuen.

Auf San Marco spielte noch keines der drei Orchester, weder vor dem Florian noch dem Quadri, noch um die Ecke auf der Piazetta vor dem Dogenpalast – einige Händler mit Sonnenblumenkernen stritten sich um zwei Gruppen und wenige Individualreisende, die ein Foto mit Taube auf der Hand wollten – so hatte Venedig vielleicht auch schon in den Fünfzigerjahren ausgesehen. In zwei, drei Stunden, wenn die vielen heimreisenden Adria-Urlauber hier für ein paar Stunden Station machen würden, käme man nicht mehr so entspannt über den Platz.

Jetzt hätte man sogar ohne Wartezeit in den Dom gehen können, aber Michael wollte seinen Freunden zuerst Bellinis *Heiliges Gespräch* in der Kirche San Zaccaria zeigen. Das schönste Bild in der Stadt, wie er ihnen ankündigte. Jedenfalls für seine Augen, fügte er hinzu.

»Ich bin froh, dass ich keine Frau bin«, sagte Bernd irgendwann mit Blick auf die glitzernden Schaufenster voller Glas und Schmuck und allerlei vergoldeter Dinge, »hier käme ich keine drei Meter pro Stunde vorwärts.«

»Du wärst aber eine Lesbe«, sagte Thomas.

»Die Stadt hat ihre Seele verkauft«, sagte Wagner, »der ganze Reibach hier hat doch nichts mehr mit Venedig zu tun.«

»Es war immer eine Handelsstadt«, sagte Michael, »da stammt der Reichtum her. Die Produktion fand auf den Nachbarinseln statt, Glas in Murano, Spitze in Burano, Landwirtschaft auf den Laguneninseln, hier in Venedig war der Handel alles. Und die Seefahrt natürlich, die ihn erst ermöglicht hat. Die Schiffe wurden hier gebaut. Es gibt jetzt noch kleine Werften für die Boote und Gondeln.«

»Trotzdem, es ist grausig«, sagte Wagner. »Eine einzige gigantische Fußgängerzone.«

»Da sagst du was Wahres.« Michael ignorierte die von Wagner gemeinte Bedeutung des Wortes als Einkaufsmeile. »Das Auto hat hier nichts verändert.«

»Fühlt sich ganz logisch und normal an«, sagte Bernd, »ist mir nicht mal aufgefallen, kein Blech, kein Krach, keine Vespas.«

»Andere Welt«, sagte Thomas, »der Himmel fürs Auge und die Hölle für die Brieftasche.«

Damit hatte er dummerweise wieder einen Schlenker hin zu Wagners Konsumkritik vollzogen, und sie mussten sich Ausführungen über die Globalisierung, die den Hunger in der Welt verschlimmere, und den Kommerz, der die Seelen der Menschen vergifte, anhören, bis es Bernd zu viel wurde und er in ruppigem Ton einwandte: »Das Gegenteil ist richtig. Der Hunger nimmt ab, der Wohlstand nimmt zu, Kindersterblichkeit und Analphabetismus gehen zurück, und die Lebenserwartung verbessert sich konstant, und zwar genau, seit die Globalisierung richtig in Schwung gekommen ist, nämlich seit den Siebzigerjahren. Jetzt kriegen endlich die Armen was ab.«

»Das ist doch Quatsch«, sagte Wagner, »woher willst du denn das wissen?«

»Aus den Statistiken, die jeder lesen kann. Du auch. Es reicht nicht, wenn man nur Käsmann zuhört und Taz liest. Schau halt mal nach bei der UNO, WHO, Unicef und so weiter.«

»Wählst du FDP?«, fragte Wagner, sauer bis zum Haaransatz über diese Zurechtweisung.

»Ihr verderbt mir die Laune, wenn ihr so weitermacht«, bellte Michael, bevor Bernd wieder antworten konnte, »da vorne gehen wir rechts.«

Der Platz vor San Zaccaria war fast leer, nur drei alte Männer redeten gestikulierend auf einen Carabiniere ein, und ein Gast verließ das kleine Hotel und zog seinen Rollkoffer in Richtung Vaporetto.

In der düsteren Kirche waren sie allein. Michael warf fünfzig Cent in das Kästchen vor dem Bild, das Licht ging an, und Thomas sagte nach kurzer Zeit, in der sie alle vier auf das Bild geschaut hatten: »Verstehe.«

»Ich noch nicht«, sagte Bernd, aus dessen Stimme der Ärger schon wieder verschwunden war, »aber wenn du's mir erklärst vielleicht.«

»Was?«, fragte Michael. »Warum ich es so umwerfend schön finde?«

»Ja.«

»Die strahlenden Farben, die Ruhe, die nur fast symmetrische Komposition, die geistvollen Gesichter, das kleine bisschen Ferne links und rechts und die große, feingliedrige Klarheit in allem.«

»Aha«, sagte Bernd.

»Schau dich mal um hier, die Zeitgenossen und Nachfolger, was die alles gemalt haben. Düster, wirr, pathetisch, aufgedonnert, alles überwuchert von Gesten, Drama, Aufruhr – jede Falte trumpft auf, jede Wolke drückt aufs Auge –, bei Bellini herrscht eine Klarheit, die mir vorkommt wie sichtbare Weisheit. Das wirkt wie gute Musik auf mich. Ich werde positiv aufgeladen von dem Anblick. Besser kann ich's nicht ausdrücken.«

»Gut genug«, sagte Thomas.

»Weiß, was du meinst«, sagte Bernd.

Wagner spazierte inzwischen durch die Kirche, beiläufig begutachtend, als wäre er ein Investor, der sich überlegt, eventuell eine Diskothek oder ein Restaurant aus dem alten Kasten zu machen.

Thomas war Michaels Blick gefolgt und sagte leise, sodass Wagner es nicht hören würde: »Er sieht nur Jahrhunderte voller Unterdrückung und Machtgier, er sieht keine Musik.«

»Schade«, sagte Michael.

Das Licht erlosch, Michael warf noch einmal fünfzig Cent ein, und sie standen schweigend vor dem Bild, bis eine junge Frau die Kirche betrat, sich mit zwei Fingerspitzen Weihwasser bekreuzigte, nach vorne zum Altar ging und sich dann in eine der Bankreihen kniete, um zu beten.

Auf dem Weg in Richtung Ospedale trödelte Wagner hinter ihnen her und ließ den Blick über die Schaufenster streifen. Hier gingen nur Stadtbewohner und allenfalls die kunstbeflissenen Touristen entlang, deshalb fand man hier Handwerker, Haushaltswaren, Buchhandlungen und Friseure. Als Bernd abrupt vor einem Schaufenster mit Spielzeug und Schreibwaren stehen blieb, weil dort zwei junge Frauen einen Teddybär bewunderten, kam Michael sich vollends vor wie ein Lehrer, der seine ignorante Klasse durchs Programm scheucht.

»Nervt das, wenn ich euch meine Lieblingsstellen zeige?«, fragte er Thomas.

»Mich nicht«, sagte der. »Aber Bernds Reflexe musst du wegstecken. Der kann nicht anders.«

»Da vorn gibt's Espresso«, schlug Michael vor, »da wartet sich's angenehmer.«

Bernd, der irgendwann mit dem Lächeln eines zufriedenen Katers auf dem Gesicht wieder zu ihnen stieß, war hingerissen von den perspektivischen Marmorarbeiten auf der Fassade des Hospitals – er konnte sich nicht sattsehen an der raffinierten Augentäuscherei und erklärte sich bereit, hier auf Wagner zu warten, der in einen CD-Laden verschwunden war, während Michael und Thomas schon vorausgingen in die Kirche Santi Giovanni e Paolo.

Michael freute sich an Thomas' Begeisterung über den riesigen Raum, die Dogengräber, das Bellini-Triptychon mit Sebastian und Christophorus, die Dekors von Tullio Lombardo, das ganze so riesige wie dezente Ensemble dieser größten gotischen Kirche der Stadt. Er nahm sich vor, in den nächsten Tagen lieber mit Thomas loszuziehen und ihm die Schätze seiner Wahlheimat zu zeigen, Bernd dürfte auch noch mitkommen, wenn er nicht bei jedem Rock eine Anbahnungsunterbrechung einlegte, aber Wagner sollte lieber joggen. Der war einfach eine Zumutung. Diese blicklose Blödheit und noch dazu das Genörgel, das war nicht auszuhalten.

Als Bernd nach einiger Zeit hereingekommen war und Michael ihn fragte, wo Wagner bleibe, sagte der: »Wartet draußen. Ist ihm zu teuer.«

Michael ärgerte sich nicht mehr. Er hatte Wagner innerlich abgeschrieben. Als Kunstfreund zumindest. Aber eigentlich auch als jemanden, mit dem er das Glück, hier zu leben, irgendwie teilen konnte.

»Hört mal, sah das junge Mädchen auf dem Bild vorhin, das mit der Viola oder Bratsche oder was das war, nicht ziemlich genau wie Corinna aus?«, fragte Bernd irgendwann später, als sie in einer der Kirchenbänke saßen und den gigantischen Raum auf sich wirken ließen.

»Jetzt, wo du's sagst.« Michael nickte.

»Nur die Haare wären lockiger«, sagte Thomas.

»Habt ihr mal was von ihr gehört?«, fragte Bernd.

»Meinst du vor der Hochzeit oder danach?« Thomas hatte ein Lächeln im Gesicht, an dem Michael ablesen konnte, dass sie auch mit ihm geschlafen hatte. In Bernds Gesicht war nichts zu lesen, er sagte: »Danach« und wandte sich dem Triptychon zu, vor dem sie standen. »Ist das auch von Bellini?«

»Ist es«, sagte Michael.

»Ich hab sie mal in der Stadt getroffen, bei einer Audi-Präsentation«, sagte Thomas.

Michael fühlte so etwas wie Stolz auf Thomas, darauf, dass er nichts außer diesem kleinen Lächeln herausgelassen hatte. Er war diskret.

Michael antwortete nur mechanisch und halbherzig auf Bernds Fragen über Pietro Lombardo und dessen Figuren. Er war abgelenkt, weil er an Corinna dachte. Hatte die Affäre mit Thomas länger gedauert? War Thomas verliebt in sie gewesen? Hatte sie ihm Hoffnungen gemacht? Aber nein, sicher nicht. So kurz nach der Hochzeit hätte sie keine Scheidung in Aussicht gestellt.

Sie hat uns noch schnell ausprobiert, dachte Michael, kurz nach Torschluss. Und ausgerechnet Bernd, dem Allesfresser, schien sie nicht die Ehre gegeben zu haben. Der Gedanke war komisch. Ein heimlicher Witz.

Kein Witz hingegen war, dass sie ihren Mann mit zwei seiner besten Freunde hinterging. Und dass diese Freunde dabei mitmachten. Er selbst hatte nichts geahnt, aber Thomas? Wusste der damals Bescheid? Michael würde ihn nicht danach fragen.

Als Bernd nach einem Streifzug durch die Kirche zu ihnen zurückgekommen war, standen sie auf und gingen nach draußen. Auf einmal wirkte Wagner traurig, wie er da stand und über den Platz starrte – eben hätte Michael ihn noch für mürrisch gehalten, jetzt tat er ihm leid. Dabei war das alles so lange her. Es bedeutete nichts mehr. Schnee von vorgestern.

~

Dass Corinna mit Thomas und ihm im Bett gewesen war, nachdem sie einander schon aus den Augen verloren hatten, erschien Michael wie eine Art Exorzismus, als habe sie geglaubt, sie müsse eine Bindung kappen, die sonst weiterbestanden hätte, oder sie müsse sich vergewissern, dass an jedem von ihnen nichts Besonderes war. Damit hatte sie sicher recht. Sie waren zu viert etwas gewesen, das andere beeindruckt hatte, jeder für sich alleine gab nur ein ebenso mageres Studentchen ab wie alle anderen, die durch Schwabing, Haidhausen und Giesing schlurften. Dass sie aber bis nach ihrer Heirat gewartet hatte, um Thomas und ihn zu testen, durfte Wagner auf keinen Fall erfahren. Es würde ihn zerschmettern.

Die Nachtigallen waren schon damals nicht geschwätzig gewesen. Über ihre Kindheit, ihre Zeit vor dem Internat, hatten sie nicht gesprochen. Keiner von ihnen zog die anderen ins Vertrauen. Unsicherheit, Angst und Traurigkeit waren etwas, das jeder mit sich allein ausmachte. Miteinander gingen sie frotzelnd, fordernd und provozierend um – es ging darum, sich jetzt zu beweisen –, die Vergangenheit erklärte nichts, änderte nichts, war unwichtig. Wichtig war, dass man den Ton traf, eine gute Idee hatte oder einen Witz wusste, den die anderen noch nicht kannten.

Emmi Buchleitner hatte die richtigen vier Jungs zusammengebracht, die nicht erst lang und breit einen Kodex für ihren Umgang miteinander vereinbaren mussten. So verschieden sie auch als Charaktere waren, der milde und zurückgenommene Michael, der selbstsichere Thomas, der irrlichternde Bernd und der radikale Wagner, die Übereinkunft, dass man die anderen nicht löcherte oder sich ihnen aufdrängte, hatten sie mitgebracht, die musste nicht mehr ausgehandelt werden.

Als Michael an Emmi dachte, bewunderte er einmal mehr die Klugheit, mit der sie gerade diese vier Knaben zu einer Einheit verschmolzen und damit nicht nur als Störfaktoren neutralisiert, sondern sie im Gegenteil zu

Vorbildern hatte wachsen lassen, zu leidlich guten Schülern und jungen Männern mit einem Ziel vor Augen und damit einer Zukunft.

Dass diese Zukunft dann die Studentenzeit nicht überstanden hatte, war nicht Emmis Schuld gewesen. Zumindest aus Michael war jedoch tatsächlich ein Musiker geworden, wenn auch einer, von dem niemand wusste.

~

In die Kirche Santa Maria dei Gesuiti, deren raffinierten Mix aus Marmorintarsien und Kulissenmalerei Michael seinen Freunden auch noch zeigen wollte, ging Wagner mit, weil sie keinen Eintritt kostete.

Danach setzten sie sich in ein Lokal an der Bootsanlegestelle Fondamenta Nuove, um etwas zu essen. Wieder tummelten sich Spatzen auf dem Tisch, und wieder blieb Thomas davon unberührt. Er hatte die Speisekarte aufgeschlagen und fragte Michael: »Isst du auch keinen Fisch?«

»Nein.«

»Weißt du vielleicht trotzdem, ob er hier was taugt?«

»Alles, was ich hier gegessen habe, war gut«, sagte Michael, »der Fisch wird keine Ausnahme sein.«

»Wer weiß, woher sie den eingeflogen haben«, sagte Wagner und klappte seine Karte zu.

»Norwegen, Russland, Japan«, sagte Thomas, ohne auf den anklagenden Subtext einzugehen, der die Reise toter Fische per Flugzeug für pervers erklärte, »hier geangelt haben sie ihn sicher nicht.«

Ihre Getränke wurden auf den Tisch gestellt und die Bestellungen fürs Essen aufgenommen, Sogliole alla griglia für Thomas, Spaghetti vongole für Bernd, Scallopina al limone für Wagner und Bruschetta und Salat für Michael.

»Auf Emmi«, sagte er, als der Kellner gegangen war und sie nach ihren Gläsern griffen. Sie tranken schweigend, Bernd und Wagner Bier, Thomas Weißwein und Michael Aperol-Spritz, und schauten dem Bootsmann an der Anlegestelle zu, wie er routiniert das Seil um den Poller schlang und verknotete, dann die Metallstange zur Seite schob und die Passagiere vom Boot komplimentierte.

»Seit wann bist du eigentlich religiös?«, fragte Wagner Michael, als dieser sich aus der unbequemen Haltung, in der er über seinen Rücken auf das Boot geschaut hatte, zurückdrehte und wieder nach seinem Glas griff.

»Bin ich gar nicht, wieso?«

»Weil du alle diese Kirchen kennst und so begeistert davon bist.«

»Da geht's nur um die Schönheit. Der liebe Gott ist mir so wurscht wie eh und je.«

»Und die Atmosphäre? Das ganze psychologische Theater? Ich meine, alles an den Kirchen ist dazu gedacht, religiöse Gefühle zu befördern, stört dich das nicht?«

»Nein, inzwischen habe ich sogar eine gewisse Achtung davor. Nicht vor der Religion, aber vor den Leuten, denen sie was bedeutet. Manchmal bin ich sogar gerührt, wenn jemand sich bekreuzigt.«

»Wie bei Kindern im Kasperletheater?«, fragte Bernd.

»So in etwa, ja.«

»Gibt es das überhaupt noch, Kasperletheater?«, fragte Thomas.

»Vermutlich nicht mehr«, sagte Michael, »das müsste man für Playstation oder iPad neu erfinden.«

»Apropos«, Bernd zog ein iPhone aus der Tasche und wischte darauf herum, bis er ein Foto aufs Display gezaubert hatte, »iPad, Kinder, das sind einfach zu viele Assoziationen. Hier schaut mal«, und er reichte das Telefon an

Thomas weiter, der es nach Betrachtung an Michael weitergab, der es an Wagner weitergab, und erst dieser kommentierte das Bild: »Hübsche Frau. Süße Kinder.«

Bernd nahm das Telefon zurück und schaltete das Foto wieder weg. »Habt ihr was zum Angucken?«

Michael schüttelte den Kopf, Thomas zog einen Blackberry aus der Jackentasche, tippte darauf herum, bis ein Foto zu sehen war, und reichte ihn herum. Wagner zog ein echtes Foto aus der Brieftasche und ließ es ebenfalls die Runde machen.

»Ist das deine Frau?«, fragte Bernd, als er Thomas' Telefon in der Hand hielt.

»Meine Tochter.«

»Und deine Frau?«

»Kein Bild. Wir sind geschieden. Ich brauch kein Foto, um daran erinnert zu werden.« Thomas' Stimme klang belegt, und er drehte den Kopf zum Eingang des Restaurants, sein leeres Glas erhoben, um auf sich aufmerksam zu machen, aber der Kellner war nicht da, und Thomas stellte das Glas unverrichteter Dinge wieder ab.

»Dein Sohn sieht aus wie du«, sagte Michael zu Wagner.

»Sein Pech«, antwortete Wagner, und es klang nicht wirklich wie ein Witz, sondern fast triumphierend, als gönne er dem Sohn diesen Makel.

»Seit wann ist Corinna blond?«, fragte Bernd.

»Schon lang, ich kenn sie kaum noch anders.« Wagner steckte das Foto wieder in die Brieftasche zurück. Er war dabei vorsichtig, behandelte das Bild wie eine Kostbarkeit. Das rührte Michael. Er sah Zärtlichkeit in dieser Geste.

Endlich hatte Thomas es geschafft, den Kellner heranzuwinken und ein zweites Glas Wein zu bestellen, das kurz darauf, zusammen mit dem Essen, gebracht wurde.

Thomas nippte nur daran. Das machte Michael Hoffnung.

»Falls ihr nicht schon kirchenmüde seid, würde ich euch noch zwei ganz besondere zeigen«, sagte Michael später, als sie satt waren und Espresso bestellt hatten.

»Klar«, sagte Thomas.

»Auch mehr als zwei«, sagte Bernd, und Wagner nickte schweigend.

»Aber jetzt schwächel ich«, sagte Michael, »ich brauch eine Stunde Schlaf, sonst fall ich unterwegs von einer Brücke.«

»Kann ich auch brauchen«, sagte Bernd.

»Ich würde mich eh mal nach einem Internetcafé umsehen«, sagte Wagner, »und nach einer Zeitung.«

»Kannst auch bei mir ins Netz gehen«, bot Michael an.

»Schlafen ist gut«, sagte Thomas, »wir haben das Alter für solche Extravaganzen.«

Sie fuhren mit dem Boot um die halbe Insel bis nach San Basilio, nachdem Michael für alle bezahlt hatte, was ihm nur unter Protest gedankt wurde und keinesfalls einreißen sollte. Diesmal hatte Wagner keine Zeitung, in die er die Nase hätte stecken können, aber er schaute die meiste Zeit in die Lagune und aufs ferne Ufer des Festlands anstatt auf die grandiose Silhouette der Stadt.

Noch an der Anlegestelle hatte Michael drei Stadtpläne gekauft, die er jetzt verteilte, damit sich die anderen auch alleine zurechtfinden würden, dann rief er sie nacheinander auf ihren Handys an, damit sie seine Nummer speichern konnten, und versicherte sich, dass jeder einen Hausschlüssel bei sich hatte und damit unabhängig war.

Zurück im Haus, schaffte er es gerade noch, die Kleider loszuwerden, fiel ins Bett und schlief durch bis kurz nach fünf Uhr.

~

Erst nachdem er im Billa-Supermarkt am Zattere das versprochene Frühstück und ein eventuelles Abendessen eingekauft hatte, fiel ihm ein, dass er nicht bei Signora Brewer gewesen war. Er brachte die beiden vollen Tüten nach Hause und räumte alles ein: Salat, Gemüse, Obst und Brot, Käse, Schinken, Salami und vier magere Rindersteaks (die er sogar in der Verpackung ungern anfasste, aber die sich braten sollte, wer wollte – das vierte war für Serafina, falls die hereinschneien würde), dann ging er noch einmal los, nach nebenan, um Signora Brewers Einkäufe zu erledigen. Serafina hatte einen Text, mit dessen Übersetzung sie bis Mittwoch beschäftigt sein würde, und ihn deshalb gebeten, die erste Wochenhälfte zu übernehmen.

Im Haus war nur Bernd, der sich im Salon eine CD von Fairy O anhörte, von Wagner und Thomas war nichts zu sehen. Ob sie unterwegs waren oder schliefen, hatte Michael nicht erforscht, denn er wollte sich beeilen – der Supermarkt war am späten Nachmittag voll und die Gemüse- und Obstregale oft schon halbwegs geplündert.

~

Signora Brewer brauchte nichts, aber sie würde sich freuen, wenn er am nächsten Tag käme, dann wären Brot und Schinken aus, und es gäbe neue amerikanische Zeitungen. Als Michael ins Haus zurückkam, war es fast halb sieben, und er fand Bernd zusammen mit Serafina in der Küche, wo sie Weißwein tranken (einen Fendant, den Serafina ihm letzte Woche geschenkt hatte) und sich angeregt unterhielten. Es gab ihm einen Stich, den er sich selbst am liebsten weder eingestehen noch verzeihen wollte, als er die beiden so einträchtig miteinander sah. Bernd versuchte gerade, mit einer Gabel Oliven aus dem Glas auf ein Tellerchen zu bugsieren, und gab sich dabei täppisch und linkisch – das kannte Michael schon, diese Masche weckte mütterliche Instinkte, denen nur gestählte Feministinnen widerstanden. Tatsächlich nahm Serafina ihm beides aus der Hand und erledigte das gar nicht komplizierte Herausschieben der Oliven aus dem leicht aufwärts geneigten Glas, ohne die Flüssigkeit mit auf den Teller zu schütten.

»So geht das«, sagte sie, und Bernd zuckte in charmanter Hilflosigkeit mit den Schultern.

»Richtige Männer können so was«, sagte Michael und konnte den Sarkasmus in seiner Stimme dabei nicht unterdrücken, »Oliven unterliegen auch der Schwerkraft.«

Bernd überhörte das, aber Serafina warf Michael einen schnellen Blick zu und schüttelte kaum merklich den Kopf. Ich lass mich nicht einwickeln, sagte dieser Blick, keine Gefahr.

Er kam nicht dazu, sich für diesen kleinen Eifersuchtsanfall zu schämen, denn Thomas stand in der Tür, gähnte, streckte sich und bat um einen Espresso.

»Das brauch ich jetzt auch«, sagte Serafina, »noch jemand?«, und sie stand auf, um die Kaffeedose zu öffnen, den größeren Filtereinsatz in den Siebträger zu stecken, zwei Portionen Kaffeepulver einzufüllen, den Hebel geschickt und routiniert wie eine Barista, die den ganzen Tag nichts anderes tut, in die Maschine zu drücken und mit Kraft in die richtige Position zu drehen, zwei Tassen und Unterteller aus dem Oberschrank zu nehmen und die Küche einen Augenblick später mit dem Schnurren der Maschine und Duft des Kaffees zu erfüllen.

»Danke«, sagte Thomas, als sie ihm seine Tasse reichte.

»Deswegen bin ich eigentlich hier«, sagte Serafina, während sie den ersten heißen Schluck nahm. »Ich wollte mir Kaffee von dir ausleihen. Ich hab eine lange Nacht vor mir und war zu faul, bis ganz zum Billa zu rennen.«

»Die Übersetzung?«, fragte Michael und schüttete Kaffeepulver aus der Dose in ein sauberes kleines Marmeladenglas.

»Jetzt will er's schon bis morgen Abend haben.« Sie berührte Thomas an der Schulter und sagte: »Das ist ein superschönes Jackett«, stellte die leere Tasse auf die Küchentheke, lächelte in die Runde und ging: »Danke für die Ablenkung. Zurück zur Fron.«

~

»Die ist ja toll«, sagte Thomas ein bisschen verlegen wegen ihres Lobs, »man könnte wieder zum Glauben zurückfinden.«

Michael schluckte die Frage hinunter, wieso er denn vom Glauben abgefallen sei, denn in Thomas' Stimme schwang wieder dieser Ernst mit. Bernd sah Michael an und fragte: »Bist du scharf auf sie? Hast du was mit ihr?«

»Beides wär Privatsache«, antwortete Michael, »ginge dich nichts an.«

»Ah, so ist das. Verstehe.« Bernd lehnte sich zurück in seinem Stuhl und nickte Wagner zu, der eben die Küche betrat, einen Blumenstrauß auspackte und ihn Michael reichte: »Die Vase musst du beisteuern.«

Sie waren verdutzt – ein Mann, der Männern Blumen bringt, hat die Überraschung auf seiner Seite. »Sauschön«, sagte Thomas, und: »Das wär doch nicht nötig gewesen«, versuchte Bernd zu witzeln, während Michael den Strauß in eine zylinderförmige gläserne Vase stellte und Wasser einlaufen ließ. »Wunderschön«, sagte er, »du kannst öfter kommen«, und Wagner hatte zum ersten Mal die Anerkennung seiner Freunde errungen. Er strahlte.

»Hier gibt's nicht grad viele Gärten«, sagte er, »das Auge braucht grün.«

Michael schob ihm ein Glas zu und hob mit fragendem Gesichtsausdruck die Fendant-Flasche. Wagner schüttelte den Kopf: »Ist mir noch zu früh. Wasser wär mir lieber.«

Er bekam ein Glas und trank gierig.

»Diese Fairy O ist übrigens der Hammer«, sagte Bernd, »ich hab zwei Alben von ihr angehört. Die Stimme ist unglaublich, und sie singt wie Gott und Teufel. Und die Songs sind gut.«

»Lief das vorher im Salon?«, fragte Thomas.

»Ja«, sagte Bernd.

»Dann bin ich deiner Meinung. Grandios. Ich bin davon aufgewacht und fühlte mich erhoben. Danke, dass du so schweinelaut gemacht hast.«

»Entschuldige, das war echte Begeisterung.«

»Nein. War ernst gemeint.« Thomas bediente sich an den Oliven, nach denen bis jetzt noch niemand gegriffen hatte. »Unser Michael hier scheint einen Schlag bei Ausnahmefrauen zu haben. Die Nachbarin, die Sängerin, mal sehen, wen wir noch alles kennenlernen.«

»Ich lebe eigentlich eher zurückgezogen«, sagte Michael. Er war verlegen. Mit Lob hatte er nicht gerechnet und wusste er nicht umzugehen.

»Aber wenn Besuch kommt, dann Qualitätsbesuch«, sagte Bernd, »wie wir zum Beispiel.«

Thomas nahm die Weinflasche und schenkte allen einen Schluck ein. Nicht viel, nur eine Art Dekoration im Glas, auch für Wagner, der sein Wasser ausgetrunken hatte. Er hob sein Glas und sagte: »Auf uns.«

»Und Emmi«, sagte Michael.

»Und die Nachbarin«, sagte Bernd.

»Und die Sängerin«, ergänzte Wagner.

Sie kippten die Gläser mit nach hinten gelegten Köpfen, als wäre Schnaps darin.

»Emmi war auch eine Ausnahmefrau«, sagte Thomas.

»Nur wir haben's nicht so gemerkt«, sagte Wagner, »wir waren zu jung.«

»Sie wär's wert gewesen, dass man Rotz und Wasser heult an ihrem Grab«, sagte Bernd nachdenklich und schob sich den Mittelfinger seitlich in den Mund, als wolle er am Nagel kauen, »aber das letzte Mal, dass ich geheult habe, war, als mein Vater mich mit dem Stock verprügelt hat. Da war ich zwölf.«

»Solltest du wieder lernen«, sagte Wagner, »tut gut.«

»Ich hab euch das nicht erzählt«, sagte Michael und sah dabei aus dem Fenster, »Erin hat an Emmis Grab auch The parting glass gesungen. Als ich das hörte, hab ich geheult. Für euch drei gleich mit.«

»Danke«, sagte Thomas.

»Erin? Ist das ihr richtiger Name?«, fragte Bernd.

»Ja«, sagte Michael und wandte den Blick vom Fenster ab und den anderen wieder zu, »es war unglaublich. Ich hätte mir gewünscht, wir würden zu fünft singen in dem Moment.«

»Wär ich dabei«, sagte Wagner.

»Ja«, sagte Thomas.

Bernd schwieg. Und nahm den Finger aus dem Mund. Allerdings nur, um jetzt den der anderen Hand in den anderen Mundwinkel zu schieben. Er kaute tatsächlich daran herum.

»Kaust du Nägel?«, fragte Wagner.

»Nicht wirklich«, sagte Bernd, »sieht nur so aus.«

»Täuschend ähnlich«, fand Thomas.

»Privatsache«, sagte Bernd mit einem leichten Grinsen und nahm den Finger heraus.

~

Wagner ging duschen, denn er war tatsächlich gelaufen, die Strecke über Zattere bis zur Dogana, dann auf der anderen Seite bis Salute und wieder zurück nach Zattere – nicht lang genug, wie er sagte, aber besser als nichts. Die Blumen musste er von einem der Boote bei San Barnaba haben, denn am Ende seines Laufs war er zu früh rechts abgebogen, hatte sich verirrt und schließlich den Stadtplan gebraucht, um wieder nach Hause zu finden.

Bernd ging nach oben ins Studio, um sich an den Computer zu setzen und ein Dokument auszudrucken, das ihm sein Büro gemailt hatte, und Thomas blieb bei Michael in der Küche, um ihm bei der Vorbereitung des Abendessens zu helfen.

Während Thomas den Salat wusch, schnitt Michael Gemüse in Stücke und Kartoffeln in Hälften, präparierte drei Bleche mit Backpapier und legte alles in strengen Reihen darauf.

»Kochst du?«, fragte Michael.

»Selten, aber wenn, dann mit Stil«, antwortete Thomas.

»Dann kannst du die Steaks braten. Ich weiß nicht mehr, wie das geht.«

»In die Pfanne legen und später wieder aus der Pfanne rausnehmen, so geht das.«

»Mach du. Ich fass das nicht gern an.«

»Sag mal, dein Satz vorher – ich lebe zurückgezogen –, das klang mir ziemlich konnotationsreich.«

»Und was konnotierst du?«

»Dass du einsam sein könntest, vielleicht?«

Michael war verblüfft über die Direktheit dieser Frage, das hätte er von Thomas nicht erwartet, und er antwortete erst nach einem Augenblick des Nachdenkens: »Immer wenn jemand stirbt, merkt man, dass es nicht so viele sind, mit denen man wirklich lebt. Die einem wichtig sind und für die man selber wichtig ist. An Emmis Grab ist mir aufgefallen, dass sie mir fehlen wird. Das wusste ich bis dahin nicht. Ich habe den Kontakt einfach abreißen lassen und erst, als es zu spät war, kapiert, dass ich mich irgendwie immer auf Emmi verlassen habe. Vielleicht war sie so was wie ein Ersatz für meine Mutter. Auf einmal hatte ich das Gefühl, jetzt bläst mir ein Wind ins Gesicht, der vorher nicht da war.«

»Leben deine Eltern noch?«

»Meine Mutter ist gestorben, als ich elf war. Mein Vater lebt mit seiner zweiten Frau am Chiemsee.«

»Hast du Kontakt? Redet ihr miteinander?«

»Wir tun so. Aber da ist nichts. Eine Postkarte zu Weihnachten, ein Anruf mit lauter Floskeln zum Geburtstag. Gesehen haben wir uns sechzehn Jahre nicht.«

»Meinst du, wenn er stirbt, spürst du auch diesen Wind?«

»Ganz sicher nicht.«

Eine Zeit lang redeten sie nichts, aber als ihnen die Handgriffe ausgingen und nichts mehr zu tun war, außer aufs Eintrudeln der anderen zu warten, und sie beide gleichzeitig nach den Streichhölzern auf dem Tisch griffen, um sich eine Zigarre und Zigarette anzuzünden, da fragte Michael: »Deine Tochter, was macht sie?«

»Bühnenbild. Sie war schon an den Kammerspielen, dann in Zürich, jetzt ist sie an der Burg. Alles noch in der Ausbildung, aber sie macht mal eine glänzende Karriere.«

»Versteht ihr euch? Mögt ihr euch?«

»Ich weiß das nur über Google.«

Das folgende Schweigen nutzte Michael, um die Fenster zu öffnen, damit der Rauch nachher den anderen nicht das Essen verleiden würde.

»Scheiße«, sagte er dann.

»Ja, scheiße.« Thomas sah sich nach der Weinflasche um, in der noch ein Rest sein musste, aber als er sie gefunden hatte, beherrschte er den Reflex und griff nicht danach.

»Deine Eltern?«, fragte Michael schließlich, um das Gespräch nicht an diesem Tiefpunkt zu beenden. »Leben die noch?«

»Beide tot. Und das ist auch gut so.«

»Hast du Lust zu erklären, was du damit meinst?«

»Eher nicht. Nein.« Jetzt griff Thomas doch nach der Weinflasche und schenkte sein Glas voll. »Oder doch. Es ist nicht gut so. Eigentlich wär's besser, sie würden mitansehen, was aus mir geworden ist.«

Sie konnten nicht weiterreden, denn jetzt kam Bernd, einen kleinen Stapel Papier in der Hand, herein und fragte, ob Michael auch Bier habe, ihm sei gerade so heftig nach Bier.

»Irisches«, sagte Michael, »wenn du das magst?«

»Weiß ich erst, wenn ich's probiert hab«, sagte Bernd, und Michael ging zum zweiten Kühlschrank, in dem nur Getränke lagen, und holte eine Flasche Kilkenny heraus, die er für Ian immer vorrätig hielt, falls der einen seiner Spontanbesuche machte. Das geschah nicht sehr oft, nicht so oft wie damals in Berlin, aber hin und wieder kam es vor, dass Ian an einem Wochenende anrief und drei Stunden später in Venedig landete.

»I need a friend«, sagte er dann jedes Mal und schloss Michael in die Arme, als hätte der ihm wirklich gefehlt. Dabei telefonierten sie miteinander, wann immer es Ian einfiel – manchmal auch zu eher grenzwertigen Uhrzeiten –, Ian hatte sich als Musikverleger auf internationalem Parkett zu einem Bohemien entwickelt.

Bernd lehnte ein Glas ab und zog sich, nachdem er einen ersten Schluck genommen und anerkennend genickt hatte, mit der Bierflasche und seinen Papieren in den Salon zurück.

~

Bei seinem letzten Besuch benahm sich Ian schon in der Alilaguna so euphorisch und aufgedreht, dass Michael die Theorie wieder verwarf, Ian käme immer dann, wenn er deprimiert sei – dieses »I need a friend« klang in Michaels Ohren wie ein Hilferuf.

Noch auf dem Boot packte Ian sein Geschenk aus. Das war obligatorisch, er brachte immer etwas mit, meist englische Gedichtbände, von denen Michael nie genug bekommen konnte, die er alle zur Inspiration und Sprachaneignung las und deren Anblick im Regal ihm als stetig wachsender Reichtum erschien.

Diesmal war es kein Gedichtband, sondern ein iPod der neuesten Generation mit sehr guten Kopfhörern und schon gefüllt mit unzähligen Alben, darunter alles von Francesco de Gregori, Fabrizio de André, den Beatles, Leonard Cohen, Natalie Merchant, Paul Simon, Kari Bremnes und etlichen irischen Musikern, die Michael kannte und liebte – es schien nicht mehr aufhören zu wollen beim Scrollen, und Michael war ganz ergriffen von diesem Riesengeschenk, denn es war tagelange, vielleicht sogar wochenlange Arbeit gewesen, diesen Schatz in das kleine Gerät zu portieren. Ganz zu schweigen von den Kosten, denn es war klar, dass Ian diese Alben nicht alle besaß, sondern viele davon gekauft haben musste.

»Das ist phantastisch«, sagte Michael, »wie kommt's?«

»Ich dachte, ein Spaziergang nachts um drei mit Cohen auf den Ohren, vielleicht bei Nebel im November, müsste ein ganz besonderes Erlebnis sein«, sagte Ian lächelnd, »probier's aus, und sag mir Bescheid, ob es stimmt.«

»Das weiß ich jetzt schon«, sagte Michael, »das bedarf keiner Erprobung.«

»Dann vielleicht mit Fairy O? Stell dir vor, du hörst ein neues Album mit deiner eigenen Musik zum ersten Mal so, direkt im Kopf und irgendwo draußen, auf dem Boot, in den Giardini oder in Lido am Strand. Das wird noch mal eine andere Dimension.«

»Es ist ein Supergeschenk«, sagte Michael. »Danke.«

»Let's get drunk«, schlug Ian vor.

»Ohne mich.«

»Feigling.«

»Du weißt, dass du ein Klischee bist, oder? Ein Ire, der jede Gefühlsregung sofort mit einem Vollrausch orchestriert.«

»Und was bist dann du? Ein Deutscher, der sich immer schön diszipliniert und stocksteif an die Regeln hält?«

»Touché.«

»Das wär jetzt das Franzosenklischee.«

»Oder das englische: Fairplay.«

Nachdem sie Ians Reisetasche in eines der Gästezimmer gestellt hatten, gingen sie wie immer los, um die Antiquitätenläden zu durchstöbern. Ian war ein leidenschaftlicher Sammler und hatte hier schon Schätze gefunden, von denen er behauptete, in Brüssel, Paris, Wien oder London käme man an so etwas nicht mehr heran.

Er hatte auch eine Theorie, weshalb das so sein könnte: Hier in Venedig seien die Einwohner so alt, dass immer wieder frische Kostbarkeiten auf den Markt kämen, weil gestorbene Besitzer sie hinterließen und die Erben entweder die Wohnung an Feriengäste vermieten oder sich selbst moderner einrichten wollten.

»Apropos Gefühlsregung«, fragte Michael abends, als sie in Castello in einer Trattoria saßen, die Ian besonders mochte. Er tat so, als hätten sie das Gespräch auf dem

Boot nicht vor Stunden geführt, und Ian wusste sofort, was gemeint war.

»Es geht mir einfach sehr gut dieser Tage.«

»Sagst du mir, weshalb?«

»Nicht jetzt«, antwortete Ian, »es ist noch … let's call it privacy control, okay?«

»Kein Problem«, sagte Michael, »ich freu mich auch so mit.«

»Ja, so bist du. That's what I love you for. Unter anderem.«

»Und das wäre? Das andere, meine ich.«

»Du hast mir ein Leben gegeben.«

»Ein Leben?«

»Ja. Das vorher in der Kanzlei war keines und wäre auch nie eines geworden. Es war kurz vor Gemüse.«

»Auf das Leben.« Michael hob sein Glas und stieß es an Ians.

»Und die, die es mit uns teilen«, ergänzte Ian.

Das klang zwar wie ein Allgemeinplatz, aber es klang auch konkret, und Ian konnte ja Michael damit gemeint haben, vielleicht auch Erin und ihre Band, aber Michael glaubte, einen Hinweis auf Liebesglück herauszuhören, und freute sich für Ian. Er hatte nie etwas von einer Frau in Ians Leben gesehen oder gehört und sich schon gefragt, ob er nicht zufällig damals in Dublin eine Art Zwilling aufgestöbert hatte, einen Hagestolz, der es nur alleine aushielt und wie Michael hinter all der scheinbaren Unkompliziertheit seines Wesens in Deckung gegangen war, um nur ja von niemandem als bindungsunfähiger Einzelgänger erkannt zu werden.

Ian betrank sich seit damals in Dublin nicht mehr in Michaels Gegenwart. Er langte zwar kräftig zu, aber büßte dabei weder seine Manieren noch seine Sprachfähigkeit oder die Kontrolle über seine Gliedmaßen ein.

So irisch rabaukenhaft, wie er manchmal daherredete, so britisch gentlemanlike verhielt er sich in jeder Situation.

Es war schade, dass sich Serafina und Ian nie kennengelernt hatten. Michael hatte das Gefühl, die beiden müssten einander blendend verstehen und ganz gewiss gern haben, aber Ian kam immer an Wochenenden, und dann war Serafina die brave Ehefrau des Managers und eine allenfalls mal höflich aus dem Nebenhaus herüberwinkende Nachbarin. Nicht die Freundin, mit der man hätte Pferde stehlen können.

Einen Vorteil hatte es aber auch, dass die beiden einander nie über den Weg gelaufen waren: Die Legende vom reichen englischen Hausbesitzer flog nicht auf, und er musste Ian nicht in seine Lügengeschichte einweihen. Dummerweise hatte er ihn nämlich einmal gedankenlos als den ominösen Hauseigentümer hingestellt und müsste ihm deshalb die Scharade erklären. Und womöglich auch noch, wieso er log.

Darauf hätte er keine Antwort gewusst. Er wollte nicht, dass Menschen, mit denen er zu tun hatte, von seinem Wohlstand wussten, er wollte nicht, dass sie seinen Beruf kannten, er wollte sich selbst geheim halten, ohne so recht zu wissen, weshalb.

Vielleicht wusste er es auch und gestand es sich nur nicht ein. Seine Gedankenleserei, die natürlich nur Phantasie war, ließ ihn Reaktionen voraussehen, die er einfach nicht auf sich ziehen wollte: Der kann sich's leisten, so selbstbewusst aufzutreten, er hat ja Kohle ohne Ende; der hat ausgesorgt, den halte ich mir warm; der bildet sich was ein auf seine berühmte Sängerin; der muss nicht arbeiten wie unsereins, der ist ein Schmarotzer – Michael ahnte, dass es ihm nicht egal sein würde, wie andere ihn sahen, deshalb sollten sie ihn lieber überhaupt nicht sehen. Eine Art Milchglasscheibe zwischen den Menschen und ihm sollte ihn vor Reflexen beschützen, die er für unausweichlich hielt.

Er wollte sich nicht mit wohlhabenden oder gar reichen Leuten umgeben – er hätte das Gefühl, sich selbst zu verraten –, gegen Freundschaften mit normalen Menschen, Gehaltsempfängern oder prekären Existenzen sprachen die Reaktionen, die er voraussah, also lief es eben zwangsläufig auf gar keine Freundschaften hinaus. Außer zu Ian. Der war der Einzige, der wusste, wie es um Michael stand, was er tat, und dass das niemand wissen sollte.

Später am Abend gingen sie durch den Park und über das Gelände der Biennale. Sie versuchten, sich an *Seems so long ago, Nancy* zu erinnern, aber sie scheiterten am letzten Vers, und die Zeile: *We told her she was beautiful, we told her she was free, but none of us would meet her in the house of mystery* tauchte ein zweites Mal auf und ließ sich nicht mehr verdrängen. Erst zu Hause mit dem neuen iPod konnten sie die Gedächtnislücke füllen, und sie sangen erleichtert die richtige Zeile: *In the hollow of the night, when you are cold and numb, you hear her talking freely then, she's happy that you come.*

~

»Du siehst aus wie Jeanne Moreau«, sagte Bernd zu Thomas, der am Herd stand und die Steaks briet, die Zigarre in der einen Hand, eine Gabel in der anderen, während Michael das Gemüse auf einer Platte anrichtete, salzte, mit Öl und Essig beträufelte und dann eine Sauce für die Kartoffeln anrührte.

»Das klingt nicht ganz zwingend nach Kompliment, oder?«, sagte Thomas. »Yves Montand oder Jean Gabin oder Lino Ventura wären mir lieber.«

»Die stehen nicht am Herd.«

»Aber Moreau raucht keine Montechristo.«

»Riechen tut's schon mal gut«, sagte Wagner und blähte die Nüstern.

»Okay, fertig.« Thomas legte seine Zigarre in den Aschenbecher und nahm die Pfanne vom Herd. »Jeder eins und ich zwei.« Er praktizierte die Steaks auf drei Teller – natürlich nahm er sich kein zweites, sondern ließ das überzählige in der Pfanne, die er auf den Herd zurückstellte.

Michael stellte die Platten mit Kartoffeln und Gemüse zu der riesigen Salatschüssel auf den Tisch und holte noch Salz, Öl und Essig von der Küchentheke, dann schenkte er Wein ein – diesmal war es ein Amarone –, alle setzten sich, bedienten sich, schütteten mehr oder weniger geübt Öl und Essig über den Salat auf ihren Tellern und begannen unter gemurmelten oder auch nur gegrunzten Beifallslauten zu essen.

»Bist ein guter Koch«, brummte Wagner und strich sich eine Strähne seines langen Haars hinters Ohr.

Michael machte eine Gebärde, die auf ihn und Thomas deutete, er wedelte mit Daumen und Zeigefinger zwischen ihnen beiden hin und her, und Wagner korrigierte: »Ihr seid ein guter Koch.«

»Was zeigst du uns morgen?«, fragte Thomas nach einer Weile, in der sie schweigend und mit Genuss gegessen hatten.

»Eine kleine Kirche, Santa Maria dei Miracoli, die vollständig mit Marmorplatten verkleidet ist. Innen und außen. Sie ist so pur und so klar, dass man an japanisches Design denken könnte, und eine ähnlich große und beeindruckende wie Giovanni e Paolo, auch voller Dogengräber und auch mit einem herausragenden Bellini-Bild, Santa Maria Gloriosa dei Frari. Dann könnten wir, wenn ihr Lust habt, mal die ganze Insel mit dem Boot umrunden oder den Canal Grande abfahren oder …«

Wagner unterbrach ihn: »Mir wär zu Fuß gehen lieber.«

»Geht auch«, sagte Michael und überlegte sich, ob Wagner den Preis fürs Vaporetto sparen wollte oder vorhatte, wieder hinterherzutrödeln wie ein gelangweilter Teenager.

»Das *ist* aber auch ein Tröpfchen«, sagte Thomas und hielt fordernd sein leeres Glas in die Höhe.

»Falls ihr Lust auf Malerei habt, sind in der Accademia und in Ca Pesaro phantastische Sammlungen«, sagte Michael, »aber das könnten wir auch später machen, falls ihr einfach nur spazieren gehen wollt. Schön ist es überall. Sattsehen geht sowieso nicht.«

»Palladio?«, fragte Bernd.

»Il Redentore und Barbarano auf Giudecca und San Giorgio Maggiore auf der Insel daneben«, sagte Michael, »ein Katzensprung von hier. Und es gibt noch eine, die nach seinen Plänen, aber nicht von ihm selbst gebaut wurde.«

»Das Ghetto«, sagte Wagner.

»Ist auch interessant. Sehr übersichtlich allerdings, eigentlich nur ein Platz mit umliegenden Häusern, aber es gibt ein Museum mit religiösen Kultgegenständen.«

»Bernd müsste sich eigentlich für Casanova interessieren, oder?«, fragte Thomas.

»Wieso denn das?«, fragte Bernd zurück.

»Na, wenn der nicht dein Vorbild ist, wer dann?«

»Ein Mann wie ich hat allenfalls Nachahmer, aber doch keine Vorbilder.«

»Klar. Casanova und Don Juan haben dich im Voraus nachgeahmt.«

»So etwa. Du kapierst schnell.« Bernd grinste und lehnte sich zurück.

»Alles«, sagte Thomas und sah Michael dabei an. »Zeig uns einfach alles.«

»Wie lang könnt ihr bleiben?«

»Ich sollte am Donnerstag zurück«, sagte Bernd.

»Ich auch«, schloss sich Wagner an.

»Bei mir ist es egal«, sagte Thomas, »ich hau ab, wenn du genug hast.«

»Doch nicht etwa jetzt schon?«, witzelte Bernd.

»Keineswegs«, sagte Michael, ohne auf den lockeren Ton einzugehen, »ich freu mich, dass ihr da seid.«

»Auf die Musik«, sagte Wagner und hob sein Glas.

»Und Emmi«, sagte Michael.

»Und alle schönen Frauen«, sagte Bernd.

»Zum Beispiel Jeanne Moreau«, sagte Thomas.

»Lina Venturo vielleicht auch noch?«, fragte Bernd und hielt ebenfalls sein, allerdings leeres, Glas in die Höhe.

»Die würdest du eher nicht anbaggern«, gab Thomas zurück.

~

Bis auf drei Blättchen vom Salat blieb nichts übrig. Das vierte Steak hatten sich Thomas und Bernd geteilt, und die vorsorglich schon vor einer Stunde geöffnete zweite Flasche Amarone war auch schon im Spiel, als Bernd, nachdem der Tisch abgeräumt und das Geschirr in der Spülmaschine verschwunden war, ein Päckchen mit Karten aus der Tasche zog und auf den Tisch knallte.

»Sollen wir?«, fragte er in die Runde und erntete Nicken, Stöhnen und die rhetorische Gegenfrage von Thomas: »Könnte man seine Zeit besser totschlagen?«

»Aber nicht um Geld«, warf Wagner ein.

»Und wer verbissen spielt, setzt aus«, sagte Michael, »ich geb als Erster.«

Eine Zeit lang spielten sie nahezu schweigend und freuten sich, dass sie offenbar nichts verlernt hatten, denn die alte Rollenverteilung stellte sich schnell wieder ein, und sie spielten, wie sie immer miteinander gespielt hatten: Bernd überlegt und souverän, Thomas riskant und launenhaft, Wagner vorsichtig und Michael leichtfertig.

Dass sie das Spiel auch früher so lange nicht leid geworden waren, lag nicht nur am Zufall, dem Glück oder Pech, das man eben mit dem aufgenommenen Blatt hatte, sondern auch an dieser immer wieder neu zusammengestellten Kombination von Charakteren. Wenn die beiden Einschätzbaren Bernd und Wagner zusammenspielten, ergab sich eine ganz andere Taktik, als wenn eines der Irrlichter, Michael oder Thomas, mit einem der Einschätzbaren zusammenging.

Als Michael wieder mit Geben dran war und eine neue Flasche Wein aufmachte, diesmal einen Primitivo, fragte Wagner: »Bernd, kann ich dich mal was echt Persönliches fragen?«

»Ungern, aber frag mal«, sagte Bernd und starrte stirnrunzelnd auf sein nicht sehr vielversprechendes Blatt, »ich kann ja dann immer noch blocken.«

»Warum bist du so wild hinter den Röcken her, trotz Frau und Kindern, meine ich, was ist, wenn du mal auffliegst?«

Bernd hatte das Spiel übernommen und legte die erste Karte, ein Kreuz Ass. »Das passiert nicht«, sagte er, »ich flieg nicht auf.«

»Einmal doch«, sagte Thomas, »ich bin auf die Art mein Haus und meine Familie losgeworden.«

»Erzähl«, sagte Michael, denn er wusste, dass Thomas nicht aus Versehen ins Gespräch gestolpert war, sondern die Gelegenheit beim Schopf packte, weil es ihn drängte, die Geschichte loszuwerden.

»Es ist so simpel wie peinlich wie zum Kotzen«, sagte Thomas, »ich hab mich bei einer Hausbesichtigung mit einer Frau eingelassen, die sich später bei ihren Freundinnen drüber ausgelassen hat. Und eine dieser Freundinnen war meine Frau. So schnell geht das.«

Das Spiel ging weiter. Aber keiner sagte etwas. Sie ließen Thomas in Ruhe überlegen, ob er mehr erzählen wollte oder nicht. Irgendwann wollte er: »Und was dann kam, war genauso simpel und peinlich und zum Kotzen. Scheidung, Haus weg, verrückt hoher Unterhalt, Besuchsverbot bei meiner Tochter, die mich dann bald nicht mehr mochte, nachdem ihre Mutter ihr Gift und Galle eingeredet hatte …«

Er brach den Satz einfach ab, trank sein Glas in einem Zug leer, schenkte nach, ohne zu warten, bis Michael nach der Flasche greifen und es für ihn tun konnte, trank dann das Glas wieder leer und sprach weiter: »Wenn ich noch was hätte, würde ich es darauf verwetten, dass meine Frau nicht mal verletzt war. Sie hat zwar die Eifersüchtige und Betrogene und Gedemütigte gespielt, sehr tränenreich und therapiegestützt, die Richterin hatte ganz feuchte Augen, wenn Kerstin loslegte, aber in Wirklichkeit hat sie nur auf die Gelegenheit gewartet, mich loszuwerden und den Schnitt ihres Lebens zu machen.«

»Das könnte aber auch eine Ausrede sein«, sagte Michael, »dann müsstest du dir nicht die Schuld daran geben.«

»Das könnte es sein, ist es aber nicht.« Thomas warf seine letzte Karte ins Spiel, nahm den Stich an sich und begann zu zählen. »Sie hatte schon vorher diesen Wechseljahrefeminismus für sich entdeckt. An mir war auf einmal nichts mehr erträglich, mein Anblick nicht, mein Beruf nicht, mein Musikgeschmack, das Rauchen, das Trinken, was ich sagte, wenn ich mal was sagte, alles war falsch und wurde kritisiert und korrigiert und als mies hingestellt. Die fand mich auf einmal scheiße, ganz einfach. Und ich vermute, sie fand mich nicht neuerdings scheiße, sondern hat es nur endlich zugegeben, und das konnte sie, weil ich das Leben, das sie wollte, für sie aufgebaut hatte, jetzt war ich überflüssig. Jetzt musste sie nicht mehr so tun, als würde sie mich lieben.«

»Wann war das?«, fragte Bernd, der mit Geben an der Reihe war und die Karten zu mischen begann.

»Vor sieben Jahren«, sagte Thomas, »meine Tochter war sechzehn.«

»Dann hätte deine Frau aber eher frühe Wechseljahre gehabt.«

»Die seelischen gehen den körperlichen voraus«, sagte Thomas, »oder sie war früh dran. Ich bin mir jedenfalls sicher, dass es dieser Torschlusseffekt war, der sie auf einmal so ehrlich gemacht hat.«

Jetzt mischte sich Wagner ein: »Und deine Tochter? Habt ihr Kontakt?«

»Nein.«

»Hast du eine Freundin? Oder eine neue Frau?«

»Nein, ich seh nur noch Frauen, die einen Versorger suchen, den sie dann ausnehmen können, wenn's passt. Michaels schöne Nachbarin hier war die Erste seit Jahren, die mir überhaupt sympathisch war.«

»Aber du weißt schon, dass das nicht stimmt, oder?«, fragte Wagner. »Ich meine, dass alle Frauen nur nach einem Goldesel suchen. Ich bin keiner.«

»Du bist Beamter«, sagte Thomas, »und was macht Corinna?«

»Adrian ist jetzt kurz vor dem Abitur, wenn er damit fertig ist, will sie sich um eine ganze Stelle bewerben bei der Bundestagsabgeordneten, für die sie seit ein paar Jahren das Wahlkreisbüro schmeißt. Sie schuftet wie blöd.«

Thomas schwieg. Er hatte gehört, was er vermutet hatte: Wagner schaffte das Geld an, Corinna stellte ihre halbe Stelle als Schufterei hin.

Michael mischte sich ein: »Hört mal, es kommt immer Unsinn dabei raus, wenn man zu viele Einzelwesen in einen Topf wirft. Alle Frauen, alle Chinesen, alle Politiker – das ist was für dümmere Leute als uns.«

»Bin ich dann wohl.«

»Bist du natürlich nicht.«

»Lass ihn doch«, sagte Bernd, »wenn er dumm sein will. Das ist auch Privatsache.«

»Danke«, sagte Thomas.

»Bernd gibt«, sagte Michael.

Sie spielten weiter. Jeder hing währenddessen seinen eigenen Gedanken nach und versuchte, mit der Überraschung fertigzuwerden, dass es auf einmal so persönlich zwischen ihnen zuging. Das hatten sie weder gelernt noch jemals gewollt. Seelenkummer und Liebeswirren waren nie ein Thema zwischen ihnen gewesen. Das war neu. Und sie wussten nicht, ob sie es in Ordnung finden oder als Ausrutscher überspielen sollten.

~

THOMAS war nicht beleidigt. Er nahm die Zurechtweisung als kameradschaftlichen Boxhieb und war froh, wenigstens einen Teil des Mülls in seinem Innern losgeworden zu sein. Dass da noch mehr lagerte, war ein Thema für sich – all das auszubreiten hatte er keine Lust, er wollte nicht im Mittelpunkt stehen. Nicht jetzt. Und schon gar nicht als armes Opfer.

Bis vor zwei Tagen war ihm nicht bewusst gewesen, dass ihm die anderen gefehlt hatten. Dass mit ihnen eine bestimmte (sehr wohltuende) Form von Akzeptanz und

Respekt aus seinem Leben verschwunden gewesen war. Erst jetzt, da das alte Gefrotzel, die beiläufigen herzlichen Beleidigungen und nur scheinbar herzlosen Witze wieder zwischen ihnen hin und her flogen, merkte er, wie angespannt und beflissen er bis dahin sein Leben verbracht hatte. Zum ersten Mal seit sehr vielen Jahren fühlte er sich nicht allein.

Dabei mochte er allenfalls Michael. Bernd war ein Flachkopf, der zwar anscheinend denken konnte, es aber gern auch bleiben ließ, weil er es nicht zu seinem Glück brauchte, Wagner war ein verbohrter Papiertiger, dessen Hirn vermutlich mit Tausenden angelesener Sprüche und Werturteile tapeziert war, ein Schaf, das sich für den Wolf hielt, der es früher mal gewesen war, ein Trottel, der sich von seiner Frau verarschen ließ, ein Schwätzer – und trotzdem war es wie endlich ausatmen dürfen, mit diesen drei alternden Jungs zusammen die Zeit verstreichen zu lassen. Es war eine Erholung.

Er war stolz auf die Formulierung »Wechseljahrefeminismus«, die ihm vorher einfach zugeflogen war. Das traf es genau. Vielleicht war die ganze neuere Frauenpolitik, dieses dauernde Gerede von Quoten und Gleichstellung und gläsernen Decken nichts anderes als der Versuch erschrockener Frauen um die vierzig, sich vom Alter nicht entwerten zu lassen.

Er hätte seine Frau nicht entwertet. Er wäre gern mit ihr zusammen alt geworden, hätte gern mit ihr gemeinsam den Spott ihrer Tochter abperlen lassen, weil sie die Ruhe geliebt und Überraschungen nicht mehr per se willkommen geheißen hätten, weil sie schweigen konnten oder sich mit Kürzeln verständigten, weil sie zufrieden gewesen wären mit dem Erreichten. Aber sie war nicht zufrieden gewesen. Sie hatte ihn abgeschafft.

Und erst danach war ihm aufgegangen, dass er den

Wunsch für die Wirklichkeit gehalten hatte. Das gemeinsame Schweigen war nicht Einverständnis, sondern Leere, das, was er für Toleranz gehalten hatte, nur Desinteresse gewesen, und ihre entspannte Haltung gegenüber Geld und Besitz hatte sich schlagartig gewandelt, als es darum ging, ihm alles abzunehmen.

Michael mochte recht haben mit der Aussage, dass Pauschalisierungen dumm sind, aber er lag daneben mit der Annahme, es sei eine Ausrede von Thomas, dass seine Frau nur auf die passende Gelegenheit gewartet hatte. Ihre Affären (es waren drei während der Ehe) hatten nicht zu größeren Verwerfungen geführt. Nach ihren reumütigen Geständnissen hatte Thomas ritterlich seine Demütigung geschluckt und ihr verziehen. Als sie dann mit dem Verzeihen dran gewesen wäre, lag einen Tag später der Anwaltsbrief auf dem Küchentisch, und sie war für zwei Wochen auf Teneriffa.

~

WAGNER musste aufpassen, dass er nicht zu viel trank. Da er nicht mehr rauchte, gab es nichts, worin er seine Nervosität kanalisieren konnte, außer dem Glas, das er in den letzten Minuten schon dreimal zum Mund geführt hatte. Aus Thomas' Geschichte floss eine Art Gift in Wagners Adern, dessen Ausbreitung und Ätzen er körperlich zu spüren glaubte. Außer der Untreue und der Scheidung war das dieselbe Geschichte.

Wagner würde Corinna nie betrügen – es gab einfach keine Frau, die es mit ihr aufnehmen konnte –, umso mehr ängstigte ihn aber das Verschwinden ihrer Zuneigung. Wenn das nicht nur eine Phase war, sondern, wie bei Thomas, der Anfang vom Ende ihrer Ehe?

Dass Corinna ihn ausnutzte, war allerdings ausgeschlossen. Sie war ehrlich. Ehrlicher, als ihm manchmal gutgetan hatte. Und sie war eine starke und selbstständige Frau, die weder einen Versorger noch einen Beschützer brauchte – sie waren von Anfang an gleichberechtigte Partner gewesen.

Aber dieser Satz von Thomas, »auf einmal war nichts mehr an mir erträglich …«, wollte nicht verklingen. Er dröhnte und warf Echos in die hintersten Winkel von Wagners Erinnerungen. Er hatte Angst.

Und er war wütend auf Thomas, der ihm diese Angst eingepflanzt hatte mit seinem Gerede, alle Frauen seien irgendwie gleich und ihre Kritik an den Männern nichts, was man ernst nehmen, mit dem man sich auseinandersetzen und deshalb sein Verhalten ändern musste, sondern eine Art Reflex, der eben in einem gewissen Alter auftaucht und alles Bisherige für ungültig erklärt. Das war das frustrierte Gerede eines traumatisierten Scheidungsopfers, weiter nichts.

Dennoch hörte das Gift nicht auf zu wirken. Auf einmal schien es Wagner möglich, dass er sich alles Verbindende, alles, was noch gut war zwischen ihm und Corinna, nur einbildete, dass längst nichts mehr gut war und er das nur nicht sehen wollte. Am liebsten hätte er sie sofort angerufen, aber jetzt, nach elf Uhr, ging das nicht mehr. Sie wäre garantiert sauer, wenn er sie so spät noch störte.

~

BERND wusste nicht, was er von Thomas' Kummerarie halten sollte. Wurde das hier jetzt zu einem Kaffeeklatsch? Jammernde Männer waren das Letzte. So genau wollte man das doch nicht wissen. Hat nicht geklappt, bin geschieden, und fertig. Das hätte doch gereicht.

Und Wagners Frage war eine Zumutung. Was ging es den an, wie Bernd sein Liebesleben einrichtete? Wollte der den Pfarrer spielen und Moralstunden geben, oder was? Wenigstens hatte Thomas ihn da gleich rausgehauen mit seiner Leidensgeschichte – das war das Gute an dem Mädchentratsch. Trotzdem: So was war keine Abendunterhaltung, und es war einer lässigen Männerrunde nicht würdig, einander die schiefgegangenen Lebensentwürfe aufzudrängen.

Bernd musste aufpassen, dass er nicht sauer wurde. Je mehr er darüber nachdachte, desto blöder fand er dieses Gerede. Zum Glück schien Michael nicht geneigt, jetzt seinerseits das Eingemachte auszupacken. Also Schwamm drüber und weiterspielen. Bevor Wagner auf die Idee kam, seine Frage noch mal zu stellen.

~

MICHAEL sah für einen Moment wie von oben, von der Zimmerdecke aus, auf die vier Männer beim Kartenspielen und hatte eine Art Eingebung: Wir sind Versager in der Liebe. Oder Pechvögel. Von Wagner wusste er zwar nicht, wie gut dessen Ehe mit Corinna lief, aber allein die Tatsache, dass sie ihn gleich nach der Hochzeit betrogen hatte, ergab kein allzu romantisches Bild. Bernd vermied die Liebe, zwar auf eine etwas andere Art, als Michael dies ebenfalls tat, aber die Spaltung in treu sorgender Vater und Ehemann einerseits und Casanova andererseits war nicht nur ein Absturzprogramm – das konnte nicht gut gehen –, es war auch die Weigerung, sich einer Person wirklich anzubieten.

Und Thomas, derjenige unter ihnen, der sich schon immer hatte binden wollen, war schlicht an die Falsche und dadurch aus dem Gleis geraten. Natürlich wusste man nicht, wie er sich in der Ehe benommen hatte – vielleicht war er auch einfach eine Zumutung für seine Frau gewesen und hatte ihre Geduld irgendwann überdehnt –, allein aus seiner Sicht der Dinge würde man das nicht erfahren.

Bernd, dessen Gesichtsausdruck sich beim Anblick der eben aufgenommenen Karten aufhellte, begann leise vor sich hin zu singen: *The trouble is all inside your head, she said to me, the answer is easy if you take it logically …* Wagner fiel ein, und sie sangen zusammen weiter: *I'd like to help you in your struggle to be free, there must be fifty ways to leave your lover.*

Nach dem Reizen ging das Spiel an Bernd, der einen Grand ansagte, mit einem Herz-König herauskam und ein Stöhnen damit auslöste, denn es war klar, dass er eine Flöte und vermutlich alle Buben haben würde. Das Spiel ging dann auch langweilig durch – alle Stiche an Bernd –, er sammelte die Karten ein und lächelte wie ein Buddha.

»Ich hab da mal eine Frage«, sagte er, »was ist der Unterschied zwischen Vögeln und Bumsen?«

»Nicht vorhanden«, schlug Michael vor.

»Marginal«, bot Wagner an.

»Nein, es gibt ihn natürlich«, sagte Bernd.

»Und du bist der Fachmann und willst ihn uns erklären?«, fragte Michael.

Thomas streckte sich. »Das ist keine Frage, sondern der Anfang von einem Witz.«

»Ich korrigier dich ungern«, sagte Bernd, »aber du hast nur zum Teil recht: Es ist der Anfang von einem Witz in Gestalt einer Frage.«

»Da hast du nun auch nur zum Teil recht.«

»Wieso denn das?«

»Du korrigierst mich nicht ungern, sondern gern.«

»Quatsch, das tut mir doch im Innersten weh. Meinem Idol zu widersprechen. Da stürzt mir eine Welt zusammen.«

»Dann ist ja gut, dass wir das geklärt haben«, sagte Thomas.

»Arsch«, sagte Bernd.

»Jetzt sag schon«, bat Michael.

»Bumsen können nicht fliegen.«

Sie lachten. Aber die Pointe war so verspätet gekommen, dass der Witz das Gealbere nicht mehr schlagen konnte: »Ein scharfer Verstand manifestiert sich da«, sagte Thomas.

»Damit kann man Joghurt schneiden«, sagte Wagner.

»Das klingt gehässig«, fand Michael.

Das Intermezzo hatte sie aus dem Rhythmus gebracht, und sie saßen da, als wüssten sie für einen Augenblick nicht, wo sie waren, was sie taten, weshalb sie sich an diesen Tisch gesetzt hatten

»Du gibst«, sagte Michael schließlich zu Wagner und schob ihm den Stapel Karten hin.

»Ich habe Corinna jedenfalls nie betrogen«, sagte Wagner so unvermittelt wie unpassend und nahm die Karten an sich, um sie zu mischen.

Es entstand eine betretene Pause. Nicht nur, weil man nicht verstand, was Wagner zu diesem völlig ohne Zusammenhang heraustrompeteten Geständnis brachte, sondern auch, weil Michael und Thomas an Corinna dachten, die sich ihnen vor Jahren an den Hals geworfen hatte.

»Wieso sagst du das jetzt?«, fragte Bernd nach einer Weile. »Willst du hier der Heiligste sein?«

»Nur so«, sagte Wagner, »nein, eigentlich nicht nur so. Eigentlich wollte ich mal ein paar verlegene Gesichter sehen.«

»Was?«, fragte Bernd.

»Wieso verlegen?«, fragte Thomas.

»Erklärst du das?«, fragte Michael, von einer unguten Ahnung angeweht, die sich gleich bewahrheiten sollte.

»Du warst mit ihr im Bett.«

Wagner sah zufrieden aus, als er die Karten verteilte, und er schien es nicht eilig zu haben, wartete geduldig und, wie Michael zu sehen glaubte, genussvoll auf seine Reaktion.

Die gönnte er ihm aber erst mal nicht. Fast das ganze nächste Spiel ging über die Bühne, ohne dass jemand sich zu Wagners Bemerkung äußerte, und je länger sie auf Michaels Reaktion warteten, desto schwieriger wurde es für jeden von ihnen, der Erste zu sein, der etwas sagte.

Michael ging einiges durch den Kopf, während sie so laut und deutlich und unbehaglich schwiegen: Wagner schien nichts von Thomas zu wissen, das war ein kleiner Trost. Ein einzelner Freund, der ihn betrogen hatte, wog vielleicht nicht so schwer, das konnte Wagner noch als eine Art Unfall verbuchen. Aber wieso wusste er davon? Redete Corinna im Schlaf? Oder hatte sie einer illoyalen Freundin davon erzählt?

Nach einer Weile, in der sie spielten, als lärmte ihr Schweigen nicht wie ein startender Airbus, sich am Kinn kratzten, mit nachdenklichem Knurren eine Wendung des Spiels kommentierten und mit ironischem Stöhnen einen vermeintlich sicheren Stich verloren, kam Michael das Komische an der Situation zu Bewusstsein, und bevor er so weit gewesen wäre, einfach loszulachen, sagte er: »Ich wusste nicht, dass ihr verheiratet wart. Ich wusste nicht mal, dass ihr zusammen wart. Als ich es wusste, war Schluss.«

»Weiß ich«, sagte Wagner. Seine Stimme klang fast gönnerhaft herablassend.

»Dann kannst du aber eigentlich nicht sauer sein«, gab Thomas zu bedenken, und Michael wusste, wie erleichtert er war, so unverhofft der Gefahr entronnen zu sein.

»Das entscheidest nicht du, wann ich sauer bin und wann nicht«, sagte Wagner, und man hörte seiner Stimme nicht an, ob sie aggressiv klang oder bedrückt.

»Du auch nicht, oder?«, sagte Thomas. »Sauer ist man nicht mit Absicht. Da gibt's nichts zu entscheiden.«

Jetzt klang Wagner aber eindeutig aggressiv: »Den Coach brauchst du hier jedenfalls nicht zu geben, das steht dir nicht zu.«

»Ach, und was steht mir zu?«, fragte Thomas verärgert. »Dich zu bedauern, Michael zu verdammen oder Corinna zu kritisieren?«

»Dich zu schämen«, sagte Wagner, »weiter nichts.«

Michael spürte wieder diesen Lachreiz. Jetzt, da das Unwetter über ihn hinweggezogen war, sah er Thomas, der sich schon in Sicherheit gewähnt hatte, wie einen begossenen Pudel dasitzen und nicht weiter wissen. Wagner dosierte seine Anklagen. Er machte Solonummern draus. Jeder sollte einzeln drankommen und sich einzeln schlecht fühlen. Der genoss das tatsächlich. Es war eine Art Showdown für ihn. Michael lachte nicht. Das Ganze war komisch, aber es war auch bitter und peinlich.

»Verstehe«, sagte Thomas jetzt, und seine Stimme klang resigniert. Es wäre zu schön gewesen davonzukommen, sollte aber wohl einfach nicht sein.

Die Karten hielt inzwischen niemand mehr in der Hand, die wenigen, die noch nicht ausgespielt waren, lagen umgekehrt vor ihnen auf dem Tisch. Wagner schenkte ihnen allen Wein nach, als wolle er damit das Ende der Inquisition demonstrieren, und sagte: »Ich weiß, dass du es auch nicht wusstest.«

Thomas nahm sein Blatt auf und wollte schon ausspielen, da sagte Bernd: »Ist dann damit die Anklageerhebung abgeschlossen?«

»Würde dir so passen«, sagte Wagner, und jetzt hörte man ohne jeden Zweifel, dass er seine Inszenierung genüsslich in die Länge zog und vermutlich innerlich schon etliche Male durchgespielt hatte. »Der letzte Punkt fehlt noch.«

Bernd fiel in sich zusammen. Michael spürte außer dem erneuten (und jetzt viel stärkeren) Lachreiz nun auch noch so etwas wie Respekt für Wagners Timing und psychologische Raffinesse. An dem war ein Drehbuchautor verloren gegangen.

»Schuldig«, sagte Bernd und vermied es, von seinen Karten aufzublicken.

»Man könnte bei dir ja auch auf verminderte Zurechnungsfähigkeit plädieren«, fand Wagner, und es klang wieder gnädig. Allerdings war in die Gnade auch ein Gutteil Hochmut gemischt. »Von dir weiß jeder, dass du alles fickst, was Puls hat, vielleicht kannst du nichts dafür.«

»Woher weißt du das eigentlich?«, fragte jetzt Thomas, der sich von dem Schrecken erholt zu haben schien und kaum noch Anzeichen von Zerknirschung an den Tag legte.

»Von Corinna.«

Sie spielten schweigend zu Ende, und erst als Bernd das Spiel notierte, fragte er: »Wieso sagt die dir das?«

»Das war in einem Moment, als sie mir mal so richtig wehtun wollte«, sagte Wagner, und jetzt klang er nicht mehr zufrieden oder herablassend – man hörte seiner Stimme an, dass Corinna damit Erfolg gehabt hatte.

»Tut mir echt leid«, sagte Thomas.

»Ihr könnt ja gar nichts dafür. Am Anfang hab ich euch gehasst – ich glaube, das war so was wie der Nebenplan von Corinna, sie wollte, dass ich euch nicht so in den Himmel hebe, dann habe ich aber kapiert, dass sie diejenige war, die es gewollt und getan hat. Euch hat sie nur dazu benutzt. Wozu auch immer. Verstanden hab ich's nie. Ihr Gerede von dem Abschluss einer Lebensphase klang für mich völlig absurd.«

»Mir tut's übrigens auch leid«, sagte Bernd.

»Ist sowieso verjährt«, sagte Wagner und streckte sich. »Ich bin dafür, dass wir die Runde noch fertig spielen und ich dann eine Runde laufe, okay?«

»Wenn du mir in der nächsten dunklen Gasse keine in die Fresse haust, lauf ich mit«, sagte Bernd.

»Wir nehmen die gut beleuchtete Strecke zum Zoll und wieder zurück«, sagte Wagner.

»Ist das jetzt eine Garantie?«

»Wart's ab«, sagte Wagner.

~

Als die beiden losgelaufen waren und Michael die Küche aufgeräumt und den Tisch sauber gewischt hatte, bekam er Lust auf einen Spaziergang. Thomas war als Begleiter allerdings nicht mehr zu gebrauchen, er stierte schon seit einigen Minuten vor sich hin und griff immer wieder mechanisch nach dem Weinglas. Kurz vor Gemüse, würde Ian seinen Zustand nennen.

»Ich guck noch mal nach E-Mails und geh dann schlafen«, sagte Michael und ließ Thomas einfach sitzen. Er würde sich schon versorgen, wenn er weiteren Stoff brauchte. Hoffentlich nicht mit Barolo.

Bernd hatte die Tastatur ein wenig verschoben, sie lag anders, leicht schief, das sah Michael sofort und begriff, dass außer ihm, Signora Fenelli und einem Servicetechniker noch niemand dieses Zimmer betreten hatte. Und außer ihm und dem Servicetechniker hatte niemand diesen Computer benutzt.

Eine Mail von Ian war da. Er schrieb, dass Erin und die Band sehr glücklich seien mit den neuen Songs und dass er selbst ab morgen Abend auch sehr glücklich sein werde, weil er für eine ganze Woche abhauen könne in sein Cottage bei Ballybunion, das Michael noch nicht kenne, aber unbedingt bald mal ansehen kommen müsse.

Ein Cottage. Das klang schon wieder nach Veränderung. Ian hatte sich in all den Jahren außer einem Porsche, den er mit fast zärtlicher Begeisterung fuhr, und den Antiquitäten, nach denen er so leidenschaftlich suchte, so gut wie nichts geleistet. Er wohnte in derselben Wohnung, die er ganz am Anfang ihrer Zusammenarbeit mit der Büroetage angemietet und zuerst bescheiden, dann immer besser eingerichtet hatte, er kleidete sich gut, aber nicht exquisit, brauchte keine Rolex oder Patek Philippe, keine handgenähten Schuhe – er ließ all das ihm stetig aufs Konto fließende Geld einfach liegen und genoss es, nichts mehr tun zu müssen. Ab jetzt ist alles freiwillig, hatte er gesagt, als die erste siebenstellige Zahl auf seinem Kontoauszug zu sehen gewesen war.

Cherchez la femme, dachte Michael, ich bin gespannt, wann ich Ians neuen Lebensinhalt endlich mal kennenlernen darf.

Bei Serafina brannte kein Licht mehr, und als Michael im Studio Computer und Peripherie ausgeschaltet hatte, lag alles wieder auf die richtige Art am richtigen Platz.

Irgendwann hörte er noch Wagner und Bernd nach Hause kommen und noch etwas später, im Halbschlaf oder schon im Traum, wie Thomas schweren Schritts nach unten torkelte, um vermutlich mit den Kleidern ins Bett zu fallen.

~

»Der frühe Vogel«, sagte Michael, als er Wagner am gedeckten Frühstückstisch sitzen sah, eine Süddeutsche Zeitung vom Vortag vor der Nase und einen Espresso in Reichweite.

»Fängt den Wurm«, sagte Wagner, ohne aufzuschauen, »ich hab frische Brötchen und neuen Kaffee gebracht. Ich hoffe, der ist recht.«

»Hab ich schon gesagt, dass du öfter kommen darfst?«

»Ich glaube ja.«

Wagner schien doch nicht der Geizhals zu sein, für den Michael ihn gehalten hatte, denn er hatte den teuren Illy gekauft und nicht eine der billigeren Marken.

»Was sagen die Leute hier eigentlich zu Berlusconi?«, fragte Wagner, immer noch ohne den Blick von der Zeitung zu wenden.

»Das weiß ich nicht«, sagte Michael.

»Redest du nicht mit den Eingeborenen?«

»Doch, aber ich frage sie nicht, ob sie ihren Regierungschef so peinlich finden wie ich.«

»Wieso nicht?«

»Das ist unhöflich. Ich bin nicht unhöflich.«

Wagner schüttelte den Kopf, fragte aber nicht weiter. Michael machte sich einen Cappuccino und für Wagner gleich einen mit.

Unterdessen hatte sich auch Bernd eingefunden, den Sport- und Wirtschaftsteil von Wagners Zeitung verlangt und erhalten und saß nun ebenso anwesend-abwesend am Tisch, ließ sich Cappuccino servieren und den Blick über die Brötchen, die Marmeladen, Käse, Schinken, Salami schweifen. »Ein Ei wäre nicht schlecht«, sagte er.

»Gebraten, gekocht, im Glas, im Becher, pochiert?«

»Gekocht. Im Becher.«

Michael setzte Wasser auf und nahm die Schachtel mit den Eiern aus dem Kühlschrank. Als das Wasser kochte, kam auch Thomas herein, schaute Wagner über die Schulter, wollte aber nichts von der Zeitung abhaben. »Ein paar Tage ohne den Scheiß tun mal ganz gut«, sagte er, »klüger werd ich sowieso nicht davon.«

»Du vielleicht nicht«, sagte Wagner spitz, aber Thomas ließ sich nicht auf ein Geplänkel ein, sondern setzte sich und griff nach dem Cappuccino, den Michael ihm ungefragt servierte.

»Jeder ein Ei?«, fragte Michael.

»Haben oder wollen?«, kam es hinter dem Sportteil hervor.

»Was?«

»Haben tun wir hoffentlich alle zwei«, erklärte sich Bernd jetzt genauer, »wollen tu zum Beispiel ich nur eines.«

»Bernd, das ist ein übler Quälwitz«, sagte Michael und ließ, da niemand sonst sich zu einer Bestellung oder Konkretisierung seiner Wünsche durchrang, vier Eier ins kochende Wasser gleiten.

»Ich dachte, wär lustig«, sagte Bernd, »dann halt nicht.«

Das Frühstück verlief in dem typischen, scheinbar mürrischen, in Wirklichkeit aber einfach nur gelassenen Schweigen, mit dem sich Männer auf der ganzen Welt in den Tag hineintasten. Wenn sie unter sich sind und nicht eloquent sein müssen.

Michael gefiel dieses Schweigen. Es war vertraut. So waren ihre Frühstücke auch früher verlaufen, wenn sie auswärts gastiert und im Hotel übernachtet hatten oder in Wohnungen, deren Besitzer schon zur Arbeit gegangen waren.

Irgendwann griff Bernd nach dem kleinen Sattelschlepper auf dem Küchenfensterbrett hinter sich und fuhr ein bisschen damit auf und ab.

»Finger weg«, sagte Thomas, ohne hinzusehen, »das ist meiner.«

»Eher Michaels inzwischen, oder?« Bernd ließ das Spielzeugauto los und griff sich die Mandoline, die daneben lehnte.

»Unserer«, sagte Michael und merkte, dass er gerührt war. Thomas hatte den kleinen Laster registriert. Das einzige Relikt, eigentlich sogar eine Reliquie ihrer Freundschaft als Kinder.

Bernd klimperte, nachdem er das Instrument gestimmt hatte, zuerst wahllos darauf herum, dann fand er eine Figur, die ihm gefiel, und es schien, als wolle er sie so lange abnudeln, bis er endlich Proteste hören würde, aber dann wechselte er zu der Banjobegleitung von *Girls, Girls, Girls*, und sie sangen den Song, soweit sie sich an den Text erinnerten – doch schon im zweiten Vers war Schluss, und sie mussten schulterzuckend aufgeben. Bernd stellte die Mandoline zufrieden lächelnd wieder aufs Fensterbrett zurück.

Von unten ertönte ein Pfiff, und Michael sah hinaus – da stand Serafina und applaudierte. »C'était très bien«, rief sie, »bitte mehr davon.«

»Komm rauf, und trink einen Kaffee mit uns«, rief Michael und ging zur Sprechanlage, um sie hereinzulassen.

Sie sangen *Yes it is*, während Michael ihr einen Espresso machte – das Murren der Maschine störte sie nicht.

»Ihr seid ja richtig gut«, sagte Serafina, und in ihrer Stimme klang mehr Bewunderung als Überraschung mit, »ihr müsst das weiter machen. Und wenn ihr nur einmal im Jahr ein Konzert gebt. Am besten hier in Venedig, damit ich's hören kann.«

»Und zwar genau an diesem Datum«, sagte Bernd, »am neunzehnten Juli.«

»Warum nicht«, sagte Thomas, und Wagner nickte: »Ist vielleicht gut fürs Gemüt.«

»Ich verlass mich drauf«, sagte Michael, und zu Serafina gewandt: »Und du erinnerst mich dran, damit ich rechtzeitig Frühstück einkaufe.«

»Und Bier«, sagte Bernd.

»Und Fuselwein, bei dem's nicht so darauf ankommt«, sagte Thomas und grinste breit.

»Encore un. Bitte«, verlangte Serafina.

»Und zwar With a little help from my friends«, schlug Thomas vor, »Wagner solo, wir den Chor.«

»Quälwitz«, fand Michael.

»Stimmt doch gar nicht, er lacht«, sagte Thomas, und er hatte recht: Wagner grinste breit und schüttelte den Kopf: »Ihr seid schlechte Menschen«, sagte er.

»Aber gute Sänger«, sagte Bernd.

»Dann los jetzt, singen«, bat Serafina, die den Sinn des kleinen Schlagabtauschs nicht entschlüsseln konnte, und sie taten ihr den Gefallen und sangen, weil das noch frisch war und nicht schiefgehen würde, *The parting glass*.

Danach hatte sich die Stimmung allerdings völlig verändert. Sie dachten an Emmi, an das Grab, an die lange Zeit ohne Anruf, Brief oder Besuch bei ihr, und vermieden es, einander in die Augen zu sehen.

Serafina verabschiedete sich, um an ihrer Übersetzung weiterzuarbeiten, und die vier Männer kehrten zurück zu ihrem Schweigen, das jetzt aber ein anderes war. Nicht direkt düster, aber voller Erinnerungen.

~

Bernd hatte damals nur Augen für Angela gehabt, die wie eine Indianerin aussah, wie ein Hippie gekleidet war und mit ihrem Töchterchen bei Emmi am Krankenhausbett saß, als die Nachtigallen schüchtern hereinstolperten und fragten, ob sie störten.

»Ihr stört nicht«, sagte Emmi, »ich freu mich doch,

euch wiederzusehen«, während Angela das kleine Mädchen bei der Hand nahm und ankündigte, sie würden jetzt in den Park zu den Enten gehen.

Michael sah in Bernds Gesicht, dass er schon nach einer Ausrede suchte, um sich dranzuhängen, und schüttelte fast unsichtbar den Kopf. Bernd verstand und zog seine Jacke aus. Er würde ein paar Minuten durchhalten und dann erst verschwinden.

Thomas hatte einen Strauß Blumen gekauft, den Angela gleich in eine Vase getan und auf dem kleinen Tisch, gut sichtbar für ihre Mutter, hingestellt hatte. Bernd und Wagner waren ohne Geschenk da – sie hatten noch über Pralinen nachgedacht, das aber als zu spießig verworfen. Dafür zog Michael eine CD aus der Jackentasche, das erste Album von Fairy O, das er, halb stolz, halb verlegen, überreichte.

»Das hat sie mir auch schon geschickt«, sagte Emmi lächelnd. »Jetzt hab ich das zweimal und kann's zweimal nicht anhören, weil ich so einen Plattenspieler nicht besitze.«

»Bin gleich wieder da«, sagte Michael und ging nach unten zur Pforte, wo er sich ein Taxi rufen ließ, das ihn zum Elektroladen brachte, den es damals noch im Städtchen gab. Er fand eine kleine und sogar hübsche Kompaktanlage und musste noch mal zur Bank, um dort Geld aus dem Automaten zu ziehen, weil die Verkäuferin seine Kreditkarte nicht akzeptierte.

Bernd sah sehr verstimmt drein, als Michael, die Anlage unterm Arm, wieder ins Krankenzimmer zurückkam und sich daranmachte, sie auszupacken und aufzustellen.

»Was ist denn das?«, fragte Emmi.

»Damit Sie Erin hören können, sooft Sie wollen.«

»Michael, du bist verrückt«, sagte Emmi.

»Sie werden sehen, das ist es wert. Sie ist phantastisch geworden.«

Nach einigen Minuten erklang die Musik. Bernd hatte sich inzwischen davongemacht, Wagner saß an der Wand auf dem Boden, Michael kniete vor der Anlage, und Thomas hatte den Stuhl erobert. Sie hörten andächtig zu, bis nach dem vierten Lied die Tür aufging und Angela, ihre Tochter Sarah und Bernd darin erschienen.

»Jetzt wird's zu eng«, sagte Michael, stoppte die CD und ließ sie per Knopfdruck herausgleiten, »Angela erklärt Ihnen, wie das geht.«

»Die Musik ist wirklich schön«, sagte Emmi, »danke für dieses viel zu kostbare Geschenk.«

Sie wusste, dass Michael den Satz schluckte, für sie sei nichts zu kostbar, und lächelte ihn an. Als sie einander die Hand schüttelten, war da ein leichter Zug zu spüren, als wolle Emmi Michael zu sich heranziehen und küssen, aber da das nicht ging, ohne die anderen zurückzusetzen, lächelten sie einander nur noch breiter an, und Michael legte seine Hand für einen Moment auf ihre.

Draußen vor dem Krankenhaus standen sie noch beisammen, rauchten und wussten nicht so recht, was sie miteinander reden sollten, dann gingen sie ihrer Wege und sahen einander die nächsten zwanzig Jahre nicht mehr. Und Emmi sahen sie nie mehr.

~

Den Eintritt für die Frari-Kirche bezahlte Michael für alle vier, während die anderen noch um die Ecke einen Cappuccino tranken. Er wollte nicht riskieren, dass Wagner sich wieder aus Geiz absondern würde. Das wäre zwar sein gutes Recht und sollte Michael egal sein, war es aber nicht, denn er hatte sich zwar vorgenommen, nichts mehr in dieser Hinsicht zu erwarten, aber insgeheim hoffte er doch noch auf einen Sinn für Schönheit, den Wagner vielleicht in sich trug und bisher noch nicht kannte.

Aber während Bernd und Thomas erwartungsvoll und fasziniert von einem Kunstwerk zum nächsten gingen, vom Grabmal für Canova mit seinem pathetisch trauernden Engel zum Johannes von Donatello und zur schlichten Grabplatte Monteverdis, schlenderte Wagner wieder ziel- und blicklos durch das riesige Mittelschiff und schien sich für nichts zu interessieren.

Vor dem Altarbild von Tizian, dem Thomas und Bernd ein Loblied sangen, in das Michael nur mit eingeschränkter Begeisterung einstimmte (ihm waren die Gesten zu plakativ), stieß Wagner zu ihnen, gerade als Thomas erklärte, dass Richard Wagner vom Anblick dieses Bildes zu seinen *Meistersingern* inspiriert worden sei.

»Du stehst auf Richard Wagner?«, fragte Wagner, und es klang deutlich missbilligend, schließlich war Wagner von Hitler verehrt worden und konnte deshalb kein guter Künstler sein.

»Jeder Mensch mit Geschmack tut das«, erwiderte Thomas aggressiver, als er eigentlich wollte.

»Das heißt nicht, dass auch jeder, der auf Wagner steht, Geschmack hat«, warf Bernd ein, um den Plattitüden vorzubeugen, die jetzt unvermeidlich kommen mussten.

Michael schaltete sich ein, um den Disput abzuwenden, und lotste sie zur Kapelle an der Seite, wo Bellinis *Madonna mit vier Heiligen* hing.

Thomas und Michael setzten sich in die dritte Reihe, Wagner blieb weiter hinten an eine Sitzreihe gelehnt stehen, und Bernd hatte eine blonde Frau erspäht, die allein in der Mitte der ersten Bankreihe saß und ganz in den Anblick des Bildes versunken war. Als er den deutschen

Titel ihres Reiseführers sah, setzte er sich zu ihr und bat sie, einen Blick hineinwerfen zu dürfen.

Gleich hatte er sie von dem Bild abgelenkt und in ein Gespräch verwickelt. Michael verspürte nicht die geringste Lust, diesem Gespräch zu lauschen, er wusste, wie es verlaufen würde. Weghören war unmöglich in diesem kleinen Raum, also stand er wieder auf und wandte sich zum Ausgang: »Ein andermal vielleicht.«

»Ja«, sagte Thomas und stand ebenfalls auf.

Wagner schien auf dieses Signal nur gewartet zu haben und ging voran nach draußen. Als sie die Kapelle verließen, sagte Bernd gerade: »Kennen Sie das Heilige Gespräch? Das ist vielleicht noch schöner als die Madonna hier.«

Draußen setzten sie sich ans Ufer des Kanals und warteten, bis Bernd und die Frau herauskamen. Sie blieb am Portal stehen, er kam herüber und sagte: »Ich mach mich mal selbstständig. Wir sehen uns später.« Und weg war er, um die Ecke in Richtung San Tomà, wo er bestimmt das romantischere Traghetto dem schlichteren Vaporetto vorziehen würde.

»Den sind wir los«, sagte Thomas.

»Trägt der eigentlich einen Ehering?«, fragte Wagner.

»Im Moment sicher nicht«, sagte Thomas.

»Auf zur Marmorkirche.« Michael führte die beiden Übriggebliebenen über den Campo San Polo in Richtung Rialtobrücke.

Im Gedränge um den Markt und auf der Brücke, wo man kaum an den Trauben fotografierender und sich fotografieren lassender Besucher vorbeikam, konnte Wagner wieder nicht an sich halten und knurrte: »Was sind das bloß alles für Leute?«

»Solche wie du«, sagte Michael und schob sich in eine Lücke, um voranzukommen.

»Falsch«, sagte Thomas, »die freuen sich an der Stadt und meckern nicht bloß.«

»Da hast du auch wieder recht.« Michael sah, dass Wagner ein Stück zurückgefallen war, und fügte noch an: »Besser angezogen sind sie auch.«

Sofort hatte er ein schlechtes Gewissen, fand sich hinterrücks und kleingeistig und hätte die dumme Bemerkung gern wieder geschluckt, deshalb war er froh, dass Thomas wenigstens nicht zustimmte: »Darauf würde ich jetzt keine Scheine wetten.«

Thomas deutete diskret auf ein paar Yankees-Mützen, kurze Hosen und Bikinioberteile, und Michael pflichtete ihm mit einem Kopfnicken bei.

Als sie ein paar Ecken weiter aus dem dichten Besucherstrom heraus waren und wieder ausschreiten konnten, fiel Wagners Blick auf eines der Schaufenster, und er sagte: »Wartet mal«, ging in den Laden und kam nach wenigen Minuten mit einem kleinen Papierrelief wieder heraus. »Das bring ich Corinna mit.«

»Jetzt hast du auf einmal Geschmack«, sagte Thomas anerkennend, »das ist superschön.«

»Nicht deinen zu haben heißt nicht, keinen zu haben«, antwortete Wagner.

»Und ein Poet bist du auf einmal auch«, sagte Michael und war froh, dass Wagner offenbar keinen Groll mit sich herumtrug.

Santa Maria dei Miracoli, die Marmorkirche von Pietro Lombardo, besuchten sie wieder zu zweit, weil Wagner seine Mailbox abhören wollte. Sie waren froh darüber. Desinteresse ist Gift für Schönheit. So wie Gerede jede Musik zerstören kann, macht stumpfer Blick die Kunst banal.

Michael führte sie zum Biennale-Gelände, wo sie sich zuerst die Pavillons ansahen und dann in einer Trattoria an der Via Garibaldi etwas aßen. Danach schlenderten sie am Ufer entlang nach San Marco zurück, über San Stefano und die Holzbrücke nach Zattere und dort wieder am Wasser entlang nach Hause.

»Wir geben uns jetzt das Altherrenvergnügen«, sagte Thomas, »ich jedenfalls.«

»Mittagschlaf?«, fragte Michael.

»Genau das. Bis zum Abwinken. Und heut Abend lad ich euch zum Essen ein.«

»Ich koch auch, wenn ihr wollt. Mach ich gern.«

»Machst du auch gut«, sagte Thomas, »aber ich will jetzt mal der Spendator sein.«

»Du bist auch ein Poet«, sagte Wagner. »Spendator klingt gut.«

»Il spendattore famoso«, sagte Thomas.

»Con la Brieftasche immensa«, ergänzte Michael.

»Heißt Borsa, oder?«, fragte Thomas.

»Lern ich noch Italienisch«, sagte Wagner, »super.«

~

Nach einer halben Stunde, in der Michael nicht einschlief, weil er über seine Gäste nachdachte, stand er wieder auf und ging nach oben in sein Studio, um sich dort am Computer die Onlineausgaben deutscher Zeitungen anzusehen. Aber er konnte sich nicht konzentrieren, weil die anderen seinen Kopf bevölkerten, darin lärmten und durcheinanderredeten und nicht zu bremsen waren.

Warb Wagner mit seinem ständigen Gemaule um Aufmerksamkeit, oder wollte er sich den anderen als überlegen präsentieren? Und glaubte er wirklich diesen spießigen altlinken Quark, den er dauernd absonderte? Gab es niemanden in seiner Umgebung, der ihn wie Bernd mal darauf hinwies, dass der Begriff »Konsum« ganz generell den Kauf von Dingen bezeichnete und nicht nur den Kauf von Dingen, die Wagner nicht haben wollte? Sein garantiert sündteures Fahrrad hielt er ganz gewiss für nachhaltig, das iPad seines Sohnes nicht. Und wie konnte ein Mensch, der früher Musik gemacht hatte, so ignorant gegenüber Malerei und Architektur sein? Die Künste verschränkten sich doch, sie wirkten doch ineinander. Thomas und Bernd wussten das und hatten ein Empfinden dafür, wieso war Wagner so stumpf?

Und wie konnte sich Bernd, der erwachsene Mann, benehmen wie ein Halbwüchsiger? Er musste sich doch längst langweilen mit seinen Eroberungen. One-Night-Stands waren doch üblicherweise keine gelungenen erotischen Erlebnisse. Rein, raus, war's gut für dich, ich ruf dich an, und tschüss. Das war doch etwas für Knaben und nicht für Männer. Zumal für solche mit einer Familie, die sie zerstören würden, wenn ihr Verhalten ans Licht käme. Bernd wirkte ganz zufrieden, aber ein so gehetzter Mann konnte doch nicht zufrieden sein. Ein Rätsel.

Und Thomas mit seinen Abstürzen jeden Abend, wovor brachte der sich in Sicherheit? Nur vor den Gespenstern des an ihm begangenen Liebesverrats? Er war ein Lebemann, ein Ästhet, ein Hedonist, zu ihm passte diese genussferne Dröhnung überhaupt nicht.

Und was war das, was sie gerade alle vier miteinander erlebten? Eine Wiederauflage ihrer alten Freundschaft? Oder eher ein trotziges Vorzeigen des Erreichten in der Hoffnung auf Respekt? Nein, das war es nicht. Bis auf Wagner hielten sich alle zurück. Bernd zeigte überhaupt nichts vor, Thomas außer seinen dicken Zigarren und guten Klamotten auch nichts – sie gaben nicht an und wollten keinen Applaus. Bernd und Thomas wirkten sogar ein bisschen schiffbrüchig, ausgesetzt, als müssten sie improvisieren, weil sie das, was ihnen sonst Sicherheit gab, zu Hause gelassen hatten.

Wagner wirkte nicht schiffbrüchig. Und Bernd schien nichts davon zu wissen. Thomas allerdings machte den Eindruck, als ahne er, dass er im eigenen Leben irgendwo unterwegs verloren gegangen war.

Michael gab es auf, den Sinn der Texte auf dem Bildschirm erfassen zu wollen, und ging nach unten, um sich einen Espresso zu machen.

In der Küche saß Bernd mit der Frau aus der Frari-Kirche, beide frisch geduscht mit noch nassen Haaren – auf Bernds Gesicht lag ein postorgasmisches Katergrinsen, und in dem der Frau zeigte sich Unsicherheit angesichts der gerunzelten Stirn, die Michael nicht schnell genug wieder glätten konnte.

»Das ist Sabine«, sagte Bernd, »und das ist Michael.«

»Hallo«, sagte Michael und disponierte blitzschnell um, »ich will nur ein Glas Wasser.«

Die Frau tat ihm leid, sie sah sympathisch aus, und er hätte gern seiner ersten verärgerten Reaktion etwas Freundlicheres entgegengesetzt, aber es gelang ihm nicht. Ihm fiel kein Satz ein, den er hätte sagen können. Bernds Übergriff auf ihre gemeinsame Privatsphäre machte ihn so zornig, dass er schwieg und sich beeilte, mit einem Glas Leitungswasser in der Hand wieder aus der Küche zu verschwinden.

Er ging nach unten und nach draußen, um bei Signora Brewer vorbeizuschauen, und wollte gerade die Tür ins Schloss ziehen, als Serafina herankam und fragte, ob er noch etwas Kaffee für sie habe. Sie sei im Endspurt und vielleicht in zwei, drei Stunden fertig, den Weg zum Billa wolle sie sich noch einmal sparen, wenn das für ihn okay sei.

»Natürlich«, sagte er, öffnete die Tür und hasste sich

gleichzeitig für das, was er jetzt tat, denn er ließ es zu, dass Serafina mit ihm nach oben kam und Bernd in der Küche mit dieser anderen Frau sah.

Sie ging vor ihm, deshalb sah er ihr Gesicht nicht, aber er wusste, dass sich darauf für einen winzigen Moment Enttäuschung und Demütigung zeigen mussten. Der Mann, der ihr heute Vormittag noch den Hof gemacht hatte, lümmelte hier mit einer vom Wegrand gepflückten Tussi herum, und obwohl ihr nicht für eine Sekunde in den Sinn gekommen war, Bernds Avancen nachzugeben, traf die Missachtung sie doch, die der Anblick dieses satten Raubtiers mit den Resten seiner dann eben anderswo erjagten Mahlzeit in sich trug.

Sie ließ sich nichts anmerken. Ihre Stimme klang fröhlich wie immer, als sie Bernd und die Frau begrüßte, den Kaffee in Empfang nahm und sich schnell wieder verabschiedete. Sie sprach jedoch nur Französisch.

Michael schämte sich. Er hatte dem Impuls nachgegeben, um Bernd zu blamieren, aber er hatte damit nur Serafina wehgetan. Er tat so, als habe er keine Ahnung, wie sie sich fühlte, und sie tat so, als glaube sie ihm das.

~

Diesmal blieb er, nachdem er seine Einkäufe abgeliefert hatte, noch ein paar Minuten bei Signora Brewer, gab vor, sich für ihre Familienverhältnisse zu interessieren (eine amerikanische Nichte und deren Verlobter wollten sie demnächst besuchen kommen), hörte sich ihre Ansichten über die Turbulenzen an den Finanzmärkten an (das sind alles keine seriösen Leute mehr) und trank, damit sie ihm endlich auch mal was Gutes tun konnte, einen Schluck Prosecco mit ihr. Er hoffte, seine Wut auf Bernd würde abnehmen, wenn er das nächste Zusammentreffen hinauszögerte, aber als er nach Hause kam, hätte er noch immer links und rechts gegen die Wände treten können. Er wusste, dass er auch wütend auf sich selbst war, denn es ging längst nicht mehr um die bräsige Landnahme in der Küche, es ging um Serafina. Und an deren Kränkung trug er ebenso viel Schuld wie Bernd, vielleicht sogar mehr – er hätte sie unten warten lassen können –, aber er lud die Verantwortung dafür auf Bernd ab. Sich selbst konnte er nicht ohrfeigen. Bernd hätte er gern eine verpasst. Fehlte noch, dass der seine temporäre Flamme auch noch zum Abendessen mitnehmen oder gar über Nacht hier einquartieren wollte.

In der Küche war niemand. Wagner und Thomas wollte er nicht stören, falls sie noch schliefen, also nahm Michael seine Schwimmsachen und schrieb einen Zettel, er sei gegen vier Uhr wieder hier, den er gut sichtbar auf den Küchentisch legte.

~

Neben diesem Zettel lag, als Michael zurückkam, ein weiterer von Bernd, er mache sich noch ein wenig selbstständig, man solle nicht mit dem Essen auf ihn warten. Am Tisch saß Thomas und erklärte, Wagner sei laufen und wolle auch gegen vier Uhr wieder da sein.

»Hast du Bernds Eroberung gesehen?«, fragte Michael.

»Schlimmer. Gehört. Und kein Auge zugetan.«

»Findest du das auch so scheiße wie ich, oder werd ich langsam alt?«

»Nicht okay. Er kann sich ein Hotelzimmer nehmen. Uns hier den Stier zu machen ist einfach saupeinlich.«

»Willst du was trinken?«

»Nein, noch nicht. Heut würd ich gern mal auf einer geraden Linie von der Tür zum Bett kommen.«

»Guter Plan. Wird unterstützt.«

»Ist das denn für dich in Ordnung, wenn ich noch ein paar Tage bleibe?«

»So lang du willst.«

Als Wagner zurückgekommen war, geduscht und sich umgezogen hatte, brachen sie auf, um irgendwo einen Aperitif zu trinken und dann später zu einem Restaurant beim Campo San Barnaba zu wechseln. Michael war dabei, das Gartentor zu schließen, als er eine Stimme rufen hörte: »Free man? Michael? Is that you?«

Michael begriff zuerst nicht, wer die Frau war, die da aus einem Bootstaxi stieg und unsicher zu ihnen rübersah. Die Worte »Free man« und die englische Aussprache seines Namens wollten ihm ins Bewusstsein dringen, aber noch war es nicht so weit, noch ging er der Frau entgegen, ohne zu begreifen, wer sie sein musste. Er hörte noch Wagners halblaute Worte: »Da kommt die nächste Schönheit«, wurde sich dessen bewusst, dass das stimmte – die Frau war auf eine mädchenhafte und gleichzeitig souveräne Weise sehr schön, hielt sich gerade und sah ihm ernst, aber freundlich entgegen.

»Megan«, sagte er, als er vor ihr stand – sein Mund war schneller als sein Erinnerungsvermögen. Er sprach nicht weiter, wusste nicht, was er hätte sagen sollen – das alles war unbegreiflich.

Sie legte ihre Hand auf seinen Unterarm, zog ihn leicht zu sich her und küsste ihn auf die Wange. Er bemerkte ihren Duft und glaubte, darin den früheren aus Dingle zu erkennen, dachte, das kann nicht sein, nach mehr als zwanzig Jahren, dachte auch, ich hätte sie doch sofort erkennen müssen, schließlich habe ich alle Konzertvideos auf Youtube und DVD gesehen, wieder und wieder, in all den Jahren habe ich Megan mit Erin spielen sehen. Er musste seine Gedanken bremsen, ihr zuhören, denn sie sprach in ihrem schönen irischen Englisch schon seit vielleicht einer halben Minute und erklärte ihm, weshalb sie hier war:

Ian brauche ihn, er solle ein paar Sachen packen und mit ihr kommen, Ian sei in Gefahr, sich umzubringen, jemand müsse auf ihn aufpassen. Gestern Abend habe er seinen Liebhaber tot im Cottage gefunden. In der Badewanne mit aufgeschlitzten Pulsadern. Er habe wohl stundenlang einfach dagesessen und den Leichnam betrachtet, dann den Notarzt gerufen, die Fragen der Polizei beantwortet, dann sich vor die Tür des Cottages gesetzt und gewartet. Worauf, wisse niemand. Er selbst am wenigsten.

Nachts um zwei, als alle längst abgezogen waren, hatte er Erin angerufen, ihr in sachlichem, nüchternem Ton erklärt, was passiert war, wo er sei, dass er sich nicht bewegen könne, weder ins Haus hinein noch von dessen Schwelle weg, und Erin war sofort ins Auto gestiegen und hatte ihn drei Stunden später kurz vor Sonnenaufgang auf der Treppe sitzend gefunden, wach und ohne sichtbare Gefühlsregung – sie hatte ihn in ihr Auto gesetzt und zurück an die Ostküste gebracht.

Jetzt war er in ihrem Haus bei Rosslare, Erin hielt sich mit Kaffee und Aspirin wach, aber sie musste irgendwann mal schlafen, deshalb sei Eile geboten. Sie würden sich abwechseln. Michael müsse mitkommen. Man könne Ian keine Sekunde aus den Augen lassen. Erin, Megan und Michael seien seine einzigen Freunde.

Das Bootstaxi wartete mit ausgeschaltetem Motor. Thomas und Wagner waren beim Gartentor stehen geblieben. Michael fasste Megans Oberarm und drückte ihn leicht, dann drehte er sich um, ging zum Tor, sagte zu den Freunden: »Ich muss weg, weiß nicht, wie lang«, ging zur Haustür, schloss auf und ging nach oben in sein

Schlafzimmer, wo er in zwei Minuten Unterwäsche, Socken, T-Shirts, eine Hose, einen Regenmantel aus dem Schrank nahm und in seine Reisetasche legte, dann ins Bad, um Rasierzeug und Zahnbürste zu holen, in die Küche, um sechs Hunderter aus der Schublade zu nehmen, und wieder nach unten.

»Nimmst du am Wochenende die Katze zu dir?«, sagte er zu Thomas. Der nickte, schaute aber fragend. »Serafina erklärt dir alles. Falls du Bargeld brauchst, liegt welches in der Küchenschublade unterm Besteck.«

»Was ist los?«, fragte Wagner.

»Ein Freund in Not«, sagte Michael, umarmte zuerst Wagner, dann Thomas, sagte dann noch: »Macht's gut. Es war schön mit euch«, nahm seine Reisetasche und ging zu Megan, die dem Taxifahrer einen Wink gab, worauf der den Motor startete, das Boot wieder ganz an die Ufermauer manövrierte und ihnen die Hand reichte, damit sie einsteigen konnten.

Als sie losfuhren, waren Wagner und Thomas zur Einstiegstreppe am Kanalufer gekommen, Wagner hob die Hand, und Thomas nickte nur. Megan und Michael standen im Bootsheck und sahen über das Kabinendach hinweg, so wie Michael vor zwei Tagen mit Bernd und Thomas auch hierhergefahren war. Die beiden Männer am Ufer gaben ein trauriges Bild ab. Als wäre dies ein Abschied für immer, ein schmerzhafter Einschnitt, den man nicht will, aber hinnehmen muss.

Als das Taxi nach links Richtung Stazione Marittima abbog, winkte Thomas, und Wagner hatte noch einmal, als er sah, dass Michael sich zu ihnen umwandte, wie vorher schon die Hand gehoben.

»Mein Gott, das ist hier unglaublich schön«, sagte Megan leise. Sie erwartete keine Antwort.

Das Boot fuhr durch den Giudecca-Kanal, am Hafen

vorbei um die Nordseite der Insel, um dann bei Fondamenta Nuove in die Fahrrinne zum Flughafen einzubiegen.

~

Sie gingen direkt zur Sicherheitsschleuse. Megan hatte Michaels Ticket schon in Dublin gekauft und bei ihrer Ankunft hier gleich wieder eingecheckt. Nachdem er die Schleuse passiert und seine Sachen vom Band genommen hatte, spürte Michael, dass ihm Tränen übers Gesicht liefen. Die Frau, die die Plastikwannen einsammelte, um sie wieder nach vorn zu bringen, sah ihn prüfend an, sagte aber nichts. Megan wartete auf ihn und nahm seine Hand, als sie weiter zum Gate gingen.

»Kanntest du ihn?«, fragte sie irgendwann auf dem Weg zum Gate.

»Wen?«

»Rahul. Ians große Liebe.«

»Nein, ich wusste nicht mal, dass er schwul war.«

»Uns hat er das auch erst vor zwei Monaten gesagt. Er war so glücklich.«

»Ja«, sagte Michael und ließ Megans Hand los, um sich das nasse Gesicht mit dem Jackenärmel abzuwischen.

»Ich weiß nicht, wieso ich weine«, sagte er.

Sie schwieg.

Vielleicht, weil sein Gehirn sich noch immer weigerte, Ordnung in das Durcheinander zu bringen, dachte er darüber nach, ob Bernd und Wagner den nächsten Tag noch bleiben würden, ob jemand Bernd auf seine Unhöflichkeit hinweisen würde, ob Thomas es schaffen würde, an diesem Abend auf einer geraden Linie von der Tür zum Bett zu kommen, ob Wagner sich jetzt gerade etwas ohne Fleisch bestellen würde, ob Serafina sich noch einmal bei den dreien sehen lassen würde und ob mit dem Besuch dieser müde gewordenen Jugendfreunde etwas Altes an sein Ende oder etwas Neues in Gang gekommen war.

Im Flugzeug ließ er Megan den Vortritt ans Fenster, falls sie schlafen wollte, und sie sah schweigend hinaus, bis das Flugzeug losrannte und irgendwann schwerfällig abhob, eine steile Kurve über dem Wasser flog und sich nach Norden, landeinwärts, auf die Alpen zubewegte. Sie nahm wieder seine Hand, als Michael wieder weinte – diesmal hatte er den anderen Arm frei, um sich das Gesicht zu trocknen.

»Entschuldige«, sagte er.

»Rubbish«, sagte sie und wandte den Kopf zum Fenster.

Michael wusste nichts gegen den Bildersalat in seinem Kopf zu unternehmen: Ian, der strahlend sein Cottage betrat, sich auf seinen Freund freute, dessen Namen rief und ihn schließlich im Bad in blutrotem Wasser liegend fand, Erin, die jetzt aus irgendeinem Grund wusste, dass Michael das Phantom war, und ihm seine Heimlichtuerei übel nehmen konnte, Megan, die sich Erin irgendwann anvertraut haben musste, vor vielen Jahren beim Einstudieren von *Goodbye and good luck*, die erzählt hatte von einem Deutschen, der ein freier Mann werden wollte und Ian kannte, Ian, der Erin und Megan gesagt haben musste, das Phantom sei sein Freund, Ian, der auf den Stufen vor seinem Cottage saß und sich nicht bewegen konnte, die ganze Nacht hindurch, bis Erin ihn endlich abholte, Ian, der in Erins Haus saß und sich noch immer nicht bewegte, Erin, die in seiner Nähe blieb und sich das Schlafen verbot, weil er jederzeit zu sich kommen und durchdrehen konnte.

Kurz vor der Zwischenlandung in Frankfurt fragte Michael endlich: »Woher wisst ihr von mir? Hat Ian das gesagt?«

»Erin hat einen Brief von ihrer alten Lehrerin gekriegt«, sagte Megan. »Gestern. Sie hat dich beschrieben und gefragt, ob so mein free man ausgesehen hat.«

»Aber unsere Lehrerin wusste das nicht.«

»Ich würde sagen, sie wusste es.«

»Und meine Adresse?«

»Von der Tochter. Erin hat sie heute Morgen angerufen. Direkt nachdem sie mit Ian in Rosslare ankam.«

~

Nach etwas mehr als fünf Stunden waren sie in Dublin gelandet, und Megan führte ihn zum Parkhaus des Flughafens und dort zu einem roten Mini, den sie sehr zügig ausparkte und zur Autobahn steuerte, dann fuhr sie mit hundertvierzig und schneller (erlaubt waren hundertzwanzig) in weniger als zwei Stunden nach Rosslare.

Michael fühlte sich wohl in Megans Nähe. Er vertraute ihr, obwohl sie raste und mit der Lichthupe andere Wagen von der rechten Spur scheuchte und später auf der Landstraße jede Gelegenheit zum Überholen wahrnahm, von ihr ging eine Gelassenheit aus, die Michaels zunehmend verzagter werdende Gedanken an Erin beruhigte, der er gleich wie ein ertappter Lügner gegenübertreten würde.

Sie parkten vor einer großzügigen modernen Villa südlich der Stadt am Strand. Michael nahm seine Reisetasche vom Rücksitz und folgte Megan, die einmal kurz an der Tür klingelte, dann aber mit einem eigenen Schlüssel aufschloss und eintrat.

Sie standen in einem sehr großen Raum, der Michael an seinen Salon erinnerte, nur dass hier fast alles weiß war, die Wände, die Sofas, die Sessel, Teppiche, Regale und Bilderrahmen. Er erkannte einige der Antiquitäten, die Ian in Venedig gefunden hatte, er sah Ian, der in einem Sessel vor dem Kamin saß und ins Feuer starrte, und Erin, die auf einem der Sofas lag, ein (weißes) iPad in der Hand, auf dem sie etwas schrieb. Sie stand auf.

»Hallo, Geschäftsmann«, sagte sie, »ich hätte dich nicht gestört, aber das ist ein Notfall.«

Sie kam her zu ihm – sie sah ernst aus, und aus der Nähe waren ihre Augen müde –, sie legte ihre beiden Hände auf seine Schultern, als wolle sie ihn damit auf Distanz halten, sah ihm in die Augen, sagte: »Danke, dass du kommst« und zog ihn an sich, um ihn auf beide Wangen zu küssen.

»Bist du noch wach? Kannst du ein paar Stunden übernehmen?«, fragte sie, und als Michael nickte, sagte sie noch: »Megan zeigt dir alles« und ging mit vor Erschöpfung schlurfenden Schritten aus dem Raum.

»Ich löse dich ab in ein paar Stunden«, sagte Megan, zeigte ihm die Küche, das Bad und das Zimmer, in dem sie schlief, und ging dann eilig zurück in den Wohnraum, in dem sich nichts geändert hatte: Ian saß da und starrte ins Feuer.

»Ich mach dir Kaffee«, sagte sie.

Michael setzte sich auf das Sofa, auf dem noch das iPad lag. Er nahm es und wischte den Button zum Entsperren beiseite – da war keine Texteingabe zu sehen, sondern ein Patience-Spiel.

Als Megan mit dem doppelten Espresso kam, flüsterte sie ihm ins Ohr: »Die Türen sind abgeschlossen. Lass es so. Zur Sicherheit, okay?«

Er nickte und fragte, ob er rauchen dürfe.

»Natürlich«, sagte sie. »Du weißt, wo du mich findest, falls du mich brauchst.«

Sie strich ihm über die Haare und sah ihn lächelnd an. »Das hätte ich niemals geglaubt, dass ich dich noch mal sehe«, sagte sie. Dann verschwand sie und ließ ihn mit Ian, dem Knistern des Kaminfeuers und dem leisen Fauchen der Brandung von draußen allein.

~

Er musste irgendwann doch eingeschlafen sein, denn er wusste nicht, wo er war, als er das Rauschen einer Toilettenspülung hörte und den leeren Sessel vor dem Kamin stehen sah.

Er sprang auf, als er begriff, dass Ian fehlte, aber der kam in diesem Moment wieder herein, ging zum Kamin, bückte sich und stocherte mit dem Schürhaken im glimmenden Feuer, nahm zwei Scheite vom Holzstapel und legte sie nach, setzte sich dann zurück in den Sessel und starrte weiter in die jetzt wieder aufzüngelnden Flammen.

Das alles tat Ian, ohne Michael anzusehen oder irgendein Zeichen zu geben, dass er sich dessen Gegenwart bewusst war.

»Tut mir sehr leid«, sagte Michael nach ein paar Minuten leise.

Ian schwieg.

»Hörst du mich?«

»Nein«, sagte Ian, ohne den Kopf zu wenden.

»Ich lass dich in Ruhe«, sagte Michael und nahm das iPad wieder in die Hand.

»Danke«, sagte Ian.

Michael öffnete ein Fenster und stellte sich in die fischige nächtliche Meerluft, um eine Zigarette zu rauchen, dann sah er auf dem Tischchen kleine Kopfhörer liegen und suchte Musik auf dem iPad, fand Oasis und U2, Altan und Otis Redding, entschied sich für Oasis und hörte ein ganzes Album an. Er machte nicht sehr laut, denn er wollte Ian nicht mit dem Gezirpe aus den offenen Kopfhörern auf die Nerven gehen. Der machte allerdings nicht den Eindruck, als ob er etwas hörte.

Nach einem weiteren Album von Oasis und einem halben von U2 spürte Michael eine Hand an seiner Schulter. Er erschrak und dachte, er hätte schon wieder geschlafen, aber er war nur in die Musik versunken gewesen, die ihm unerwartet gut gefiel – da stand Megan im Morgenmantel und hielt den Finger an die Lippen.

Michael nahm die Kopfhörer ab und hörte Megan flüstern: »Er schläft.« Sie deutete auf Ian.

»Das ist schon mal der erste Fortschritt, oder?«, flüsterte auch Michael, und sie lächelte und sagte: »Fast achtundvierzig Stunden. Endlich. Ich dusche nur schnell, dann löse ich dich ab, okay?«

»Okay«, sagte Michael, stand auf, öffnete das Fenster und rauchte noch eine letzte Zigarette für diese Nacht.

Der Anblick des schlafenden Ian im Sessel vor dem Kamin war herzzerreißend. Als wäre er auf die halbe Größe zusammengeschrumpft, saß er da, die Hände zwischen den Beinen und den Kopf zur Seite geneigt. Michael spürte den Impuls, ihm über den Kopf zu streichen, aber er beherrschte sich, denn erstens waren Zärtlichkeiten zwischen ihnen nicht eingeführt, und zweitens wollte er ihn auf keinen Fall wecken.

»Du kannst ausschlafen«, sagte Megan, als sie geduscht und angezogen wiederkam, »dein Zimmer ist die Treppe hoch und dann gleich links. Du schaust aufs Meer.«

»Soll ich dir einen Kaffee machen? Oder Tee?«

»Tee. Wasser kocht schon.«

Aus seiner Zeit in Galway wusste Michael noch, wie man Tee zubereitet, er wärmte Tasse und Kanne vor, ließ den Earl-Grey-Beutel, der schon bereitlag, exakt drei Minuten ziehen und trug dann alles zusammen mit einem Schälchen Kandiszucker und einem kleinen Kännchen Milch auf einem Tablett zu Megan. Sie nahm es ihm ab, stellte es auf das Tischchen am Sofa und sagte: »Schlaf gut.«

Seine Tasche stand auf einem Stuhl im Zimmer. Auch hier war alles weiß in weiß, nur die Tagesdecke auf dem Bett war kunstvolles Patchwork in blassen Farben, und darunter kam gemusterte italienische Bettwäsche in Braunrot, Stahlblau und Blassgelb hervor. Auf dem Bett lag ein grauer Pyjama, und auf einem Stuhl daneben stand eine Flasche Mineralwasser neben einem Apfel.

Die Sonne ging noch nicht auf, aber es wurde schon hell, und am Horizont über Wales oder Bristol rötete sich der Himmel.

Als Michael im Bett lag, hörte er Möwengeschrei, und zusammen mit der Müdigkeit überwältigte ihn das Gefühl, angekommen zu sein. Alles würde sich klären. Irgendwie. Wenn er nur erst mal geschlafen hätte. Er schloss die Augen und sank fast augenblicklich in eine warme, wohlriechende, wolkige Tiefe.

~

WAGNER erwachte vom Gesang einer Nachtigall. Zuerst dachte er, das träume er nur, aber dann stand er auf, ging zum Fenster und hörte der virtuosen Melodie zu, die sich leider entfernte und überdies ohne Antwort blieb. Dass er ihr selbst antworten konnte, kam ihm nicht in den Sinn – er lauschte, solange es ging. Wann hatte er das zum letzten Mal gehört?

Einen Moment lang war er versucht, jemanden zu wecken, um dieses kleine Wunder zu teilen, aber dafür wäre eigentlich nur Michael infrage gekommen, und der war nicht mehr da. Er hatte nicht mal gesagt, wohin er so eilig fuhr. Thomas war betrunken wie immer, und Bernd lag mit dieser Frau im Bett.

Irgendwie war das wie ein kleiner Diebstahl oder eine Untreue gegenüber Michael, dass Bernd seine Eroberung hierhergebracht hatte. Wagner hatte spätnachts ihre Schritte gehört, Bernds quietschende Turnschuhe und das Klacken der Absätze dieser Frau. Wenn es überhaupt dieselbe war.

Nicht mein Problem, dachte Wagner, soll er machen, wie er will, aber auf eine ungute Art wischte Bernd mit seinem Benehmen alles beiseite, was die letzten beiden Tage hier so angenehm gemacht hatte: das Gefühl, sich unter Freunden zu bewegen (selbst wenn einem übers Maul gefahren wurde), sein zu dürfen, wie man eben war, eine Art erholsamer Rückkehr zu den eigenen Anfängen, eine Reminiszenz an die Zeit, in der zwar nichts einfacher und in der man nicht glücklicher gewesen war als heute, aber den Horizont noch als Verheißung gesehen hatte. Und zu viert war, nicht allein.

Die Nachbarin hatte den Männerbund nicht gesprengt, sie hatte ihn bestätigt, durch ihre nette und begeisterte Art sogar zu etwas Sympathischem erklärt – diese Zufallsbekanntschaft von Bernd jedoch sprengte ihn. Wagner überlegte sich, schon an diesem Tag nach Hause zu fahren. Was sollte er noch hier.

Den Weg zum Bahnhof zu Fuß hatte er sich in der Karte angestrichen. Eines dieser grauenhaft schwankenden Boote würde er nicht mehr betreten. Zum Glück hatten die anderen nicht bemerkt, wie ihm der Schweiß übers garantiert kalkweiße Gesicht gelaufen war auf dieser grässlichen Gondel und diesem grässlichen Boot vom Bahnhof hierher. Wenn er sich auf instabilem Untergrund wusste, füllte sich sein Kopf mit heißem Brei, sein Atem wurde kurz, und das Bild vor seinen Augen verschwamm – in solchen Momenten konnte er nur sein Gesicht verbergen.

Der Abend mit Thomas war eine Tortur gewesen, anstrengend und gleichzeitig langweilig. Thomas hatte dagesessen, breit und laut wie ein blöder reicher Angeber, hatte den Kellner schikaniert, ihn andauernd hergewinkt, mit Fragen auf Englisch und Spanisch belästigt, sich zweimal beim Bestellen anders entschlossen und alles in allem den großen Maxe gemacht, der selbstverständlich vom Personal verwöhnt werden muss. Es war einfach saupeinlich gewesen.

Eine irgendwie erträgliche Unterhaltung hatte sich auch nicht zustande bringen lassen – ein bisschen lästern über Bernd, ein bisschen rätseln über die Frau, die Michael abgeholt hatte, dann war die Luft schon draußen gewesen, und sie hatten die meiste Zeit den Passanten auf dem Platz hinterhergeschaut. Wagner hielt sich an einem Bier fest, und Thomas leerte wieder das Zeug in sich rein, dass man kaum mit Zählen hinterherkam. Auf dem Heimweg machte er Schlenker und Kurven, sodass Wagner zur Sicherheit immer an der Wasserseite gehen musste, damit der plumpe, besoffene, dröhnende Mann nicht hineinfiel.

Wagner wurde auf einmal klar, dass das alles ohne Michael nichts war. Nur mit ihm hatte das Quartett eine Verbindung untereinander, und nur wenn er dabei war, hielt man es mit den anderen aus. Michael war ihre Seele. Das hatte Wagner früher nicht bemerkt, wie auch, sie waren ja immer zu viert gewesen, aber jetzt fehlte mit Michael nicht etwa ein Teil ihrer Freundschaft, sondern alles.

Vielleicht war das auch voreilig, ein verfrühter Schluss aus Frustration über einen deprimierenden Abend, vielleicht wäre dieser Abend zusammen mit Bernd anders verlaufen, aber Wagner war sich sicher, dass es stimmte: Sie hatten alle vier ein Verhältnis zu Michael und keines zu den anderen. Nur über ihn verliefen die Drähte ihrer Verbindung, nur er war der Freund aller, nur wenn er dabei war, konnten sie auch einander für Freunde halten.

Wagner stand noch eine Zeit lang am Fenster, in der Hoffnung, die Nachtigall käme wieder zurück, aber sie blieb verschwunden. Schließlich zog er seine Joggingsachen an, steckte den Hausschlüssel ein, ging nach oben in die Küche, trank einen Schluck Leitungswasser und lief dann los. Jetzt würde er die Stadt für sich haben und überall durchkommen, ohne auf der Stelle zu treten. Es war noch nicht einmal richtig hell.

Just in dem Moment, als er das Haus verlassen hatte, kam die Nachtigall zurück, aber er hörte sie nicht mehr, denn in den Ohrstöpseln seines alten iPods erklangen schon die leiernden Sequenzen von Steve Reichs Musik, in denen er seinen Laufrhythmus suchte und nach dem Überqueren der ersten kleinen Brücke auch fand.

~

BERND war damit beschäftigt, seinen schmerzenden Arm zu sich heranzuziehen, ohne Sabine zu wecken. Er musste vorsichtig sein und ihren Kopf mit der freien Hand anheben. Es gelang ihm schließlich, war aber ein kleines Kunststück.

Er hatte auf dem Rücken gelegen und deshalb schlecht geträumt. Irgendetwas mit Angst und Lähmung. Er durfte einfach nicht auf dem Rücken einschlafen, das vertrug er nicht.

Irgendein Vogel zwitscherte draußen – eigentlich war es ein ziemlicher Lärm, den er veranstaltete. Bernd stand vorsichtig auf und schloss das Fenster. Von irgendwo aus dem Haus hörte er das Wummern einer Tür, vielleicht war es die Haustür, vielleicht auch die von Wagner oder Thomas.

Dreimal an einem Tag. Das hatte er schon lang nicht mehr geschafft. Diese biegsame Sabine aus Hamburg war ein echtes Lebenselixier. Nicht nur dass sie einen wundervollen Hintern und niedliche kleine Mädchenbrüste hatte, sie war auch fordernd und frech und kannte sich aus – genau das, was er mal wieder brauchte.

Schade, dass sie heute schon weiterzog – ihr Flug ging am späten Vormittag nach Rom, wo sie wie hier Locations für einen Fernsehfilm über Restaurateure recherchieren würde. Er hätte es gut noch einen Tag mit ihr ausgehalten. Auch eine Woche.

Allerdings war sie wohl kurz davor, ihr schlechtes Gewissen darüber, dass sie ihren Freund betrog, auszubreiten. Sie hatte schon auf dem Weg hierher die ersten untrüglichen Anzeichen einer bevorstehenden moralischen Melancholie an den Tag gelegt, geseufzt, minutenlang ins Leere gestarrt, ihn dann mit einer Mischung aus Tapferkeit und Schmerz angesehen, die nichts Gutes erwarten ließ. Wenn er nicht aufpasste, würde sie ihm beim Frühstück was vorheulen und ihn mit Ausführungen darüber belästigen, was für ein guter Kerl ihr Freund in Wirklichkeit sei, dass sie ihn gar nicht verdient habe, wie sehr sie sich schäme und wie sehr sie ihn noch immer liebe – sie würde sich selbst eine Reue einreden, die sie vielleicht nicht empfand, aber glaubte, empfinden zu müssen. Und von ihm würde sie erwarten, dass er ihr irgendeine Art von Absolution verschaffte. Darauf konnte sie lange warten. Beim ersten Anzeichen von Greinen hätte er einen dringenden Termin.

Seine Telefonnummer, zumindest die echte, würde er

ihr natürlich nicht geben, und ihre konnte er, sobald sie im Flugzeug saß, wegwerfen. Sie glaubte, er wohne in Nürnberg und heiße Kelling. Bernd Kelling. Klang eigentlich nicht schlecht. Disziplin musste sein. Sie war das A und O. Ohne Disziplin kam man in Teufels Küche.

~

THOMAS war vor Stunden schon von dem Gejauchze und Gestöhne nebenan aufgewacht, hatte sich für einen kurzen Moment noch in seinem Traum geglaubt, inmitten einer Orgie, bei der sie alle vier in der Loge eines leeren Theaters mit Corinna, Serafina, der Frau, die Michael abgeholt hatte, und dieser blonden aus der Frari-Kirche zugange gewesen waren. Es hatte sich einerseits großartig angefühlt, der Anblick dieser schönen Frauen bei ihrem enthemmten Treiben war so aufregend wie das Gefühl in seinem eigenen Körper, aber dieses Gefühl blieb stehen – es steigerte sich nicht –, und im Anblick lag mehr und mehr etwas Vergiftetes, Verzweifeltes, das ihm Angst machte und von dem er erst nach und nach verstand: Es war die Eifersucht, die jeden von ihnen erfasst hatte. Corinna litt darunter, dass Wagner von dieser fremden Schönheit geritten wurde, der litt darunter, dass sie sich wie ein Hündchen vor Michael nach vorn gebeugt hatte, dieser litt darunter, dass Serafina mit ihm, Thomas, in wilder Verschlingung einen der Klappstühle malträtierte, und Serafina litt unter dem Anblick von Bernd und dieser Blondine.

Bevor das Gift die Oberhand gewinnen konnte, war Thomas wach genug, um die Geräusche nach nebenan zu sortieren, und er wurde wütend auf Bernd, der ihm das nun schon zum zweiten Mal antat.

Irgendwann war er dann wieder eingeschlafen, hatte

glücklicherweise nichts mehr geträumt, jedenfalls nichts, von dem er noch gewusst hätte, als ihn erneut etwas weckte. Es war schon hell.

Er hörte eine Tür gehen und stand auf. Aber er konnte sich nicht dazu entschließen, das Zimmer zu verlassen, denn Bernd schnarchte nebenan (die Frau wäre nicht so laut), und Michael war weg, das würde also entweder die Blonde sein, der er nicht begegnen wollte, oder Wagner, der da draußen herumgeisterte, und auf den hatte er ebenfalls keine Lust. Nicht nach dem öden Abend, durch den sie sich miteinander gequält hatten.

Mein Gott, was war das nur für eine Schlaftablette. Feierte sich und Corinna als glückliches Ehepaar, seinen Sohn als tollen Überflieger und sich selbst als Vorbild für alle traurigen Männer, die es nicht geschafft hatten, so eine tolle Ehe hinzukriegen, dabei quoll ihm die Enttäuschung und Bitterkeit aus allen Poren. Ein Blinder konnte sehen, dass dieser Mann unglücklich war und alles daransetzte, die böse Welt dafür verantwortlich zu machen. Nur um nicht einsehen zu müssen, dass er vielleicht ganz einfach nur eine böse Frau erwischt hatte.

Thomas stand unschlüssig im Zimmer herum, dann schloss er das Fenster, um wenigstens irgendwas getan zu haben, legte sich wieder ins Bett und zweifelte an einer dritten Chance auf Schlaf.

~

MICHAEL erwachte von einem Luftzug, einem leisen Klirren und dem Duft von Tee. Erin stand in seinem Zimmer, hatte das Fenster geöffnet und sich aufs Bett gesetzt, wo sie jetzt Michaels Beine zur Seite schob, um Platz für das Tablett mit Tee und Toast zu schaffen.

»Hi«, sagte sie.

»Wie spät?«, fragte er.

»Halb zwölf. Wenn du weiterschlafen willst, nehme ich das wieder mit runter.«

»Nein. Wie geht's Ian?«

»Er hat geschlafen bis neun. Jetzt starrt er wieder ins Feuer. Aber er hat Tee getrunken.«

»Hat er was gesagt?«

»Das nicht.«

»Gestern Nacht hat er was gesagt.«

»Und was?«

»Als ich fragte, ob er mich hört, sagte er Nein, und als ich sagte, ich lass dich in Ruhe, sagte er danke.«

»Immerhin. Zusammen mit dem Schlaf und dem bisschen Frühstück ist das ein Anfang.«

Sie saß noch immer auf dem Bett, sah Michael zu, wie er einen Schluck Tee nahm und dann nach dem Toast mit Orangenmarmelade griff.

»Du bist mir vertraut«, sagte sie. Dann stand sie auf, stellte sich ans offene Fenster und schwieg.

Michael wollte eigentlich sagen, du mir auch, aber er brachte die Worte nicht über die Lippen. Obwohl es vielleicht das Richtige gewesen wäre, klang es in seinem Inneren wie das Falsche.

»Eigentlich kennen wir uns ja auch. Aus München damals und von der Beerdigung«, sagte er schließlich, weil er das Gefühl hatte, die Stille unterbrechen zu müssen.

»Das in München war ein Student«, sagte sie zum Fenster hinaus, »und das letzte Woche war ein Geschäftsmann.«

»Bist du mir böse?«

Es dauerte ziemlich lange, bis sie antwortete, und wieder sprach sie zum Fenster hinaus und wandte sich nicht zu ihm: »Ja, aber jetzt gerade merke ich nichts davon. Jetzt gerade bin ich dir dankbar, dass du uns hilfst, auf Ian aufzupassen, und du riechst gut, und du siehst so aus, wie ich mir dich vorgestellt habe, nachdem Megan dich damals beschrieben hat, und es ist so, als würden wir uns schon kennen.«

Michael sagte nichts. Er nahm einen Schluck Tee, biss aber nicht in den Toast – das Geräusch wäre jetzt nicht angebracht. Irgendwann wandte sich Erin vom Fenster ab und ging zur Tür.

»Ich löse jetzt Megan ab«, sagte sie und ließ ihn allein.

Als er aus dem Bett aufstand, weil er Lust auf eine Zigarette bekam, fand Michael einen Bademantel im Schrank (weiß, lang und weich), den er überzog, um sich wie Erin ans Fenster zu stellen. Aschenbecher sah er keinen im Zimmer, also benutzte er das kleine Schälchen für den Kandiszucker, den er nicht gebraucht hatte und auf die Untertasse schüttete.

Es fühlte sich eigenartig unspektakulär an, mit Erin zusammen zu sein. Nach all den jahrelangen Phantasien, in denen ihre Gegenwart immer mit höchster Aufregung oder zumindest Intensität, Wachheit oder Überschwang verbunden gewesen war, musste das eigentlich eine Enttäuschung sein, aber so empfand er es nicht. Was er fühlte, war Erleichterung. Als wäre er einen jahrelangen Krampf endlich losgeworden, als erhielte er eine Art von Beweglichkeit zurück, deren befreiendes Fließen oder Schwingen oder Gleiten er schon beinah vergessen hatte.

Das Badezimmer war umwerfend schön. Alles weiß, außer den Armaturen, dem Spiegel und der Glastür der gemauerten Duschkabine, alles in Porzellan, nichts protzig oder kitschig, jeder Körper, jedes Ding von stolzer Eigenart und in guter Proportion zu allem anderen. Der Raum war groß, fast quadratisch und hatte ein Fenster mit Klarglas und weißen Vorhängen zum Strand.

Ein graues und ein rostrotes Handtuch lagen auf dem Rand der Badewanne für ihn bereit, ein leerer Zahnputzbecher stand auf dem Wandbord unterm Spiegel, und ein freier Haken an der Wand wartete auf seinen Bademantel, neben zwei anderen, an denen ebenso weiße, ebenso lange und ebenso weiche Bademäntel hingen.

Du riechst gut, hatte sie gesagt. Daran dachte er, als er nach dem Duschen und Abtrocknen sein Rasierwasser auftrug. Er hängte seine Handtücher an den auch dafür frei gehaltenen Haken neben die von Erin und Megan, blassgelb, graugrün, stahlblau und blassorange – die Farben erinnerten ihn an seine Bilder in Venedig, so mild und weich, wie sie an ihren Rändern ins Weiß der Wände überzufließen schienen.

Als er aus dem Badezimmer ging und einen letzten Blick hineinwarf, wusste er, was ihn hieran so betörte: Das war nicht nur guter Geschmack, das war Seele.

Megan hatte ein großes Frühstück fertig, als er zu ihr in die Küche kam. Spiegeleier, Speck (den er ablehnte), gebratene Tomaten, gebackene Bohnen, Marmelade, Käse, Paté (von der er nichts nahm) und Cappuccino. Die Maschine war dieselbe wie bei ihm – vielleicht hatte Ian sie mitgebracht –, die normale Gaggia, die in nahezu jedem italienischen Haushalt steht.

Megan hatte ein Tablett für Erin und Ian gerichtet, Michael nahm es und ging damit ins große Zimmer. Alles für Erin stellte er auf das Tischchen beim Sofa, dann ging er zu Ian, der nach wie vor im Sessel saß, und legte ihm das Tablett vorsichtig auf die Knie. Ian sah ihn mit einem kurzen Blick an, als wisse er nicht, ob er diesen Übergriff dulden solle, dann nahm er die Kaffeetasse und hob sie zum Mund.

»Okay?«, fragte Michael.

Ian schüttelte stumm den Kopf. Er sah in das mittlerweile erloschene Feuer, das heißt auf die Asche im Kamin.

»Wegnehmen?«

Ian nickte, und Michael nahm das Tablett und trug es zurück in die Küche. Erin, die diese kleine Kommunikation aufmerksam verfolgt hatte, lächelte ihm zu und nickte, als wolle sie sagen: Das hast du gut gemacht.

Er teilte sich Ians Spiegeleier mit Megan, sie eines, er eines, den Speck nahm sie, dafür bekam er die Tomaten.

»Die neuen Songs sind sehr schön«, sagte sie.

»Habt ihr sie schon aufgenommen?«

»Wir proben sie gerade. Wenn das mit Ian nicht passiert wäre, hätten wir sie vielleicht schon aufgenommen, aber jetzt verschiebt sich alles. Keine Ahnung, wie lange.«

»Und der Produzent? Rick Rubin? Sitzt der jetzt im Studio rum und wartet auf euch?«

»Nein. Wir wollen mit den fertigen Takes zu ihm fliegen und dann sehen, was er für Änderungen vorschlägt.«

Das war sehr ungewöhnlich. Rubin musste großen Respekt vor Erin haben, dass er seinen Einfluss erst so spät anbieten wollte. Von solch einem Vorgehen hatte Michael noch nie gehört.

»Hast du ihn schon kennengelernt?«, fragte er.

»Ja«, sagte Megan, »guter Mann. Kein giftiges Ego.«

»Meinst du, Erin hätte gern noch einen Kaffee?«

Megan lächelte. Sie lächelte nur und sagte nichts.

»Was?«

»Wenn du ihn bringst, vielleicht schon«, sagte Megan und griff nach der Kaffeedose. Sie ging genauso geschickt und lässig mit der Maschine um wie Serafina.

»Danke«, sagte Erin, als er ihr den Cappuccino hinstellte und das Tablett mit dem benutzten Geschirr nahm, um es in die Küche zurückzutragen.

»Danke, dass ihr da seid«, sagte Ian.

Erin und Michael sahen sich an.

»So lange du uns brauchst«, sagte Erin.

»Kostet dich natürlich was«, sagte Michael.

»Arsch«, sagte Ian und versank wieder in sein Schweigen.

Erin streckte ihre Hand aus und nahm Michaels. Sie drückte fest und lächelte ihn an. Er ballte seine Faust zu einer kleinen kindlichen Siegergebärde und lächelte zurück. Dann brachte er das Tablett in die Küche.

~

Megan war nach Dublin gefahren, um nach ihren Kindern zu sehen, in Ians Wohnung ein paar Kleider für ihn zu holen und unterwegs auch gleich noch Lebensmittel einzukaufen. Erin lag lesend auf dem Sofa, und Michael ging am Meer spazieren, nach Süden, bis zuerst der Sandstrand zu Ende war und dann die Bebauung mit Villen und Ferienhäusern in Felder und Wiesen überging. Er konnte den Fährhafen sehen, aber das Ufer war bis dorthin unwegsam, also drehte er um und ging denselben Weg zurück, an Erins Villa vorbei und weiter nach Norden bis zu einem großen Hotel, wo ihm die Strandbevölkerung zu viel wurde und er erneut umkehrte.

Als er sich dem Haus wieder näherte, kam ihm wie ein Schwall Regenwasser die Erkenntnis, dass er sich von den Nachtigallen erhofft hatte, sie wären so etwas wie seine Familie, er könne sie wieder aufnehmen in sein Leben, könne den alten Männerbund wieder neu schließen und auf diese Weise vielleicht irgendwo dazugehören. Das war nicht gelungen. Außer mit Thomas, dessen wütende Melancholie ihn faszinierte und ängstigte, fühlte Michael sich mit keinem verbunden. Bernd und Wagner waren ehemalige Schulkameraden, mit denen man die Zeit herumbringen konnte, mehr nicht.

Wie ein Schwall Regenwasser fühlte sich das deshalb

an, weil es ihm just in dem Augenblick zu Bewusstsein kam, als er an Ian, Erin und Megan dachte. Den zusammengekrümmten, in der Seele schwer verletzten Mann und die beiden so schweigsamen wie souveränen Frauen. Wenn überhaupt jemand in seinem Leben so etwas wie eine Familie werden konnte, dann diese drei Menschen. Ob sie das allerdings wollten, wusste er nicht einzuschätzen. Ian vielleicht, wenn er sich wieder gefangen hatte, aber Erin? Sie war ihm böse, das hatte sie zugegeben, auch wenn sie es im Augenblick nicht spürte.

Und was sollte Megan mit ihm anfangen? Eine Liebesnacht in grauer Vorzeit war wohl eher kein Ausgangspunkt für eine Freundschaft.

Dennoch, er hatte sich in dem Moment, als er gleich hinter der Tür in dem großen Raum auf Erin und Ian getroffen war, verschworen gefühlt. Er hatte das Trio gefunden, das er zum Quartett vervollständigen konnte, das Kleeblatt, das durch ihn zu einem Glückssymbol würde. Na ja, dachte er, das ist jetzt ein bisschen kitschig, aber irgendetwas war dran. Erin und er hatten einander Glück gebracht, sie waren schon verschworen. Und Megan und Ian waren durch ihn dazugekommen – vielleicht sahen sie das auch so? Vielleicht fanden sie auch, dass er noch fehlte?

~

Megan hatte so viel eingekauft, dass sie eine Woche durchhalten konnten, ohne das Haus verlassen zu müssen. Sogar an Zigaretten für Michael hatte sie gedacht. Als er ihr die bezahlen wollte, winkte sie ab und sagte: »Du bist unser Gast.«

»Dann koch ich was für euch, soll ich?«

»Ja. Was denn?«

»Alle Arten von Nudeln zum Beispiel oder eine Minestrone oder eine Kartoffelsuppe. Nur Fleisch kann ich nicht, weil ich es nicht mag.«

»Kartoffelsuppe. Wir sind Iren. Alles mit Kartoffeln ist gut.«

Sie half ihm beim Kochen, und ihre Handgriffe passten so gut zwischen seine, dass man glauben konnte, sie seien ein in Jahren eingespieltes Team, selbst als die Gewürze dran waren, wusste sie, wann er die gekörnte Brühe, wann die Pfeffermühle und wann die Muskatreibe brauchte – noch bevor er danach zu suchen begann, hatte sie es schon zur Hand.

Sie erzählte von ihren Kindern, der Ältesten, die im Herbst aufs Trinity College gehen würde, der Mittleren, die so gern zeichnete, wie sie Bodhrán spielte, und dem Jüngsten, den außer Computern und Autos nichts zu begeistern vermochte. Kein Buch, kein Song, kein Museum, nicht einmal Filme lockten ihn hinter seinen Lötkolben, Schraubenschlüsseln und Platinen hervor.

»Er wird schwul«, sagte Michael, »ganz klar.«

»Was? Bist du verrückt?«

»War ein Witz. Sollte jedenfalls einer sein.«

»Du klingst wie Ian. Bloß, dass der zu diesem Thema sicher keine Witze macht.«

»Hat sich eigentlich was geändert? Hat er was gesagt?«

»Nein, aber ich setze auf deine Kartoffelsuppe.«

Von ihrem Mann erzählte sie nichts. Eigentlich wollte Michael fragen, aber dann beschloss er, das nicht zu tun. Er würde noch rechtzeitig erfahren, wie ihr Familienleben aussah. Nicht dass er schon wieder ins Fettnäpfchen trat. Der Witz mit dem schwulen Sohn war nicht hundertprozentig gelungen.

~

Ian hatte ein bisschen von der Suppe gegessen. Michael übernahm die Abendschicht von acht Uhr bis drei oder vier – dann würde ihn Megan wieder ablösen. Erin hatte, bevor sie zu einem Spaziergang aufbrach, um danach früh schlafen zu gehen, ihren iPod gebracht und auf ein kleines Beistelltischchen neben Ians Sessel gelegt.

Megan war in der Küche beschäftigt. Michael hörte Geschirr klappern und eine Melodie, die sie leise vor sich hinsang. Das Knistern des Kaminfeuers, der Geruch von brennendem Holz und die Meerluft (Michael hatte die Fenster geöffnet) mischten sich zu einer beruhigenden kleinen unsichtbaren Federwolke aus Selbstverständlichkeit, Müdigkeit und Frieden. Ian schlief.

Michael legte Patiencen auf dem iPad und hörte das Oasis-Album noch einmal an. Er trank ein Glas Wein – Megan hatte ihm Flasche und Glas auf den Tisch gestellt –, einen Negroamaro, den vermutlich auch Ian aus Italien mitgebracht hatte.

Die beiden Welten waren schon ineinander verschränkt gewesen, bevor Michael sich von der einen in die andere bewegt hatte. Die Antiquitäten aus Venedig, die er hier wiedersah, die Gaggia-Maschine in der Küche, der Wein – diese Dinge entsprachen den »irischen«, die er in seinem Haus hatte: Gedichtbände, CDs, das Kilkenny im Kühlschrank. Ian hatte schon Fäden gesponnen zwischen ihnen, deren Endpunkte Michael jetzt sah.

Erin kam von ihrem Spaziergang zurück, hängte ihre Jacke an die Garderobe, ging zu einem zierlichen Barocksekretär und nahm einen Umschlag heraus.

»Hier«, sagte sie, »das musst du, glaub ich, lesen.«

Sie gab ihm den Umschlag – es war ein Brief – und ging zu Megan in die Küche. Das nahm Michael jedenfalls an, obwohl er sie dort nicht miteinander reden hörte.

Liebe Erin, hoffentlich ist Dein Deutsch noch so gut wie damals, ich würde das, was ich Dir schreiben will, nicht auf Englisch hinbekommen. Für mich wird es Zeit, die Dinge zu regeln, deshalb denke ich über mein Leben nach und die Menschen, die es bereichert haben. Du bist einer dieser Menschen.

Ob Du Dich wohl noch erinnerst an Deinen kurzen Auftritt in München, bevor Du nach Irland zurückgingst, um bald danach Deine ganz eigene wunderschöne Musik zu machen? Es war ein kleiner Folkclub, wir sind mit meinem Auto hingefahren und trafen dort einen früheren Schüler von mir, Michael, der sich, was Du vielleicht nicht bemerkt hast, Hals über Kopf in Dich verliebte.

Ich wollte damals, dass ihr einander kennenlernt, denn er war ein sehr talentierter Sänger und Arrangeur, und ich glaubte bei euch beiden eine ähnliche Art von Leidenschaft und Musikalität zu erkennen, ich dachte, ihr würdet einander inspirieren.

Langer Rede kurzer Sinn: Ich bin mir sicher, das ist geschehen. Dieser Michael ist Dein geheimnisvoller Komponist. Dein Wesen und Deine Stimme haben ihn inspiriert, für Dich zu schreiben. Warum er das allerdings geheim hält, sich Dir nie eröffnet hat, das ist ein Rätsel, das ich nicht mehr lösen kann, denn er und ich haben den Kontakt zueinander verloren, und ich will ihn nicht gerade jetzt, wo es nur noch ums Abschiednehmen geht, mit meiner Entdeckung konfrontieren. Ich will ihm diesen Abschied nicht aufzwingen, und ich will nicht, dass er sich unter Druck gesetzt fühlt, seine Identität zu offenbaren.

Ich will aber auch nicht sein Geheimnis mit in mein Grab nehmen, denn ich denke, für Dich ist es wichtig. Ich bitte Dich nur, es ebenfalls zu wahren. Warum auch immer er sich von Dir fernhält, ich vermute, aus Liebe und einer seltsamen Vorstellung von deren Zerbrechlichkeit, konfrontiere ihn nicht damit, dass Du seine Identität kennst. Wenn er in der Lage sein wird, sich Dir zu eröffnen, dann wird er das tun. Wenn nicht, dann hast Du eben weiterhin diesen fernen Verbündeten, der Dir sein Leben und Talent widmet, ohne sich Dir anders als das Lied der Stimme zu nähern.

Wie ich das erkannt habe? Im Leuchten seiner Augen, als er mir Dein erstes Album schenkte. Seither weiß ich es, und seither glaube ich auch, ihn immer zu erkennen, wenn ich Deine Musik höre. Er ist ein besonderer Mensch, so wie Du, er verdient es, dass man auch seine unverständlichen Entscheidungen respektiert.

Liebe Erin, ich weiß nicht, ob ich Dir diesen Brief nun schicken werde oder ihn einfach zu meinen Unterlagen gebe und darauf vertraue, dass meine liebe Angela ihn Dir überreicht, wenn es so weit sein wird und Du mir die letzte Ehre erweist. Es wird eine Ehre für mich sein, denn Deine Kunst und Michaels Beitrag dazu haben mich immer sehr stolz gemacht.

Sláinte, Deine Emmi Buchleitner.

Michael hatte nicht gemerkt, dass Erin in den Raum gekommen war. Erst als er ihre Hand sah, die den Brief vorsichtig von seinem Knie nahm, zusammenfaltete und wieder in den Umschlag steckte, blickte er auf und in ihre Augen.

»Ich hätte das respektiert«, sagte sie, »tut mir leid, dass es anders gekommen ist.«

Er schüttelte nur den Kopf. Dann wandte er schnell die Augen ab, es war ihm unmöglich, sie weiterhin anzusehen – er fühlte sich verraten und blamiert, aber gleichzeitig auch erleichtert wie ein Sünder, der endlich gestehen darf.

»Stimmt das?«, fragte Erin jetzt leise. »Das mit der Zerbrechlichkeit?«

»Ja«, sagte er, »so hab ich's mir jedenfalls immer erklärt.«

»Heißt das, du weißt gar nicht so genau, wieso du dich nie gemeldet hast?«

»Jetzt kommt es mir so vor, ja.«

»Kannst du dir vorstellen, dass …« Sie unterbrach sich, weil aus Ians Richtung ein Schluchzen kam. Er hatte die iPod-Kopfhörer in den Ohren und weinte. Die Tränen liefen ihm als stetiges Rinnsal übers Gesicht. Er machte keine Bewegung, saß nur da und weinte.

Michael sah, dass Erin impulsiv zu ihm hingehen wollte, um ihn in den Arm zu nehmen oder sonst etwas Tröstendes zu tun, deshalb fasste er sie, ohne darüber nachzudenken, am Arm und hielt sie davon ab. Er schüttelte wieder den Kopf. Ian wollte allein sein.

Zuerst sah ihn Erin fast ärgerlich an, sie schien es nicht zu mögen, wenn man in die Autonomie ihrer Bewegungen eingriff, aber dann änderte sich ihr Ausdruck, sie nahm hin, dass hier ein Mann auf die Männerregeln achtete, Michael wusste, was Ian brauchte. Sie verließ leise den Raum.

~

Bis zum Einbruch der Dunkelheit hatte sich der Himmel bewölkt, und in der Nacht begann es heftig zu regnen, die Schauer prasselten gegen die Fensterscheiben und ließen das Kaminfeuer auf einmal wie etwas Notwendiges erscheinen, nicht mehr wie den leeren Luxus einer hübschen, aber nutzlosen Verzierung.

Ians Tränen waren irgendwann versiegt, aber die Musik lief weiter. Er trank hin und wieder von dem Wasser, das neben ihm stand. Das Zwitschern aus seinen Kopfhörern mischte sich freundlich mit dem Knistern und Knacken des brennenden Holzes im Kamin.

Michael war wieder eingeschlafen, als er Ians Hand an seiner Schulter spürte. »Können wir tauschen?«, fragte Ian. »Ich bin müde.«

»Du aufs Sofa, ich in den Sessel?«

»Genau.«

Michael stand auf, und Ian legte sich aufs Sofa. Bald hörte Michael ihn schnarchen. Es war kurz vor drei Uhr, der Regen hatte nachgelassen und hörte bald danach ganz auf.

Als Megan nicht lange nach vier leise hereinkam, lächelte sie beim Anblick der vertauschten Plätze und des tief und fest schlafenden (und noch immer schnarchenden) Ian.

»Wir machen das gut, oder?«, sagte sie leise zu Michael, der nickte und aufstand, ihr das Tablett mit Tee abnahm und es auf den kleinen Tisch neben dem Sessel stellte.

»Er auch«, sagte er mit einem Blick zu Ian, »morgen wird er was frühstücken.«

»Und duschen«, sagte Megan, »schlaf gut. Wir sind auf dem Weg.«

»Ja«, sagte Michael, ging nach oben in sein Zimmer und fiel ins Bett, nachdem er es gerade noch geschafft hatte, sich die Kleider vom Leib zu streifen.

~

Es war wieder Erin, die ihn weckte, wieder mit Tee und Toast, und wieder blieb sie für eine Weile am offenen Fenster stehen und schaute aufs Meer hinaus.

»Er hat geduscht«, sagte sie, »und er meint, wir müssten nicht mehr auf ihn aufpassen.«

»Gute Nachricht«, sagte Michael.

Eine Weile stand sie schweigend da. Michael wartete darauf, dass sie etwas sagen würde, aber irgendwann hatte er das Gefühl, sie wartete auf ihn.

»Glaubst du, wir könnten uns kennenlernen?«, fragte

er und wunderte sich selbst über den verschüchterten und unsicheren Ton in seiner Stimme. »Soll ich nach Hause fahren?«

»Das sind zwei Fragen auf einmal. Eine zu viel«, sagte sie, ohne sich zu ihm umzudrehen.

»Also dann erst mal Frage eins.«

»Das müssen wir. Wir haben ja schon damit angefangen. Zurück zu deiner Schattenexistenz geht es jetzt nicht mehr.«

»Und so was wie die seltsame Vorstellung von Zerbrechlichkeit kommt erst mal nicht zur Sprache.«

»Let's at least for now be friends.« Jetzt wandte sie sich um und sah ihn an: »Die Antwort auf Frage zwei ist einfacher: Nein. Du könntest heute Ians Auto beim Cottage holen, Megans Tochter fährt dich hin. Und dann könntest du ihn morgen, wenn er will, nach Dublin fahren. Und mir wäre wohl, wenn du dort noch ein paar Tage bei ihm bleiben würdest.«

»Wenn er das will, ja.«

»Übertreibst du es nicht gerade ein wenig mit deinem Männerding?«

»Was meinst du mit Männerding? Dass ich seine Entscheidung abwarten und respektieren will?«

»Genau das. Er will, dass du bleibst. Egal, was er sagt.«

»Du übertreibst es ja vielleicht auch mit dem Frauending. Immer besser wissen, was für andere gut ist. Besser als die selbst.«

Sie lachte. »Ich seh schon, das wird unterhaltsam. Wir werden viel zu besprechen haben.«

»Ganz ohne seltsame Vorstellung von Zerbrechlichkeit.«

»Dir ist aber schon klar, dass du dich mit deiner Gespensterexistenz nicht aus meinem Leben rausgehalten hast, oder?«

»Nein, warum?«

»Du hast dich hineingedrängt. Du warst immer existent. Nicht greifbar, aber da. Ich konnte dich nie etwas fragen, ich konnte dir nie etwas sagen, ich konnte immer nur aus deinen Texten und meiner Phantasie eine Figur machen, und diese Figur war immer ausgedacht, und sie war immer unwahr, und sie war immer allen wirklichen Menschen überlegen.«

»Bist du mir deswegen böse?«

»Jetzt, da an dir auf einmal etwas Wahres ist, bin ich es nicht mehr. Der Grund fällt weg. Ich bin wohl nicht nachtragend.«

»Du findest es feige, oder?«

»Ja.«

»Vielleicht hätte ich alles ruiniert, wenn ich dich belästigt hätte.«

»Wieso belästigt? Du hättest mir ein Angebot gemacht, na und? Was hätte Schlimmeres passieren können, als dass ich es ausschlage? Oder annehme, und dann wird nichts draus? Im schlimmsten Fall wären wir eben kein Paar geworden, oder wir wären kein Paar geblieben, wir wären Freunde. Und das schon seit mehr als zwanzig Jahren. Was wäre daran schlimm?«

Michael wusste nichts zu antworten. Sie hatte recht. Aber andererseits auch wieder nicht. Vielleicht war es ja feige gewesen, wie sie sagte, aber vielleicht hätte auch Mut alles zerstört, was jetzt entstanden war: die Vertrautheit, das Zusammengehören jenseits allen Alltags und jenseits aller Streitereien unter wirklich anwesenden Menschen – so, als Versprechen oder Ideal, als pure Fiktion, waren sie einander immerhin über zwanzig Jahre lang treu gewesen und hatten viel erreicht.

Das musste nicht jetzt geklärt werden. Vielleicht musste es nie geklärt werden. Vielleicht musste er nur lernen, der jetzt realen Erin kein ideales Verhalten abzuverlangen und ihr trotzdem nicht den Nimbus abzusprechen, der sie als unerreichbares Wesen umgeben hatte.

»Wir werden wohl noch öfter darüber reden«, sagte sie.

»Vielleicht verstehst du mich ja irgendwann«, sagte er.

»Verstehen tu ich dich jetzt schon. Das Verzeihen wird eine Weile brauchen.«

Michael schwieg. Wieder biss er nicht in den Toast, weil er fand, das Geräusch würde jetzt nicht passen.

»Ich löse Megan ab«, sagte Erin und ging.

~

Megans Tochter war rothaarig. Endlich mal eine Irin, die dem Klischee entspricht, dachte Michael, als er sie aus ihrem kleinen Nissan steigen und zum Haus herkommen sah. Sie hatte sich mit einer Hupsequenz angekündigt, deshalb standen er und Megan in der Tür und sahen ihr entgegen.

Mutter und Tochter umarmten sich und tauschten ihre Autoschlüssel, dann fuhr Michael mit Anna, so hieß die Tochter, in Megans Mini los. Anna hatte den Fahrstil ihrer Mutter geerbt, oder sie kopierte ihn – sie fegte dahin, als ginge es darum, irgendwelche Verfolger abzuschütteln.

»Okay, wenn wir Musik hören?«, fragte sie, nachdem der Höflichkeit Genüge getan und das Allernotwendigste an Informationen ausgetauscht war – ihr Studium der Wirtschaftswissenschaften, seine Freundschaft mit Ian, das Bedauern über Rahuls Selbstmord und die Zeit, die man vermutlich bis Ballybunion brauchen würde.

Michel nickte und war sich hinterher nicht sicher, ob er das bereuen oder als Herausforderung nehmen sollte, denn sie hörte Green Day, White Stripes und ähnlichen eher elitären, aber auch eher lärmigen Rock, der ihm nicht viel sagte und vor allem den gelegentlichen Adrenalinschüben nichts entgegensetzte, die von Annas Fahrstil ausgelöst wurden.

Die ganze Strecke ging über Landstraßen, sodass jedes zweite oder dritte Überholmanöver sich riskant anfühlte. Bis Waterford war Michael verkrampft, bis Cahir immerhin noch angespannt, und erst ab dort hatte er gelernt, den notwendigen Fatalismus aufzubringen. Von Tipperary bis Annacotty genoss er die Anblicke, an denen sie vorbeirasten: rührend stolze neu gebaute Häuser mit Löwenköpfen am Portal, kugelförmigen Buchsbaumpflanzen und Rasen ringsum, an denen allerdings immer wieder Schilder mit »For sale« zu sehen waren. Auf dem letzten Stück bis Ballybunion hatte er Vertrauen zu Anna gefasst. Sie fuhr nicht nur so schnell wie ihre Mutter, sie fuhr auch ebenso gut. In weniger als vier Stunden waren sie dort und hatten nur eine kurze Kaffeepause eingelegt, irgendwo an einer Tankstelle hinter Tipperary.

Das Cottage lag abseits des Orts, umgeben von Schafsweiden mit niedrigen Feldsteinmauern und nah am Meer, vielleicht dreißig, vierzig Meter, man hörte das Rauschen der Brandung.

Anna kurvte gleich wieder los, nachdem sich Michael bei ihr bedankt hatte, sie winkte noch aus dem offenen Fenster. So wie Erin nach Emmis Beerdigung aus ihrem weißen Audi herausgewinkt hatte. Wie lang war das her? Noch nicht mal eine Woche. Es fühlte sich an wie ein halbes Jahr.

Michael ging einmal um das Cottage herum, er hatte keinen Schlüssel, aber er wäre auch nicht hineingegangen. Er wusste, dass Ian dieses Haus nie mehr betreten würde. Irgendjemand würde die Möbel holen, wenn es verkauft wäre, aber vielleicht wollte Ian nicht mal die mehr sehen. Bestimmt gab es unter ihnen auch einige aus Venedig.

Der Porsche war dunkelgrau, die Tür schloss sich mit einem schmatzenden Wummern, und der Motor erwachte mit einem zivilisierten Brüllen, das Michael Respekt einflößte. Gleich der erste Tritt aufs Gaspedal hätte ihn fast auf die niedrige Feldsteinmauer krachen lassen, wäre Michael nicht reaktionsschnell sofort wieder auf der Bremse gewesen.

Er fuhr vorsichtig und ganz bestimmt nicht angemessen für dieses Auto zurück, machte zwei Pausen, einmal für Kaffee, einmal, um ein Sandwich zu essen, und war erst sechs Stunden später nach Anbruch der Nacht wieder in Rosslare. Verfahren hatte er sich nicht, weil ihn das Navigationsgerät souverän bis vor Erins Villa lotste.

~

»Das ist ein Auto für richtige Männer«, sagte er, als er Ian den Schlüssel gab, »nicht für mich. Aber phantastisch ist es. Ein Tier.«

Ian trug andere Kleider, eine Cordhose in dunklem und ein Poloshirt in hellerem Oliv. Und er hielt eine Flasche Bier in der Hand. Er steckte den Schlüssel ein, sagte nichts, aber er wirkte nicht mehr so verstört wie noch am Tag zuvor. Er saß auch nicht mehr im Sessel, sondern stand an der Tür zur Terrasse und schaute nach draußen aufs Meer.

Michael ließ ihn in Ruhe und ging in die Küche, wo Megan im Bademantel saß und Erin in einem Topf rührte, aus dem es appetitlich roch. Eine Ratatouille.

»Wie geht's ihm?«, fragte Michael.

»Er kommt zu sich. Will noch allein sein, ist aber froh, unsere Stimmen zu hören«, sagte Erin.

»Will er nach Hause?«

»Ja«, sagte Megan, »wir sollen uns keine Sorgen machen.«

»Hast du Hunger?«, fragte Erin, Michael nickte, Megan ging zum Küchenschrank und nahm Teller, Besteck und Gläser heraus, stellte alles auf den Tisch, richtete das Tablett für Ian, schnitt einige Scheiben Brot vom Laib und legte sie in einen Korb. »Wie viele Worte hat Anna gesagt?«, fragte sie.

»So achtzehn, zwanzig könnten es schon gewesen sein«, sagte Michael, »insgesamt.«

Megan lachte. Erin sagte: »Sie ist der schweigsamste Teenager, den ich je gesehen habe. Zu viele Clint-Eastwood-Filme vielleicht.«

»Von mir hat sie das nicht«, sagte Megan.

»Den Fahrstil aber schon«, sagte Michael.

Er brachte das Tablett mit Eintopf und Brot ins große Zimmer, wo Ian jetzt auf dem Sofa saß und in einem Buch über Veronese blätterte. »Danke«, sagte er, ohne aufzuschauen, als Michael das Tablett auf dem Tisch abstellte, »fährst du mich morgen nach Hause?«

»Gern«, sagte Michael, »kann ich ein paar Tage bei dir bleiben?«

»So lang du willst.«

Wenn Erin das gehört hätte, dachte Michael, dann käme jetzt gleich wieder eine spöttische Bemerkung über das »Männerding«. Er ging zurück in die Küche.

»Wisst ihr, ob Ian die Beerdigung organisieren muss?«, fragte er.

»Nein«, sagte Erin, »er darf sich dort nicht mal sehen lassen. Die Eltern machen das. In Maynooth. Der Vater ist dort Professor. Die wissen nicht, dass ihr Sohn schwul war. Das durften die nicht wissen, Maynooth ist ultrareligiös, der Vater wäre erledigt gewesen. Die Polizei sagt, der Leichnam sei schon übergeben worden, die Ermittlung ist abgeschlossen. Es war eindeutig Selbstmord.«

»Habt ihr eine Ahnung, wieso er das getan hat?«

Erin schüttelte den Kopf, Megan sagte: »Das weiß niemand. Er war der fröhlichste Mensch von allen.«

»Glaubt ihr, Ian weiß es?«

»Ich glaube nicht, nein«, sagte Erin, »und ich würde ihn auch einstweilen nicht danach fragen.«

~

Megan war nach Hause gefahren, Erin saß mit Ian vor dem Fernseher, und Michael ging den Strand entlang und dachte an Venedig – heute war der Tag, an dem Bernd und Wagner abreisen wollten –, er folgte einem Impuls und rief Thomas' Handynummer an. »Geht alles mit rechten Dingen zu?«, fragte er, als er dessen zum Glück nicht betrunken klingende Stimme hörte.

»Ja«, sagte der, »dein Haus steht noch, mit der Katze bin ich schon für morgen verabredet, der Tenor und der Bariton sind wieder zu Hause beziehungsweise auf dem Weg. Wagner sitzt im Nachtzug.«

»Und wie war's noch?«

»Fad. Skat bis zur Verblödung.«

»Und weiß Serafina, dass ich weg bin?«

»Du meinst wegen der alten Dame, die ihr versorgt? Ja, sie weiß es und vertritt dich würdig. Sie hat ihre Übersetzung geschafft und kann wieder aus den Augen gucken.«

»Und du? Fühlst du dich wohl?«

»Sehr sogar. Wenn du mich hin und wieder in Zukunft als Besuch ertragen könntest, wäre ich dir außerordentlich zu Dank verpflichtet.«

»Du bist willkommen. Ehrlich. Komm, sooft du magst.«

»Wie geht's deinem Freund?«

»Er fängt sich. Seine große Liebe hat sich umgebracht. Er war wie ausgeschaltet. Jetzt kommt er langsam wieder zu sich.«

»Scheiße. Das ist grauenhaft. Tut mir leid.«

»Ja.«

»Und du? Wann kommst du wieder zurück? Weißt du das schon?«

»Nein, noch nicht. Ich fahr morgen mit ihm nach Dublin und bleib dort noch eine Weile. Bis ich glaube, dass er wieder ganz okay ist. Oder bis er mich rausschmeißt. Kann also gut noch eine Woche dauern. Keine Ahnung.«

»Ich fahr Montag oder Dienstag zurück«, sagte Thomas, »dann sehen wir uns eher nicht mehr.«

»Eher nicht, nein.«

»Danke schon mal.«

»Wofür denn?«

»Gastfreundschaft, Freundschaft, Geduld, was weiß ich. Dein schönes Zuhause, die Erholung, das ganze Paket.«

»Grüß die Katze. Und natürlich Serafina.«

»Mach ich. Ciao.«

Nachdem er aufgelegt hatte, kam Michael eine Zeile zugeflogen und nistete sich ein: *In bright frozen moments when things come undone, I see where I failed and I see what I've won*. Mehr war es nicht, aber diese Worte liefen rund zu einer Walzermelodie, und er notierte sie schließlich im Handy, bevor er die weiße Villa wieder betrat.

~

Erin küsste ihn zum Abschied auf beide Wangen, sie lächelte und sagte: »Wir werden sehen.«

Michael wusste nichts zu sagen, er umarmte sie, so fest

es möglich war, ohne sie an sich zu pressen, stieg ins Auto, in dem Ian schon saß, und startete den Motor.

Er winkte aus dem Fenster, solange er Erin noch im Rückspiegel sehen konnte, wie sie vor ihrer Tür stand und ihnen nachschaute. Sie winkte zurück.

»Ich muss nicht reden, oder?«, fragte Ian nach einigen Kilometern.

»Nein«, sagte Michael.

In seinem Kopf waren zu viele Gedanken unterwegs, als dass er einen davon hätte fassen können, er ließ sie einfach so vorüberschweben wie Rauchringe, Flusen oder Wolkenstreifen, sie würden irgendwann in einem ruhigeren Moment wiederkommen und dann verständlicher, klarer und vielleicht auch erträglicher sein. Etwas wie Angst oder Verzweiflung schwang mit in dem Schwarm: Angst, das alles wieder zu verlieren, Erin, Megan, diese unverdiente Nähe und Selbstverständlichkeit – Verzweiflung bei der Vorstellung, dass er für immer oder für lange Zeit diesen Ort verließ, dass er die Chance verpasst haben könnte, hier dazuzugehören. Er war froh, neben Ian zu sitzen und nicht allein zu sein.

Venedig kam ihm fern vor, irreal, wie eine Erinnerung, deren Wirklichkeitsgehalt erst wieder überprüft werden musste, bevor man sie ins eigene Bewusstsein zurückholen und eingliedern konnte. Vielleicht wäre sein Haus dort ihm fremd geworden, das Gefühl, am richtigen Ort zu leben, hätte sich verflüchtigt, vielleicht fände sich erst dann, wenn Erin käme und sich bei ihm so heimisch fühlte wie er sich bei ihr, wieder alles am richtigen Platz. Falls sie überhaupt käme.

Für solche Grübeleien würde er noch genügend Zeit haben. Er verscheuchte das Durcheinander in seinem Kopf, so gut es ihm möglich war, und versuchte, sich auf die nächsten Tage zu konzentrieren, auf Dublin und Ians

Rückkehr in seinen Körper oder seine Seele, seinen Alltag, sein Leben.

Michael fuhr brav die erlaubten hundertzwanzig Stundenkilometer, Ian redete ihm nicht in seinen sicherlich unwürdigen Fahrstil hinein, sie überließen sich beide ihrem Schweigen und ließen einander schweifen, wohin auch immer die Gedanken sie führten.

Michael war entschlossen, so lange bei Ian zu bleiben, bis der sagen würde: »Let's get drunk.«

Dann würde Michael nicht ablehnen.

Epilog

Bis Mitte August war er geblieben, hatte Ians blitzartige Erschütterungsanfälle mit stoischer Ruhe durchgestanden, bis der letzte vorübergegangen und Ians Schweigen und Vorsichhinstarren wieder langsam seiner früheren wortkargen Herzlichkeit gewichen war.

Erin und Megan hatte Michael in dieser Zeit nicht mehr getroffen, sie waren im Studio und dann in den USA, um mit dem Produzenten weiterzuarbeiten. Ian war einmal bei den Aufnahmen zu Besuch gewesen, aber Michael hatte es abgelehnt mitzukommen. Er wollte Erin nicht überfallen. Sie würde sich melden, wenn sie ihn sehen wollte.

~

Ihr erstes Lebenszeichen war eine Mail an Ians Account, aber mit Michaels Namen in der Betreffzeile, die ihn so niederschmetterte, dass er sie, ohne zu antworten, löschte:

Wir werden sehen, habe ich gesagt, und ich habe auch gesagt, du seist mir vertraut, und ich habe sogar gesagt, es gehe nicht mehr zurück zu deiner Schattenexistenz, aber jetzt, wo ich Abstand habe und Zeit, um über all das nachzudenken, wird mir klar, dass ich einem Menschen nicht vertrauen möchte, der sich mitten in meine Seele schleicht, ohne die Verantwortung zu übernehmen. Ich habe gesagt, ich fände das feige, das tue ich immer noch, und ich habe auch gesagt, ich sei dir nicht böse, das bin ich nun doch wieder geworden. Wenn du dein Verhalten für das eines Ritters oder Minnesängers hältst, dann träum weiter – ich halte es für das eines Spanners (das Wort musste ich im Lexikon nachschlagen). Du hast in mein Innerstes geschaut, ohne dich selbst hinter dem Schirm hervorzubewegen. Ich fühle mich belogen und bestohlen. Natürlich ist das ungerecht, das weiß ich selbst, aber Gefühle sind Gefühle – man hat sie, ob sie nun gerecht sind oder nicht –, ich habe dieses Gefühl dir gegenüber, während ich unter Palmen bunte Flüssigkeiten trinke. Du bist ein Gespenst in undurchsichtigem Nebel geworden, das mir Gänsehaut macht. Tut mir leid, dich zu verletzen. Ich weiß, dass du mich nicht verletzen wolltest, aber du hast es getan mit dieser unguten Mischung aus viel-zu-nah und gar-nicht-da. Diese Mischung ist ein Gift. Schade, dass ich nichts Netteres zu schreiben habe. Alles Gute, Erin.

Michael saß vor Ians riesigem Bildschirm, bis der in den Sparmodus wechselte, dunkel wurde und Michaels Gesicht spiegelte. Dieses Gesicht war blass, und es war das Gesicht eines Spanners.

~

Erst drei Tage später hatte Michael seinen eigenen Gefühlswirrwarr so weit sortiert, dass er den Zorn auf Erins selbstgerechte Larmoyanz als das Wichtigste und Vordringlichste erkannte. Er wusste nicht, ob sie noch in Los Angeles war oder schon wieder in Rosslare, also holte er die Mail aus Amerika mit dem Absender eines Studios oder Hotels (er hatte nicht darauf geachtet) nicht wieder aus dem Papierkorb, sondern schrieb an ihre normale

Adresse. Irgendwann würde sie das lesen. Seine Antwort war kurz, er hoffte, die Wut würde ihm nicht den Ton verrenken, aber falls doch, dann sollte sie eben damit leben:

Liebe Erin, ich konnte nie in dein Innerstes schauen, alles, was ich konnte, war, dir mein Innerstes anzubieten. Du hast dieses Angebot angenommen. Ich halte es weiterhin aufrecht. Du sagtest, du hättest mein Inkognito akzeptiert, wenn das mit Ian nicht geschehen wäre. Ich akzeptiere deine Absage an mich als Person. Ich akzeptiere nicht, dass du den Blick in meine Seele, den ich dir gewährt und damit anvertraut habe, nachträglich zu etwas Miesem erklärst. Ich freue mich auf das neue Album, und ich hoffe, es war nicht unser letztes. Dein Michael.

Während der Tage, die er noch in Dublin war, hörte er nichts von ihr.

~

Das Schwanken und Vibrieren des Alilaguna-Bootes fühlte sich gut und richtig an, und auch der Nebel, der die ganze Stadt einhüllte und zum Rätsel machte, war ihm vertraut wie eine alte Wolldecke, die nicht schön sein muss, weil sie wärmt. Sein Haus nahm ihn auf, als hätte er nur wenige Stunden draußen verbracht, und weil es Samstag war, begrüßte ihn Minus in der Halle und gab es Brot, Milch, etwas Käse und frisches Obst in der Küche. Und einen Zettel von Serafina.

Willkommen zu Hause. Minou hat an den Wochenenden aufgepasst, Signora Fenelli und ich unter der Woche, dein Freund Thomas will bald wieder zu Besuch kommen, und ansonsten ist alles wie immer.

Das stimmte nicht. Oder es stimmte nur eingeschränkt. Michael war nicht mehr derselbe. Die Wochen in Irland hatten ihn verändert. Eigentlich auch schon die Tage zusammen mit den Nachtigallen, die seiner überstürzten Abreise vorangegangen waren – er war nicht mehr allein. Auch wenn Erin sich mit Aplomb wieder aus seinem Leben herausstrich, da war Thomas, da war Megan, da war Ian. Und die Heimlichkeit war vorbei. Das verstohlene und immer nur vorläufige Leben.

Vor dem Zusammentreffen mit Serafina fürchtete er sich, denn ihm war klar geworden, dass ihre Affäre nicht mehr weitergehen durfte. Auch wenn es lächerlich sein mochte, sich aufzusparen für Erin, die ihn abgeschüttelt hatte, wusste er, dass er die praktischen und freundlichen Turnübungen montags und donnerstags nicht mehr absolvieren konnte.

Deshalb war er sehr erleichtert, als Serafina ihm am Sonntagabend, gleich nachdem ihr Mann gefahren war, gestand, dass Thomas und sie einander nähergekommen seien und sie hoffe, ihn damit nicht zu verletzen und vor allem nicht seine Freundschaft mit Thomas zu gefährden – es sei eben passiert und habe sich weder falsch noch verlogen angefühlt, sie habe zwar jetzt ein schlechtes Gewissen, aber auch darauf spekuliert, dass er ihr verzeihe, schließlich habe sie ihn ja gewarnt, Liebe sei nur hinderlich.

»Wenn du mir nicht als Freundin verlorengehst«, sagte er, »dann ist nichts daran falsch.«

Sie fiel ihm um den Hals und weinte ein bisschen, und als er hinzufügte: »Thomas ist der Einzige, dem ich dich gönne«, weinte sie noch ein bisschen mehr.

Er schämte sich, weil er sich selbst so heuchlerisch als großzügig darstellte und Serafina im Glauben ließ, sie habe diese Großzügigkeit in Anspruch genommen, aber dem Impuls, ihr reinen Wein einzuschenken, gab er nicht nach. Er überredete sich selbst, das nicht als Feigheit oder Lüge anzusehen, sondern als Rücksichtnahme auf sie –

schließlich musste es für ihr Selbstwertgefühl besser sein, die Affäre zu beenden, anstatt von ihm auf einmal verschmäht zu werden.

~

Ian kam Ende des Monats für ein paar Tage, und er war wie immer. Er sprach nicht von Rahul, aber dafür umso mehr von Erin und Megan, der Band und einer anstehenden Tournee, die Anfang November zusammen mit der Veröffentlichung des Albums starten und bis Ende Januar durch vier Länder gehen sollte.

~

Megan besuchte ihn für vier Tage zusammen mit ihren beiden Töchtern, und er zeigte ihnen alles, was sie sehen wollten, und manches, von dem er wollte, dass sie es sahen, obwohl die Töchter hier und da schlappmachten und sich ins Internetcafé verzogen oder vor seinem Fernseher sitzen blieben.

~

Es war Mitte Oktober, als Erin mit kleinem Gepäck vor seiner Tür stand und sagte: »Das war ein Tief. Es ist vorbei. Ich nehme dein Angebot an.«

Er hatte sich die ganze Zeit über eingebildet, darauf nicht zu hoffen, aber als sie ihn umarmte und er ihren Koffer an sich nahm, fühlte er wieder diesen Krampf, der sich löste, und das Fließen, Gleiten und Schwingen, das in seinen Körper zurückgekehrt war.

»Zwei Tage kann ich bleiben«, sagte sie und ergriff die Hand der Balkenhol-Figur am Fuß der Treppe. »Conally«, stellte sie sich dem hölzernen Mann vor, »enchanté.« Dann wandte sie sich an Michael: »Ist er stumm, dein Majordomus?«

Sie hatte das fertige Album dabei. Sie lachte ihn an, als er Tränen in den Augen hatte bei *Stone to sand* und später auch noch bei *Share it all in melodies.* »Ist gut geworden«, sagte sie und nickte zufrieden.

Bei *The parting glass* hatte sie allerdings selbst Tränen in den Augen – sie sang es ohne Begleitung, so wie damals an Emmis Grab –, es war das letzte Stück auf dem Album. Michael nahm ihre Hand in seine, und sie saßen da, schwiegen, sahen einander nicht an, aber ließen auch nicht los, bis Michael sagte: »Egal, was wird, was war, war gut.«

»Das wird ein Song«, sagte Erin, löste ihre Hand aus seiner und ging zum Fenster, öffnete es und ließ das Glucksen des Kanals, seinen gelinde fauligen Geruch und die Wärme der Sonne herein.

~

WAGNER hatte einen Entschluss gefasst. Noch im Nachtzug nach München war ihm klar geworden, dass er etwas gegen das Gift unternehmen musste, das ihm von Thomas' frauenfeindlichen Ausführungen eingeträufelt worden war. Es würde sonst wirken, solange er es bei sich behielt.

Er brauchte einige Zeit, aber schließlich gelang es ihm mit Geduld und Penetranz, Corinna zu einer Paartherapie zu überreden. Ihren anfänglichen Widerstand gegen dieses Ansinnen hielt er so lange für Sparsamkeit (die Therapie musste privat bezahlt werden), bis sie sich in der fünften Stunde zuerst verplapperte, dann auf Nachfrage des Therapeuten zugab, seit fast zwei Jahren eine Affäre mit dem Landtagsabgeordneten Wimmer von den Grünen zu haben, um schließlich in einer Litanei über Wagners Schwächen und Fehler zu monologisieren, die nur durch den Blick des Therapeuten auf die Uhr gestoppt werden konnte.

Erst nach seinem Auszug begriff er, dass die Verachtung seines Sohnes Adrian im Wesentlichen daher rührte, dass Wagner sich als Weichei und Loser alles von seiner Frau gefallen ließ, sich bemühte, ihr gerecht zu werden, ihren Ansprüchen zu genügen, seine eigenen zurückzunehmen, dass er sich wieder und wieder auf ihre Kritik einließ, ohne auf die naheliegende Lösung zu kommen, dass diese Kritik nur ein Vorwand war, um ihre Affäre zu begründen, eine Sammlung von Argumenten, die ihr das Recht zusprechen sollten, sich anderweitig umzutun.

Diese Erkenntnis verbesserte das Verhältnis zu Adrian leider nicht, denn die Solidarität des Sohnes mit seiner Mutter blieb ungebrochen – er fand, sie habe etwas Besseres verdient als diesen Waschlappen.

Bei seinem Auszug nahm Wagner das kleine Papierrelief aus Venedig mit, brachte es dann aber nicht übers Herz, es aufzuhängen. Es erinnerte ihn zu sehr an bessere Tage. Die allerdings nicht wirklich besser gewesen waren. Er hatte das nur geglaubt, weil er zu blöd gewesen war, die Realität zu erkennen.

Je öfter er sich die ätzenden Worte von Thomas in Erinnerung rief, desto mehr fand er sie bestätigt: Er sah auf einmal nur noch Frauen, die einen Versorger suchten. Und er fand mehr und mehr Geschmack am Alkohol in immer größeren Mengen, vernachlässigte seinen Garten, ignorierte sein Fahrrad im Flur der kargen Einzimmerwohnung, erledigte seine Arbeit im Amt mit immer mehr Biss und Schärfe, machte sich auf diese Weise unbeliebt bei Kollegen und Vorgesetzten, zog sich zurück aus den

Umweltprojekten, die er unterstützt hatte, verbrachte seine Freizeit mit Videos auf Youtube und dem Hören von Musik und strebte nach einiger Zeit mit Gründlichkeit und Umsicht die Diagnose »Burnout« an, um endlich dieser Tretmühle zu entkommen.

Er hörte nicht auf, Corinna zu lieben, obwohl ihm klar war, dass sie nie wieder zu ihm zurückkehren würde. Die Verachtung, die sie ihn hatte spüren lassen, war endgültig und vernichtend. Aber nicht einmal in seiner Phantasie ließ sich irgendein Bild zeichnen, das es mit der Erinnerung an Corinna hätte aufnehmen können.

An die vier Tage in Venedig dachte er nur noch selten, aber wenn, dann erinnerte er sich nicht nur an den Gegenwind, der ihm bei fast allem, was er gesagt hatte, ins Gesicht geschlagen war, sondern auch an die überraschten Gesichter der anderen, als er den Blumenstrauß mitgebracht hatte. Und an die nette Nachbarin. Und die Nachtigall am Mittwochmorgen.

~

BERND war beflügelt nach Hause gekommen, hatte sein Geschenk, ein auf dem Flughafen gekauftes Schultertuch von Hermès, überreicht und sich gewundert, dass seine Frau ihn so einsilbig empfing. Wie ein Eiswürfel das Rückgrat aufwärts fühlte sich der Gedanke an, Thomas' Prophezeiung habe sich bewahrheitet, sie habe etwas herausgefunden, er müsse sich für irgendeinen Seitensprung, womöglich gar den frischesten, den in Venedig, rechtfertigen, sich entschuldigen, versprechen, so etwas nie wieder zu tun, als Kompensation eine Reise buchen oder den Bau des Wintergartens endlich erlauben, aber es stellte sich heraus, dass ihr nach einer Routineuntersuchung eröffnet worden war, sie habe Leukämie.

Er gab sich redlich Mühe, den Mutigen zu spielen, um ihrer Verzagtheit und Angst etwas entgegenzusetzen, aber es gelang ihm nicht sehr gut. Sie driftete mehr und mehr in eine Verzweiflung ab, die sich irgendwann auch auf ihn übertrug, die Kinder zusehends unsicherer machte und schließlich dazu führte, dass er sich um zusätzliche Arbeit riss und so spät wie möglich nach Hause kam.

Zwar war die Prognose nicht ganz schlecht, die Blutgruppe seiner Frau war nicht selten, also hatte das Warten auf eine Knochenmarkspende durchaus Aussicht auf Erfolg, aber das verlegen bedauernde Abrücken und die Ratlosigkeit ihrer Umgebung verstärkten die Lähmung der Familie, und erst als die frisch geschiedene Stiefschwester seiner Frau zu ihnen zog und sich um alles kümmerte, kam wieder so etwas wie Optimismus auf und verlor der heimische Alltag allmählich seinen Schrecken.

Bernd nahm mehr und mehr Arbeit mit nach Hause, brachte die Kinder immer öfter zur Schule, holte sie ab, kaufte ein und machte sich nützlich, wo er konnte und wo man es von ihm erwartete.

Der Zustand seiner Frau besserte sich, ihre Hoffnung erstarkte, und die Blicke, mit denen sie ihn gelegentlich bedachte, waren nicht mehr stumpf und voller ungestellter Fragen, sondern immer öfter wieder wie früher: voller Zuneigung und manchmal sogar Bewunderung.

Noch während Bernd sich fragte, ob die Krankheit ihm nun das Fremdgehen verbot oder erst recht erlaubte, hatte er schon die Stiefschwester so für sich eingenommen, dass es nur noch eine Frage der Zeit war, bis man die Gelegenheit eines Arztbesuchs am Vormittag, wenn die Kinder aus dem Haus waren, ausnutzen würde.

An Venedig dachte er für lange Zeit nicht mehr. Doch irgendwann, als ihn der Anblick des Hinterns einer jungen Mutter in bestickten Jeans an die fordernde Sabine erinnerte, fielen ihm die Nachtigallen ein, das berauschende Panorama der Stadt (der Hammer) und Michaels Begeisterung für die Klarheit des Bellini-Bilds. Er musste lächeln, als ihm sein eigener Satz einfiel: Ich sattle um auf Raviolischneider.

Und auf einmal war ihm alles wieder so nah, dass er sich vornahm, bald wieder für eine Woche dorthin zu reisen. Vielleicht konnte er seine Frau mitnehmen. Oder ihre Stiefschwester.

Dazu kam es dann allerdings nicht mehr, denn ein Kurierfahrer, der sich nach seiner heruntergefallenen Zigarette bückte, ohne den Fuß vom Gas zu nehmen, erfasste Bernd vor der Schule seiner Kinder und schleuderte ihn auf einen parkenden Toyota, auf den er gleich darauf selbst krachte. Der Notarzt konnte nichts mehr für Bernd tun.

~

THOMAS hatte den entscheidenden Anruf seines Anwalts abgewartet, bevor er nach München zurückflog. Der Baustopp, den eine Bürgerinitiative durchgesetzt hatte, war aufgehoben, sein Gelände in Untergiesing damit wieder etwas wert und die krachende Pleite abgewendet.

Er hatte sich schon im Gefängnis gesehen oder untergetaucht mit dem nicht sehr reichlichen Fluchtkapital, das in einer österreichischen Sparkasse deponiert war, vielleicht in Venedig bei Michael, vielleicht auf Teneriffa oder Mallorca. Dieser Gedanke war lähmend gewesen, denn als mittelloser Hungerleider hätte Thomas das Gefühl gehabt, seine Exfrau habe gewonnen. Sein Wohlstand war der einzige Teilsieg, den er ihrem Vernichtungsfeldzug entgegensetzen konnte, ohne den wäre nichts von seinem Stolz mehr übrig.

Sein schlechtes Gewissen gegenüber Michael, dem er Serafina ausgespannt hatte, ließ ihn zögern, sich zu melden, aber seine Sehnsucht nach ihrer unkomplizierten und lebensbejahenden Art (und vor allem nach dem herrlichen Sex mit ihr) brachte ihn schließlich doch dazu anzurufen, und er war über die Maßen erleichtert, als Michael ihm nicht grollte.

Also richtete er es so ein, dass er zweimal im Monat für ein paar Tage (immer unter der Woche) nach Venedig flog, sich mit Michael in den Museen, mit Serafina im Bett oder mit beiden in der Stadt herumtrieb – das ging so bis in den März und machte zusehends einen anderen Menschen aus ihm.

Dieser andere Mensch war schließlich, nach langem und geduldigem Zureden von Serafina und Michael, bereit, seine Tochter zu suchen, und voll guten Willens, ein neues Kapitel in ihrem Verhältnis zueinander aufzuschlagen. Als er sie aber gefunden hatte und nach einem ersten, sehr vorsichtigen Telefonat besuchen wollte, erfuhr er von ihrer Lebensgefährtin (die sie am Telefon nicht erwähnt hatte – das war wohl als Überraschung gedacht gewesen), seine Tochter liege nach einem Skiunfall im Krankenhaus. Mehr brachte die Lebensgefährtin nicht heraus, weil sie in Tränen ausbrach und seinen verlegenen Tröstungsversuchen nicht mehr zugänglich war.

Im Krankenhaus erfuhr er, dass sie im Koma lag, dass man keine Prognose abgeben könne, dass ihr Zustand sehr ernst sei, aber man die Hoffnung nie aufgeben solle. Er wartete, bis seine Exfrau gegangen war, setzte sich zu seiner Tochter und sprach zum ersten Mal seit Jahren wieder mit ihr.

Von da an war er drei- bis fünfmal in der Woche bei ihr im Krankenhaus, immer auf der Hut vor seiner Exfrau, der er aber nur ein einziges Mal begegnete, auf dem Flur und ohne ein Wort mit ihr zu wechseln – er sprach mit seiner Tochter, streichelte ihr Haar, erklärte ihr alles wieder und wieder, sagte ihr, dass er sie liebe, dass er sie immer geliebt habe, dass er immer gehofft habe, sie zurückzugewinnen, dass er ihr nicht böse sei wegen ihrer Weigerung, Kontakt zu ihm aufzunehmen, dass sie zurückkommen solle, dass er auf sie warte, dass er ihr und ihrer Freundin Venedig zeigen wolle, wenn sie wieder gesund sei, dass er wünschte, sie würde seinen Freund Michael kennenlernen, der werde ihr gefallen, er sei ein besonderer Mensch und sein einziger Freund.

Immer wenn ihm die Tränen kamen (das war oft der Fall), unterbrach er das Reden, er wollte nur Optimismus und Gelassenheit ausstrahlen, seine Tochter sollte nur Botschaften aus der Welt hören, die sie zur Rückkehr verlocken würden.

Nach Venedig kam er nicht mehr. Er durfte nicht so weit entfernt von seiner Tochter sein. Er musste abrufbereit warten, bis er all seine Versprechungen ihr gegenüber endlich würde einlösen können.

Zum Glück wusste Serafina, dass das keine Ausrede war, mit der sich Thomas aus der Affäre ziehen wollte, und bewarb sich kurzerhand bei der BMW-Bank, wo man sie mit Kusshand nahm und ihre Anwesenheit bei Meetings alle zwei Wochen erforderlich wurde. Sie kam nie mit ins Krankenhaus, aber Thomas erzählte seiner Tochter immer mehr von ihr. Wenn sie aufwachen würde, dann wäre Serafina keine Fremde mehr für sie.

~

MICHAEL fuhr mit Ian zu einem Konzert in Madrid, einige Wochen später nach Straßburg und, kurz vor Ende der Tour, nach Mailand. Er ging nie hinter die Bühne, sondern wartete nach dem Konzert im Hotel auf Erin und die Band. Wieso er das tat, wusste er nicht genau, aber er hatte eine Ahnung, es könne damit zusammenhängen, dass Erin damals in München nach dem Auftritt so anders gewesen war. Sie war noch mit dem Publikum verbunden, in einer anderen Sphäre, einem anderen Zustand – Michael konnte sich in dieser Sphäre nicht mit aufhalten, denn er hatte sie nicht erzeugt. Oder nur zum Teil und über Bande.

Nach der Tour kam Erin ein paar Tage zu ihm nach Venedig, danach besuchte er sie in regelmäßigen Intervallen von etwa drei Wochen in Rosslare. Dass sie Freunde waren, dass sie einander vertrauten, einander erzählten, was ihnen ans Herz, gegen den Strich oder durch den Kopf ging, war bald so selbstverständlich und normal geworden, dass ihnen die Frage, ob sie ein Paar werden sollten, immer seltener zu Bewusstsein kam und immer weniger bedeutete.

Sehnsucht nacheinander verspürten sie selten, aber immer wenn sie nach einer Zeit der Trennung wieder zusammenkamen, waren sie erleichtert und fühlten sich in der eigenen Haut und nahe der des anderen wohl.

Irgendwann wusste Michael nicht mehr, ob er noch darauf wartete oder sich längst mit dem Zustand, wie er jetzt war, abgefunden hatte. Es fühlte sich nicht wie ein Verzicht oder Mangel an, sondern eher so, als habe er dazugelernt und begrüße das neue Wissen: Erin und er waren ein Paar. Und das, was sie verband, war Liebe. Ob sich ihre Körper irgendwann auch noch miteinander einlassen würden oder nicht, war etwas, das man getrost abwarten und gegebenenfalls geschehen lassen konnte.

~

Serafinas Blick war manchmal skeptisch oder spöttisch, wenn er Erin erwähnte. Das mochte daran liegen, dass die beiden einander nicht leiden konnten, oder auch daran, dass sie glaubte, er mache sich schon wieder etwas vor. Er hatte ihr irgendwann die ganze Geschichte erzählt, das war dumm gewesen, denn danach musste sich Serafina für zweite Wahl halten, aber zu dieser Zeit kam Thomas noch regelmäßig zu Besuch, weshalb sie eigentlich nicht gekränkt sein durfte. Daran, dass sie es doch war, merkte Michael, dass er aufgehört hatte, Gedanken zu lesen. Früher wäre ihm das nicht passiert, er hätte vorher gewusst, dass diese Geschichte nichts für Serafinas Ohren war. Jetzt begriff er zwar noch hinterher, dass es falsch gewesen war, aber das konnte jeder. Das war kein Gedankenlesen mehr.

~

Megan war geschieden. Ihr Mann hatte sich, ganz irisches Klischee, als Alkoholiker entpuppt, war wochenlang auf Sauftour gewesen und hatte danach tagelang krank im Bett gelegen, bis sie ihn aus dem Haus geworfen und festgestellt hatte, dass alle besser dran waren ohne ihn. Sie war mit der Familie von Wexford nach Dublin gezogen und hatte Ian, als Paten ihrer Kinder, ermutigt, den Ersatzvater zu spielen, was er mit Charme, Stil und Herzlichkeit bewältigte. Die Kinder liebten ihn, und er vergötterte sie.

Wenn er mit Michael auf Reisen war oder ihn in Dublin bei sich zu Besuch hatte, war alles wie immer, nur dass Ian manchmal alleine loszog, um, wie er es nannte, »seine Nachtseite auszuleben«.

~

Erin und Michael telefonierten alle paar Tage miteinander, schrieben Mails und unterhielten sich per Skype, sie tauschten Songideen aus und arbeiteten gemeinsam an deren Weiterentwicklung. So entstanden gute Stücke fürs nächste Album, und irgendwann stellten sie fest, dass sie sich ihr früheres Leben, das Leben ohne einander, nicht mehr vorstellen konnten.

Ich danke meinen Erstlesern, die mit Rat, Kritik und Expertise dieser Geschichte auf den Weg geholfen haben: Jone Heer, Axel Hundsdörfer, Bernhard Lassahn, Sybille Hempel-Abromeit, Michael Kröher, Gabriele Haefs, Uli Gleis, Silke Maiersen, Claudia und Ulli Kettner, Christiane Mühlfeld und Patrick Langer.

Und ich danke den »echten« Nachtigallen Jutta Werbelow, Rolf Schaude und Martin Haaß für die freundliche Überlassung ihres Bandnamens und Liane Dirks für den markanten Teil des Titels von ihrem großartigen Buch »Vier Arten, meinen Vater zu beerdigen«.

Und zuletzt danke ich, obwohl das in Deutschland anscheinend nicht üblich ist, meinem Lektor Thomas Tebbe, dessen Unterstützung und Aufmerksamkeit mir nun schon bei so vielen Büchern so wertvoll war.

Canal Grande
Stazione
Ferroviaria
San Lucia
Fondamenta Briati
DORSODURO
San Basilio
Canale della Giudecca
Zattere Ufer
La Giudecca

SAN POLO
Rialto
Canal Grande
SAN MARCO
Piazza
San Marco
Ponte
dell'Accademia
Punta
della Dogana